U0475875

在天上种一块地

杨建东 ⊙ 著

四川民族出版社

图书在版编目（CIP）数据

在天上种一块地／杨建东著. --成都：四川民族出版社，2022.5
ISBN 978-7-5733-0549-7

Ⅰ.①在⋯ Ⅱ.①杨⋯ Ⅲ.①散文集-中国-当代 Ⅳ.①I267

中国版本图书馆CIP数据核字（2022）第073702号

在 天 上 种 一 块 地
ZAITIANSHANG ZHONG YIKUAIDI

杨建东　著

出 版 人	泽仁扎西
责任编辑	周文炯
责任印制	谢孟豪
出　　版	四川民族出版社(四川省成都市青羊区敬业路108号)
邮政编码	610091
设计制作	成都圣立文化传播有限公司
印　　刷	四川金邦印务有限公司
成品尺寸	170mm × 240mm
印　　张	18.75
字　　数	300千
版　　次	2022年5月第1版
印　　次	2022年5月第1次印刷
书　　号	ISBN 978-7-5733-0549-7
定　　价	68.00元

著作权所有·侵权必究

序

做一个"教人"的教师

傅先亮

镇安中学的杨建东老师说要出一本散文集。对于这件事本身来说，我觉得很好。

作为教师，我觉得既然是教学生学习的，那么教学生学习，重要的是教会学生学会独立思考。那么也就意味着自己首先就得爱学习、会学习、善于学习和独立思考。而能够把自己的思考表达出来并写成文章，无疑是一个老师爱思考的表现。

我们镇安中学并不缺乏爱学习、会学习、善于学习和独立思考的老师，但是，我觉得，写作恰恰是一个人善于独立思考的体现，我想的是：让我们学校的老师都将自己的思考形成文字吧。

所谓"活到老，学到老"，用在我们教师身上是最恰当的了。记得有一次，我和一位同事在一起，有人问我的同事是不是教书的，我的同事决然地说不是。我正在惊讶的时候，他接着说，我是教学生的。这事对我的教育很大。是的，很多时候，我们都认为自己是教书的，殊不知我们在说教书的时候，恰恰忽略了最重要的"人"，也就是我们面对的学生。学生是活生生的人，而人都是有个性的，抱着书本教书在今天已经不可能了，尤其是学生个性解放的今天。只有考虑到"人"，才能把握如何在教学中从"人"的角度出发，去设计我们的课堂，去构建我们的教学人格，去塑造学生的学习品格和学习人格。"教书"和"教学生"的教育境界的高下自然是两重天了。

杨老师教书之余，将自己对"人"的思考变成一篇篇文章，这种研究精神值得学习和鼓励。

杨老师笔下的学生，各有各的生活，也充满了学生独有的青春迷茫和烦恼。有用生命诠释青春的《我的同学李晓磊》，有《春天路过马小跳》的光明，有《不就下了一场雪嘛》的青春少女的忧伤，有《李玉萌，我要给你一个元旦节》和《赵小可，我陪你隔着栅栏看外面》的教育情怀，还有《李翠花，我见过你的妈妈》和《张小毛，我见过你的爸爸》等感人的校园小故事。从这些故事都可以看出，杨老师在教育教学生活中善于观察和善于思考，对我们也有一定的启迪作用。

尤其是《我的学生会唱歌》《李老师的烤红薯摊儿》，将一个老师情系贫困学生的校园故事讲得感人和启发思考，是难能可贵的。这些教育故事陆续刊登在《班主任之友》卷首语、《教师报》育人故事栏目，而杨建东也成了《教师报》特约作者，这不能不说是他努力的结果。

除了校园文学外，杨老师的散文更多地关注乡情和亲情。他立足自己的家乡米粮川，将家乡的山山水水写进自己的文字，故乡的人、故乡的树、故乡的山、故乡的水都活在他的文字之中。他有关亲情的文字没有大起大落，也不故弄玄虚，总是娓娓道来。故乡的一草一木都在他的笔尖有了生命，故乡的人都鲜活地生活在他的文字中，那些人和事就在我们身边。他写的《秋天，父亲的树叶落了》刊发在《幸福》杂志，《岁月静好，一辆滑板车在儿子的脚下呢》刊发在《中国中学生报》以及《少年月刊》。读这些温暖的文字，我希望他能在今后的写作中挖掘得更深一些，视野再开阔一些。

说这些，是因为我觉得我们目前面临的课堂教学改革其实就是从"人"的角度重新定位我们的教学策略和教法。我相信很多老师不会怀疑我们面对的学生是很可爱的吧？作为教师，个性化地研究一个个鲜活的生命是每个人教育生涯的大势所趋，这是一位老师的义务和责任，也是一所具有创造和创新能力的学校的责任。

可喜的是，我们学校已经有很多老师行动起来了。早行动的意义在于勇于担当和早受益。前者意味着责任，后者则意味着回报。以学生为本，研究每一位学生是每位教育者思考的方向。任何深刻的学习都需要思考，没有思考的学习算不得学习，正如没有学生学习能力培养和知识体验的学习，算不得学习。没有面对人的教育，也算不得真正的教育。

我对我校的老师充满期望，也对镇安中学的明天充满着希望。

独行快，众行远。祝贺杨老师这本书的出版，也希望更多的老师能拿起笔来。

目 录
CONTENTS

"白蒸馍蘸辣子水水"的理想	001
像露珠一样生活	003
白天要懂夜的黑	005
最大的问题是没有问题	007
无即是有啊,你来看	010
我这张老脸啊	012
一只猴子的思想境界	014
向琵琶女学做一位好老师	016
瞎想,写在高考前	018
向德布罗意低下我的头	020
巴黎圣母院的大火和那根被扳断的手指	022
刘项原来不读书	024
有关作业的思考	026
何必在一张录取通知书上较劲	028
被泥土一点一点埋掉,是个什么感觉	030
秋天,父亲的树叶落了	032
忽然,就站在了人生的分水岭	034
你的手机半夜关机吗?	036
那个喊我"东"的人去了	038
清明到来忆父亲	040
我也是有舅舅的人啊	042
岳父的童年被拆走了	044

陪父亲抽一支烟	046
老爸啊老爸	048
老屋场	050
老屋场有两棵树	053
垮掉的老家还是老家吧	055
拆走的和拆不走的	057
四川的兔头、重庆的高粱酒和猪蹄	059
白腌菜啊,黑腌菜!	061
好好地活着	063
腊月二十四	065
腊月二十九	067
追忆我的大嫂郭琴	069
一眼父亲的水井	072
蔬菜,有些思念在里面	074
车过东岭是故乡	077
皂荚树	079
有位故人叫毛婶	081
故乡杂货店的姚其斌老人去了	083
吹口哨的王强	085
宋思贤修的路没用了	087
米粮川冬天的早晨	089
阴坡山的穷鬼,也出矿了	091
离不开故乡一条河	093
故乡的水电站怎么就没有了	095
故乡,不过是一座山	097
米粮川,一条大河波浪宽	099
大凹是一座山	102

故乡有岭名钻天	104
张家沟	106
故乡有口井	109
月亮坪纪事	111
木匠沟	114
木匠沟拾遗	119
到熨斗滩去	122
我曾经在一块烙铁上走过	125
和你一起去看桃花开	127
和老周去钓鱼	129
霸王别姬	131
暑假，陪妻子去河南	133
水泉坪的油菜花开了	136
在敦煌，遇见西瓜泡馍	138
没见过如此纯净而美好的女子	140
阳光挪过米粮川	143
每个人的老屋都有一块菜地	145
冬雨落在米粮川	147
木王，没有故事的山	149
春天，总会有一些故事与你有关	151
那些与"云"有关的事	153
你见过校园东北角的一片竹子吗？	155
那清凌凌的水哟	157
白格生生的腌菜啊	159
远去的中学	161
高考这件事，我想和你谈谈	164
那年，我也参加高考	166

月光一照三十年	168
麦子，已经远离故乡	170
乌鲁木齐的第一场雪	172
大风从西域吹来	174
儿子，我们愿意和你一起成长	176
儿子，今天是你的生日	179
岁月静好，一辆滑板车在儿子的脚下呢	182
西去，西去	184
扳着指头数日子	186
母校商洛师专回忆点滴	189
你以为张疯子真是疯子吗？	192
刘跃军和他那块叫"商殃"的奖牌	194
忽然想起栀子花	196
十几年前的一只燕子	198
刘俊，幸福会来敲你的门	201
我的学生会唱歌	203
你知道黄浦江的水有多冷	205
李老师的烤红薯摊儿	208
李玉萌，我要给你一个元旦节	210
来办公室接开水的学生	212
赵小可，我陪你隔着栅栏看外面	215
我的同学李晓磊	218
李翠花，我见过你的妈妈	221
张小毛，我见过你的爸爸	223
李桂花，我们都欠你一个拥抱	225
留在枝头的三个红柿子	228
男孩姜晓磊的"眼睛"	230

迷茫原来是懒惰的借口	232
你以为我不敢打你	234
你们为什么要生下我	237
李老师和李小毛	239
春天路过马小跳	241
不就下了一场雪嘛	243
穿白T恤的江小雪	245
李红叶，将秘密埋在红叶李中的女孩子	247
大牛生命中的最后一个夏天	249
在天上种一块地	252
窗外，是一片天地	254
一条路上的寻寻觅觅	256
是谁踩痛了季节的尾巴	258
桃花依旧笑春风	260
今日谷雨	262
如梦如幻，如露亦如电	264
立春的雨啊	266
吃，不仅仅是一个动词	268
"李扶贫"和"懒驴张"	270
"李扶贫"和张婶的那些事儿	272
静悄悄听万物的灵说话	274
白公智，北阳山里写诗的人	276
姚阳辉的机器人、稻草人和城市	278
异趣天成一璞玉	280
谁能听见鸟儿的歌唱	282
一组生命的赞歌	285

"白蒸馍蘸辣子水水"的理想

忽然想谈谈理想这件事情。

记得在镇安中学上学的时候,学校组织一次革命先烈事迹教育报告会,说到解放战争时期,有战士问共产主义到底是个什么,回答的人想了半天说"共产主义就是白蒸馍蘸辣子水水"。当时所有的学生都笑了,我在心里想共产主义不是白蒸馍蘸辣子水水,但是是什么却是个很难回答的问题,现在看来,要回答这个问题得读很多书,甚至是可以写一本书来回答的。

具体到要让提问的人明白共产主义是啥,这个"白蒸馍蘸辣子水水"却也不失为最简洁直白的回答。正如要让阿Q明白革命是什么一样,无非就是钱家的桌椅搬到土谷祠,老婆嘛,邹七嫂的女儿太小,秀才娘子脸上有疤,吴妈长久不见了,假洋鬼子的老婆会和没辫子的男人睡觉,等等。

再说"我要给地球镶金边,我要给长城贴瓷砖"等,是网上的段子,要么很大,要么很小,是大小通吃的节奏。也算是理想,只不过博人一笑罢了。

其实很多时候谈理想,我们只在意了这个"想",想着理想也就是个想法,只要是想法就是理想,我们忘记了重要的东西不是"想",而是理想前面的这个"理"。

理想首先是理性的,之所以叫理想,就是为了区分"妄想""狂想"。理性地结合自身的基础,为自己的未来做的设想,或者是为某件事画一个蓝图。这就不能缺乏理性的思考,有道理地去想象。不讲道理的想象只能是瞎胡闹。

理想的"理"也有合理的意思。也就是我们的"想"必须是合理的，一切不合理的"想"只能是"痴心妄想"，不能称为"理想"的。

理想的"理"还有管理的意思。也就是必须对自己的"想"加以管理，而不仅仅是想一想。管理就包括制定理想以及实现理想的方法步骤，这样才能一步步实现自己的"想"，而不是成为"空谈"。

很早上小学的时候，老师让我们写一篇作文叫《我的理想》。那时候相当多的学生首选要当科学家，其次是要当老师，还有就是当解放军，现在想起来都让人唏嘘不已。所有的理想实现起来都很困难，不知道那些已经多年没有联系的同学有几位实现了自己的理想。我忘记了我的理想是啥了，但是不管是啥，我可以肯定地说是没有实现的。不像现在的孩子，理想就是要当明星。回过头来想一想，当明星实现起来怕比当科学家还要靠谱一些，毕竟虽然不是人人都能当明星，但是我们必须承认当明星有其偶然性，而当科学家的困难却是显而易见的，更何况明星的收入和光环在那里耀眼地闪光呢。

现在看来，要让我谈理想啊，我真想做一个农民，种好自己的几亩田地就行了。如果允许，我还可以诗意地说"种桃种李种春风"，不过就现在的社会发展和农村土地的流转看来，这个理想很难实现了。

换句话来说理想，"白蒸馍蘸辣子水水"不失为最好的理想了。实现起来容易而且返璞归真，里面又藏有大世界，不是一般人能说出来的。我开始佩服那位解释共产主义的前辈了。

像露珠一样生活

读《大学》第六章释"诚意",我是半懂不懂的,总觉得这个东西不可名状。

生活中,总有一些无形的东西左右着我们,而我们对这些东西总是不可名状,因为我们总是想用有形的东西来表征无形的东西,真有些"寻寻觅觅,冷冷清清,凄凄惨惨戚戚""蓦然回首,那人却在灯火阑珊处"的感觉。

我忽然就想到了露珠。

它起于无形,而又消于无形,看上去无所从来而又不知所终。但是,我们知道它不管是无形的时候,还是显露尊容的时候,其实时刻都在我们周围,也就是时刻都在我们的生活之中。它是晶莹剔透的,同时也是有烟火气的。看上去,它远离生活,其实它时刻都在生活之中,或者说,它本身就是生活。

露珠挂在草尖,看上去一尘不染,而且内心透明,从不遮遮掩掩,它把它的所有都敞开来。所有的外在的东西,在它的内心都能客观地、原原本本地得到呈现。这些呈现是发自本心的,也只有完全敞开自己的本心,才能对外呈现这种真实。平常的时候,它时刻都在生活之中体验着、感悟着,不着痕迹地把自己藏于生活之中,一旦条件形成,它便露出自己的纯洁。这么看,它是拒绝自我的,也是拒绝虚无的,既不刻意隐藏自己,也没有惊艳四座的想法。这种拒绝最后其实都默默地化成了一种力量,甚至是一种人格(好像说"物格"更合适一些)。

露珠又是孤独的，它们总是小心地保持着必要的距离，不轻易互相打扰，但是又心心相印。一旦它们相聚在一起，那就是河流、大江、大海，而每一颗露珠都把自己很好地融入这种力量之中。这种时刻在生活之中，无形之中来，无形之中去，不因外物而改变自己的本性，敞开自己的心扉，不染一丝尘埃，该有一颗怎样的心才能做到啊。

于此，我想到了我的工作。面对学生，不管是聪明的，还是缺乏一点悟性的，我能不能做到一视同仁，像露珠一样原原本本地把他们都放在我的心上？我想到了每天遇见的那些人，认识的不认识的，我是不是都有一个祝福送给他们？

我想到了我的妻子，陪我走过风风雨雨，我是不是能包容她在和我一起生活中的一些缺点和毛病（当然，未必是缺点和毛病，也许是不符合我的想法的东西，也就是我认为的缺点和毛病）。我也想到我的儿子，我自己甘于平庸的生活，无奈而无力，而我是不是愿意看着他像我一样平庸而平常。

太多的尘埃迷失了纯真的本心，一切内心的想法总是在外界的变化中变化，澄明的内心被杂念蒙蔽。一旦拨云见日，也许有一种东西，就像太阳一样，无欲无求地发出自己的光和热，而不因为有所索取而患得患失，这好像就是所谓的诚意。

像露珠一样，来源于生活并时刻把自己融入生活，当它显露出来的时候是透明的，没有自己的欲望，它的内心客观、原原本本地呈现它周围的一切，而不因个人的好恶有所取舍，也不因为周围环境的变化而改变自己，即使独处的时候，它也是内心敞亮、无欲无求。

诚意是一个人向内自我要求的自省，然后是这种自省对外的呈现。窃以为。

白天要懂夜的黑

我一直都有个疑问，也就是古诗"千山鸟飞绝，万径人踪灭。孤舟蓑笠翁，独钓寒江雪"所描绘的场景，闭上眼睛，就是一幅国画。但是，寒冷的冬天，这是钓鱼的时候吗？冬天还会有鱼上钩？这些问题一直困扰着我，直到我自己对钓鱼爱上之后。

这也许是冬天垂钓流传最广的一首诗。而最著名的钓鱼却是姜子牙的渭水河边的垂钓。不过我觉得，这两次垂钓，一次是钓性情，一次是钓前程。前者是自然，后者作秀的成分居多。

不管是自然，还是作秀，这都是个人的选择，与他人无关，没有好坏之分，只要你的行为没有干扰他人的生活，干什么事、有什么样的目的都无可厚非。这世界有人选择归隐南山，有人选择打马长安，来来往往，这才叫生活。最可怕的是，我选择归隐南山，就不许别人打马长安；或者我要去打马长安，就嘲笑和讥讽人家归隐南山。这都是不厚道的，甚至是不地道的，也是不人性的。

基于这种思想，我们回来看陶渊明的"采菊东篱下，悠然见南山"是别有意味的，值得琢磨的，多少与"居庙堂之高，则忧其民；处江湖之远，则忧其君"是有些相通之处的。

"皎皎者易污，峣峣者易坠"，虽说是颠扑不破的真理，但是从另一方面来说，也有自身的原因。"皎皎者"大可不必在意。用物理学的观点来说，没有了受力物体，也就不存在力的作用了。文学的语言是"碰了个软钉子"。任何事物都有正反两面。喜爱白天就不能拒绝黑夜，因为没有了黑夜，白天也就没有了意义。

正与反、黑与白永远共存共处，和平相处才是硬道理，何必要求单方面的胜利或者两方面都损失呢？

我说的是如果"独钓寒江雪"是我们的自由，那么"渭水垂钓"为什么就不会是他们的自由？

这世界不会允许自己的自由去破坏别人的自由。

我以为。

最大的问题是没有问题

茫茫大海之中，随波逐流快要被淹死的人，是不是遇见什么都会抓住？我想"救命稻草"也就是这个说法吧。其实很多时候，你以为抓住了救命的东西，那就是个"稻草"，真正救自己命的还是自己，所谓"佛渡有缘人"也就是这个道理。

我的一位朋友，生活有些支离破碎，处理生活问题和人际关系都是有些一条路走到黑的感觉，但是，这别人是没法说的，说了他也不信。一旦一个人迷信或者思维进入死循环，基本上就是这个状态。换句话说，是思维在一个闭环里面转圈。转圈，清醒的人都会头昏脑涨，何况本身就是不清楚的人，只不过清醒的人转圈自己觉得不舒服，而自己不清楚的人转圈自己不觉得罢了。于是，被一些别有用心的人牵着鼻子走路，见啥拜啥，遇见谁只要能拉扯得上，都成了救命稻草，实在是让人看着可怜、可恨。但是你若试图用正常人的思维去点醒他，估计会成为他的仇人，只好看着他越走越远，好在各人的生活是各人的选择，别人既不用替他担心，也不会替他承担后果，除了他的亲人。

我总是不断地反思，为什么在生活中会有人走入死胡同？

生活也是修行，吃穿住行都是修行。佛说，何必万里去修行，菩萨就在身边，或者自己就是菩萨啊。

有一个故事：

有一个小伙子特别信佛，为了求佛，他离开了自己的家和事业出走了。他经历了很多艰难困境，经过了很长时间一直没有找到他心中真正的佛。

这个小伙子在途中遇到一位大师，恳求大师给他指点一条见佛道路。大师说道："你从哪里来，还回哪里去吧。当你在回去的路上走到深夜，你敲门借宿的时候，如果有一个人给你开门是赤着脚的，那个人就是你要找的佛了。"

小伙子很高兴，走上回家找佛的道路。在路上，晚上有很多亮着灯的人家。小伙子每次敲门都是满怀希望，结果都很失望，没有看到一个赤脚的，没有找到赤脚的佛。在一个风雨交加的晚上，小伙子又困又累地回到了自己的家，没有找到赤脚的佛，无奈地敲响了自家的门。

只听到母亲苍老的声音："谁啊？"小伙子不由得悲从心中起，心一酸："妈，是我，我回来了。"母亲赶紧开了门，哽咽着说道："儿啊，你可回来了！"母亲颤抖的双手抚摸着孩子的头，泪光中充满着慈祥。小伙子这才低头发现，母亲光着脚站在冰冷的地上，为了给他开门忙着鞋都没穿。此时，小伙子略有所悟，泪水直流，"扑通"跪在母亲身前。

这就是佛讲的顿悟吧。

朋友之所以那个样子，就是走错了方向，老是希望别人来拯救，遇见谁都是自己的救星，忘记了佛家讲究的内省和自悟。

济群法师是得道的大和尚吧，看看他对佛的理解，也许就知道人家为什么会得道了。一切故弄玄虚的大师肯定都是别有用心的，大道至简才是真理。各种宗教信仰，佛没有具体的神，当然，说"神"就有些道教的意思了，佛家讲的是成佛，为了大家理解方便，我这里就神佛不分了。佛教之所以没有具体的神，是因为佛教是一种智慧和法门，是一种思考人生的过程，也就是说是一个具体的学习过程，而不是求和拜能达到的，也不是别人能给予的，更不是保佑升官发财的。面对一门人生的课程，只有静心学习，好好思考，才能领悟，而不是一味地迷信和朝拜。

简单地说，佛教是一种信仰，而不是迷信。不知道为什么，如今佛教越来越和我们的道教分不清了。很多所谓的"大师"面对信徒的崇拜和膜拜，安然享受而不羞愧，如果不是别有用心，那肯定是自己也糊涂得可以。

再说一个故事：

日本有位叫慧春的女子，很漂亮，不愿被红尘侵扰，一心向佛，当时附近没有尼庵，但她剪去了三千烦恼丝，跟着一群和尚听一位高僧大德讲经。虽说剃度，还是美人坯子，甚至有一种别样的美。一个年轻和尚默默喜欢上了她，他有些不安，佛说色即是空，空即是色，可慧春的美是实实在在的啊。他按捺不住这种喜欢，于是写了一封信，把自己的内心现给她看："不多，也不少，抱抱就好了。"他悄悄塞进她的门缝儿。当然，慧春收到了信，她有些许欢喜，虽说四大皆空，但并不妨碍她的小欢喜。她想着得有点表示，告诉这个写信的师兄，慢慢收起这份小爱恋，放大了去爱众生。第二天师父讲经结束之后，慧春站起来说："昨天收到了一封没写名字的信，我就在这里啊，如同你说的那样，抱抱我啊。"她站在那里，师兄们都低着头坐着，没有人应声。她等了一会儿，依然没有人来抱。她说："违顺相争，是为心病。"据说，那位写情书的和尚当下顿悟。

释迦牟尼在菩提树下的顿悟，也许就是他终于明白自己一直得不到解决的问题其实不是问题，既然不是问题，自己想要的答案也就是不存在的，何必苦苦寻求啊。

是为放下，放下了，不成佛也难啊！

无即是有啊，你来看

我的一位朋友坚定地以为自己信仰佛教，并且虔诚地皈依了，平时和我说话，他都要说自己要干一番大事，让更多的人从他跟前受益，大有以光大佛法为己任的理想。

在金台山，他去拜见住持，是跪爬着进去，又跪爬着倒退出来，匍匐在住持面前痛哭流涕，好像虔诚得很。我看着他的样子，恨不得抽他一耳光，让他清醒一下。但是我就是抽他十耳光，他也不会清醒，所以我只好由他去了。

再看看他把自己的日子过成啥了。好好的家庭，让自己闹得四分五裂，两口子离婚后，自己净身出户，觉得这样有骨气。孩子判给了对方，他非要接在自己身边，结果孩子对他非打即骂的，搞得亲子关系成了仇人。别人说因为公益卖保健品，他贷款买来一大堆，放在家里学别人卖，结果到自己手上，几万元的保健品成为垃圾。买来一些非法出版物，书里面错误百出，他到处送人，说是自己做善事。

我劝过他好几次，他一会儿对我的劝说好像大彻大悟，幡然醒悟，转过身就和我绝交的样子，到处说我一些无中生有的话，实在是让人不知道他是个什么人。

我不是什么佛教徒，但是我也不反对谁去信仰佛教。不过我以为，任何宗教绝对不是让人糊涂的，尤其是佛教，它能从印度传过来，很快被中华民族接受，充分说明了它的智慧和包容。说穿了，它最简单的一句话，我觉得佛教是一种生活智慧，是有烟火气的、接地气的和具有指导意义的。

佛教的要义是"无"。神秀的"身是菩提树，心如明镜台。时时勤拂拭，莫使惹尘埃"和慧能的"菩提本无树，明镜亦非台。本来无一物，何处惹尘埃"谁高谁下，暂且不论。由于神秀强调"时时勤拂拭"，后人以其主张"拂尘看净"，称之为"渐修派"。而慧能的这一首，是对神秀偈的彻底否定，直接把握住"见性成佛"的关键，被称为"顿悟派"。我觉得对于神秀来说，他是在做"加法"，强调人去除掉一些遮蔽智慧的东西，就会成佛，属于"苦修"，而慧能是在做"减法"，强调人"本自具足"，何必外求，只要保持本性就可以成佛了。

细细想来，世间好多争论其实都是这两种思想，最有名的应该是"性本善"和"性本恶"了，还有朱熹和王阳明的"天理和人欲"，朱熹主张"存天理灭人欲"，而王阳明说"天理就是人欲"。主张"性本恶"的要去"时时勤拂拭"和"灭欲"；主张"性本善"的说"本来无一物"和"天理就是人欲"。

回来说佛说的"无我"，我觉得所谓"无我"其实不是"无我"，而是一种"大我"，也就是将自己放入生活中的"我"。一个和自然、外界高度和谐共存的"我"，"无我"绝对不是消灭自己，而是和"道"高度统一的"我"，将自己融入生活之中，不和自己作对、不和别人作对、不和自然作对，当自己"融入自然"，这个时候你觉得你还有以前的那个"我"的概念吗？你觉得你自己消失了吗？所以佛说"无即是有"，也可以这样讲了。

再回来说我那位朋友，他信仰佛教，对于他来说佛教不是一种宗教，而是让他迷失自我的"迷信"，他早就背离了佛教的要义而不自知。由此看来，佛教不是用来"渡人"的，而是"自渡"的，当每个人实现了"自渡"，我们就会发现，这种"自渡"其实就是"渡人"。

朋友，先把自己的日子过好吧。"佛在灵山莫远求，灵山只在汝心头，人人有个灵山塔，好向灵山塔下修。"如果我们不能把握自性，不能认识自己，光在外相上追求，那只会离道越来越远。

我这张老脸啊

所谓"格",本意是把东西放在规则容器中去,看它是不是符合这个容器的规则,其间有什么样的差距或者是不同,以便让这个东西更符合"规则""规矩",用比较高大上的说法是,看它是不是符合"道"。简单地说,就是是不是符合"自然规律"。

物理学科最早进入中国的时候,它不叫物理,叫"格致",我想它可能是"格物致和"的意思。也就是研究事物的规律,然后能在生活中运用这些规律,使人的一切生产生活活动"和谐"而不违背自然规律,即不"背道而驰"。

那么,"格"到底有哪些范畴呢?观察、研究、感悟、体验、自省、反思、对比等用在这里,好像都是合适的,但是都不能全面概括这个"格"字,这些词语只是"格"的一个很小的点,甚至都不是,真是只可意会不可言传的了,就像《道德经》说的"道可道,非常道"一样。

上个礼拜开车回家,有幸和镇安中学的同事洪老师接近,谈起她的"国学"社团,我忽然觉得好像在我面前打开了另外一扇大门。她和办公室的陈老师谈起"格脸"的话题,我一边开车一边听她们讨论,受益匪浅。

我觉得,"格脸"绝不是"察言观色"那种八面玲珑,也不是对"人面桃花相映红"的那种欣赏。所谓"格",它的研究对象绝对不是别人的"脸",而是自己。

我们都有喜怒哀乐,这些喜怒哀乐平时就表现在我们的脸上。那么,面对自己的脸,我们能"格"出什么?

在家里，一个人照照镜子，我们可以看出，我们自己的脸在大多时候是平静的。这就像大海，惊涛骇浪是短暂的，平静才是它的目的和日常。这也许说，平静才是一张"脸"该有的样子吧。

出门了，我们好像忽然换了一张脸，遇见同事一张脸，遇见领导又一张脸，遇见学生又是另外一张脸，虽然说是同一张脸，但是脸和脸又是不同的，冷静地想一下，这脸还是我自己的脸吗？如果是，那这张样子简直就是"不要脸"了。

我想到寺庙里的菩萨，它们一脸安详，闭目而坐。为什么能做到呢？我想：外在的事物美丑善恶是客观存在的，如果整天睁着眼睛，看见的东西反映到内心就会有区别，这样就有了分别心，而佛是不能有分别心的，所以佛都是闭目而坐的，这样它对外界没有了分别心，心底就不会生出区别的想法，就能时刻保持内心的澄明。

将自己这善变的脸和菩萨的脸做个比较，面对一座泥塑，我都忍不住惭愧不已了。

通过自己的脸窥见自己的内心，内心的念头再通过自己的脸反映出来，这也许才是旁人眼中真实的自己了。那么，镜子中的自己还是自己吗？我必须闭上眼睛来看看我自己了……

当我们内心平静祥和、自在圆满，我们还在乎我们是一张什么样的脸吗？其实，这个时候，不用想，你不在乎的脸才是真正的"脸"。所谓"相由心生"就是这个道理，当然，这里的"相"不仅仅是面相。

好好"格"自己的"脸"吧。

佛说"诸法悉空，名为无相"。

一只猴子的思想境界

花果山有一只著名的猴子，不远千山万水，漂洋过海，寻仙问道，来到西牛贺洲地界，拜在菩提老祖门下学道。

起初，菩提老祖教给他的也就是洒扫应对之礼，"次早，与众师兄学习言语礼貌，讲经论道，习字焚香，每日如此。闲时即扫地锄园，养花修树，寻柴燃火，挑水运浆"，并没有什么特殊之处。"见今还有三四十人从他修行"，而且菩提老祖弟子众多，也是一些普通凡人，翻遍《西游记》，也不见孙悟空的师兄弟能最后有个得道成仙之说。再说，孙悟空最后大闹天宫、西天取经得道成佛，和以前的师兄弟也没有任何来往照应。

可见，不在一个阶层、不同的身份决定了，即使是同学，怕也是玩不拢的。

那么，这么多拜在菩提祖师门下的弟子，为什么只有孙悟空最后获得成功，得道成仙了，难道是菩提老祖没有好好教其他弟子？

我觉得，菩提老祖恰恰是因材施教的典范。每个人自己追求什么，菩提老祖就根据每个人的需要教给他想要的技能。

孙悟空来到菩提老祖门下，一心就是寻个长生不老的法子。这个可以从孙悟空从花果山出发就可以得到信息。出发前，他对花果山的猴儿们说："我明日就辞汝等下山，云游海角，远涉天涯，务必访此三者，学一个不老长生，常躲过阎君之难。"

泼猴的目标是明确的，那就是长生不老。漂洋过海数十载，泼猴不知道经历了怎样的艰辛，却也初心不改。直到来到西牛贺洲地界，见一樵夫在唱

《满庭芳》，且领悟到一些道德真言。泼猴便问："你家既与神仙相邻，何不从他修行？学得个不老之方。"天可怜见，漂洋过海十几年的泼猴还记得自己当初离开花果山时"务必访此三者，学一个不老长生，常躲过阎君之难"的初心，这也许就是成功者需要具有的品质吧！

祖师欲传"术"字门与他，泼猴便问："似这般可得长生？"祖师说"不能"时，泼猴连说："不学！不学！"态度坚决。祖师又欲教他"流"字门，泼猴又问："似这般可得长生？"得到祖师"不能"的答复后，泼猴道："据此说，也不长久。不学！不学！"接下来祖师欲教他"静"字门、"动"字门，泼猴一心想长生不老，都是"不学！不学！"。

这泼猴初心不改，只为长生之道，师兄弟们还在"与人家当铺兵、送文书、递报单，不管哪里都寻了饭吃"时，泼猴却"昼夜殷勤，那几般儿都会了"。

孙悟空显摆"筋斗云"时，师兄弟们一个个笑嘻嘻道："悟空造化！若会这个法儿，与人家当铺兵、送文书、递报单，不管哪里都寻了饭吃！"可以想见，这些学习的弟子来此修道，无非是为了"学一项技能，谋一个饭碗"罢了。

孙悟空的追求，他的同学如何能懂。其余同学来此学习，也就是谋一个饭碗的思想境界，而孙悟空却是"长生不老"得道成仙。所以一开始的出发点就不同，结局当然就不一样了。

后来，他再也不是那只泼猴了，他有一个名字叫孙悟空，也叫孙行者。再后来陪着唐三藏西天取经，历经九九八十一难，也是初心不改，终成斗战胜佛。

向琵琶女学做一位好老师

忽然想讨论一下沉默,课堂上的沉默。这可能与很多人喜欢的课堂有些出入,所以我首先声明,我其实也喜欢那种课堂上学生和学生、学生和老师的激烈的讨论,甚至是争论。但是,面对多种多样的问题,善于倾听别人的观点或者用心去体会别人在说什么比起没有一点含金量或者含金量很低的发言,更值得老师去肯定。这就是课堂上的沉默。

热闹的课堂,有时候只停留在问题的表面,很难深入问题的实质,也不是所有学生都能参与。学习说穿了是一个思考过程,而思考是需要时间和空间的。纷纷扬扬的七嘴八舌,很难有思考的深入。一个人人都抢麦克风的课堂,肯定不是好课堂,而保持沉默的课堂不一定就不是一堂好课。

尤其是理综课堂,而理综课堂的物理课堂更是需要沉默。

白居易在《琵琶行》中有一句"唯见江心秋月白",其实就是理综课堂沉默的最后境界。这也就意味着,我所说的沉默肯定不是死水一潭的那种,而是有一种"地下的烈火"在燃烧的感觉。

当然这需要老师高超的引导技巧,把学生带入一种思考的境界或者带入知识的情景之中,让课堂上的问题有画面感和趣味性。我觉得白居易的《琵琶行》中的琵琶女就是一位很好的老师,是一位能引起高级别的沉默的优秀老师。

其实,上课的开始肯定是个引入过程,如何"润物细无声"地将学生带到探索知识的情景之中,老师引入新课的关键绝不是滔滔不绝,而是"低眉信手续续弹,说尽心中无限事"。当学生进入学习的情景之中,老师的引导技巧能将错综复杂的知识简单化、生活化就很重要了，所谓"深入浅出"，也就是"轻拢慢捻抹复挑，初为霓裳后六幺"。

知识的传授结束，应该是学生提出问题的时候，这也应该是课堂的高潮，这个时候，老师应该放手让学生去争论或者讨论。老师可以作为一位旁观者或者某些同学讨论的参与者，好比"大弦嘈嘈如急雨，小弦切切如私语。嘈嘈切切错杂弹，大珠小珠落玉盘"。

在争论、讨论中发现问题，老师不要急于点拨，而应该让学生独立思考，这个时候，师生应该就是那种"地下的烈火"式的沉默。"间关莺语花底滑，幽咽泉流冰下难（产生问题）。冰泉冷涩弦凝绝，凝绝不通声暂歇（百思不得其解）。别有幽愁暗恨生，此时无声胜有声（深入思考）。"这个时候的沉默最具有价值了，也是我们理科老师最需要耐心的地方。我认为这个时候应该"慢点、慢点、再慢点"。

当思考进入一定的深度，必然有学生需要表达自己的思考结果，不同的学生解决同一问题的方法可能不同，也可能是结论不同，但是这种不同并不妨碍学生对知识的"豁然开朗"的感觉，他们的发言就是"银瓶乍破水浆迸，铁骑突出刀枪鸣"的效果。

一堂课结束了，课终思未止，课完学未停，正如"曲终收拨当心画，四弦一声如裂帛。东船西舫悄无言，唯见江心秋月白"。学生的学习必然上升一个境界，学生对知识的理解必然是"道可道，非常道"的那种只可意会不可言传。所谓"融会贯通"，也不过是这个样子吧。

瞎想，写在高考前

最近一直在为学生上原子物理部分的知识。说实话，这部分的知识抽象而晦涩，想让学生明白，或者说想深入浅出地给学生讲明白，是有一定难度的。有很多时候，自己心里明白，或者是能体会到，但是实在不知道用什么样的表达能让学生明白。这是我的苦恼，也是一位老师的失职。

我总觉得，作为老师，能将知识深入浅出地简单化、具体化、形象化是必须具备的技能，有时候，在某种程度上来说，一位老师的课堂风貌直接决定了这门学科在学生中的形象。换句话说，老师可能是你所教学科的形象代言人，在某种程度上，老师代表了自己所教的学科。

所以说，如果学生对老师有意见，那可能不是老师的悲哀，而是这门学科在学生心目中的灭顶之灾。所以，当一位老师不能让学生喜欢上自己的课堂，对老师来说，是一种悲哀，对学生来说，也许是一生的痛。

但是，面对众多的学生，老师又如何做到让所有学生满意呢？再说，每个人的目的又有所不同，有很多学生就是直接奔着分数而来的，急功近利的思想哪里能等待老师慢慢地引导和建立学科基本思想呢。这也许是教育的矛盾之处。教育的目的是培养人，而不是机器，但是选拔手法的单一，这可能是现代教育的悖论。

说到这里，我想起最近讲给学生的《波粒二象性》内容。德布罗意的博士论文提出来物质波的猜想。他在对光的波粒二象性发展和认识过程中提出了一个对称性的问题，即人们在认识光的时候在粒子和波动上的左右摇摆，当波动战胜粒子说的时候，人们过多地关注波动而忽略了粒子说，直到普朗克提出能量子假说、爱因斯坦提出光量子概念，人们重新认识了光的粒子性。那么，对称性的问题是，人们在研究实物粒子的时候，是不是同样只注重了实物的粒子性而忽略了实物粒子的波动性呢？

基于以上问题，德布罗意大胆提出了物质波的理论，并被后来的实验证实，从而获得了诺贝尔物理学奖。

德布罗意的发现来源于他的思考，而这种思考的灵感其实起源于他对自然界对称性的美感的深层次认识。如果没有对美的深刻体会，他也许不会提出物质波的理论。

我由此想到，其实所有的教育，美育是第一性的。可以这样说，在某种意义上，一切自然科学的发现都是建立在发现者对美的感悟和独特体验上的。

所以，作为老师，如何在自己的学科上对学生进行美育教育，或者说让学生感受自己所教学科的内在美可能是最重要的，这当然需要教师更有耐心、有很强的综合素养了。当然，也需要学校、社会、学生对老师更多的宽容和理解，而不是只有分数。

高考是为了生活更美好，这没错，但是生活并不是为了高考吧。当学生建立起某种信仰和兴趣，那么高考就显得过于低端了，我是这样认为了，但愿不会挨骂。如果你要骂我，我选择包容，呵呵。

马上要高考了，它也许是生活的一种可能性，千万不要当成一个人一生的全部。用平行宇宙的话来说，你选择了一条路，意味着你放弃了更多的可能，而那些可能，也许比你的选择更会让你的生活丰富多彩。

高考加油！我还是要说这句话。

向德布罗意低下我的头

作为物理老师，写一点文字，总是离不开自己熟悉的物理世界，这也算是一种职业病吧。本质上来说，我就是个爱写作的物理老师，并不是物理老师爱写作，这有本质区别的。

我还是想从物理学习上谈谈美育的重要性。但愿没有超出我的专业范畴，当然，胡诌是我的缺点，在这里胡诌，不伤害人，也算是人畜无害的一种释放。

物理学中，进入原子内部后，知识就显得晦涩难懂了。研究原子内部结构以及原子核的结构，和以往的经典力学与生活经验就有些不同，如何让学生轻松学会原子物理、了解微观世界，我用宏观世界做了很多比喻，但是效果还是不佳。因为世界的连续性、时间的连续性、空间的连续性对学生来说，已经深入骨髓，已经被习惯性地认可。忽然提出物质世界的不连续性、能量的不连续性，学生接受起来肯定有障碍。

解决这些障碍，当然我觉得还是要从美育入手，只要对美有高度的认识和体会、体验，我相信量子物理不再是学生学习的障碍。

德布罗意的物质波概念是基于人们研究光的波粒二象性中，重视波动而忽略粒子性，提出来对称性的想法：实物粒子的研究上把粒子方面的图象想得太多而忽略了波动性。如果不是对美的独特理解和认识，是不会提出这个问题的。当然，提出问题比解决问题更重要，因为提出问题需要思考，而解决问题只是个时间问题了。

我们可以看看德布罗意的生平，显然，高级别、高层次的审美已经深入他的骨髓和生活。

德布罗意喜欢过平俗简朴的生活，卖掉了贵族世袭的豪华巨宅，选择住在平民小屋。他深居简出，从来不放假，是个标准的工作狂。上班通勤，他喜欢步行，或搭巴士，不曾拥有私人汽车。对人彬彬有礼，他绝不发脾气，是一位贵族绅士。1987年3月19日，德布罗意过世，高龄95岁。

另外，汤姆逊对阴极射线的研究，让人们认识到原子是有结构的。他的研究思路现在看起来完美而简单，但是他走过怎样的弯路我们是可以想象得到的，而这种研究可以照搬到人们对天然放射性研究上去。也就是说，汤姆逊蹚开了一条研究微观世界的捷径。

阴极射线证明了原子有结构，天然放射证明了原子核是有结构的。这种思考方法、研究手段的对称，以及这种科学的脚步是可以看到和感受到的，也会极大震撼一个人的心灵。

除了对世界的好奇之外，这种对称性的美感体验，才是教学的重点，虽然高考并不涉及这些，但是我觉得，把这牢牢地送进学生的血液，将让学生一辈子受益的。

当然，这只是我个人的一点想法。面对高考的激烈竞争，人人都渴望快速成功的今天，部分功利性的教育教学让学科美育失去了生长的空间。没有人愿意等待几十年甚至几百年来看待人生，这也许是现代快节奏生活的悲哀。

我忽然想写一点文字，并向德布罗意低下我的头颅。

巴黎圣母院的大火
和那根被扳断的手指

　　一场大火让巴黎圣母院成为全世界人民的心病，但是在美国，同样是世界人民不可多得的文化遗产，秦始皇陵墓的兵马俑被人扳断了一根手指遭到人为破坏。当我们为巴黎圣母院的主塔尖在大火中倒塌而伤心的时候，却发现，破坏我们兵马俑的千古罪人却在美国被判无罪。这一伤害中国人民情感的判决理应像人们关注巴黎圣母院大火一样受到全世界人民的谴责。遗憾的是，这样的舆论却没有发生。

　　我们当然可以抱怨美国的法律制度，这是最好的推卸和官方发言。但是我们有没有想一想，美国在这件事上能主导全世界的舆论吗？显然是不行的。

　　我以为，这一切都是文化的原因。

　　全世界人民都知道巴黎圣母院，我想并不是巴黎圣母院自己造成的。而是维克多·雨果依托巴黎圣母院演绎的感人故事《巴黎圣母院》，正是这一文学巨著，赋予了巴黎圣母院全世界人民的情感，让全世界人民在看巴黎圣母院的时候，是在享受一种文化。

　　举个不恰当的例子，比如德令哈，它只不过是大戈壁中的一个小镇，如果不是海子，它必将和所有戈壁滩中的小镇一样淹没在荒漠的风沙之中。但是，是海子赋予了这座小镇生命和永恒。本质上，是文化赋予了它情感和生命。一切没有文化底蕴和文化依托的东西，很难引起人们的共鸣。

　　这正如如今全国上下每一个小县城都有一条古街、一座古镇一样。那些刻意做旧的现代化的古街、古镇，修建以前原以为可以迎来大批游人，拉动当地的经济，哪知道修建好了之后却实实在在成了"鬼街"，而凤凰古城、同里水乡、青木川古镇等人满为患。如果凤凰古城不是沈从文、同里不是水乡文化、青木川不是叶广芩，它们凭什么能让人产生情感的依恋和历史的沧桑？古镇、古街可以复制，文化却不可复制啊。

暑假的时候，我默念着海子的"姑娘，今夜我在德令哈。小雨淋漓，姑娘，我今夜只有思念"路过德令哈，我的内心是多么激动，因为德令哈在我的心中已经不是一个地方，而是一种情感、一种情愫。我也计划着要拜访一下沈从文笔下的凤凰古城，那同样是对《边城》的一种生命体验。

回来说兵马俑，世界文化遗产被破坏，却得不到世界人民对它的情感认同，这无疑是令人遗憾。巴黎圣母院，正是因为雨果赋予它一种文化象征和情感寄托，让全世界人民都因为看到它而骄傲，也因为它的存在而感到温暖。来到这里，自然就会想起道貌岸然的克洛德教主、心地善良的敲钟人卡西莫多，以及美貌的吉卜赛少女爱斯梅拉达。明明知道这是文学家演绎的故事，但是我们还是忍不住要在这里寻找。因此，文以化人，文以载道，只有让中华民族的文化理念走出国门，让文化自身说话，呈现中国和平发展的理念，践行文化自信，提高文化软实力，刻不容缓。

刘项原来不读书

"坑灰未冷山东乱,刘项原来不读书。"说的是秦始皇的焚书坑儒,但是却透露了一点信息,就是刘邦、项羽不是读书人。

拿现在的观点看,刘邦绝对是成功人士,至于项羽,如果不算成功人士,起码也能算半个成功人士吧。所以,这两句话是有些宣扬读书无用论的成分的。

不知道为什么,刘邦一直社会地位不高,历史中一直是一个流氓小混混形象。但是,不读书的刘邦也能留下文学作品,我对他不读书的说法是有些怀疑的。

"大风起兮云飞扬。威加海内兮归故乡。安得猛士兮守四方!"如果看前两句,活脱脱的小人得志的感觉,但是看最后一句,顿时格局就不一样了。通过这格局就能看出刘项之争,刘邦之所以能胜出是有些道理的。

至于项羽,一直被人们认为是失败的英雄,这可能得益于司马迁的《史记》和一些文学作品的渲染。项羽出身好像比刘邦高贵一些,起码不是流氓地痞,至少项家在地方也算是名门望族,但是不知道为什么也没读书。是不是那个时代不重视教育?

项羽也是写诗的。"力拔山兮气盖世,时不利兮骓不逝。骓不逝兮可奈何,虞兮虞兮奈若何。"说明项羽还是有文化的,只是怨天尤人的成分多了,积极性不够,或者说是正能量缺失。比较二人的诗歌,他们的结果就可以看出是必然的。刘邦的胜利也就有了原因。

两位都不读书,都是成功人士,而且都留下了传世的文章。这也许与古代的诗人门槛不高有关吧。

你看《诗经》中，千古传诵的名篇几乎都是老百姓劳动的时候随口的哼唱，虽然文学成就不低，但其中的技术含量好像都不高。想想老百姓都能"关关雎鸠，在河之洲。窈窕淑女，君子好逑"几句，刘邦、项羽这些在江湖上混日子的人会写诗就不算什么稀奇事了。

刘邦骑在马上，志得意满，"大风起兮云飞扬"简直就是他身边情景的白描，"威加海内兮归故乡"是他自己内心的真实活动，不是有"富贵不归故里，犹如锦衣夜行"。回想自己夺得江山的过程，他是真的渴望"安得猛士兮守四方"。

我们还可以发现，刘邦、项羽的诗歌在结构上是相同的。

"大风起兮云飞扬"和"力拔山兮气盖世"都是白描，只是项羽有些夸张的成分，尤其项羽的夸张是有自我崇拜在里面。"威加海内兮归故乡"和"时不利兮骓不逝"也是相同的句式结构。由此看来，这哪里是诗歌，也许在当时这是一般人说话的方式。

虽然他们都有诗歌传世，但是都可以看出他们不读书，不读书能写诗，也可以说他们读的是"社会"这本书。刘邦读"社会"这本书显然比项羽读得好，读出了背后的东西。他的诗前两句一看就是小人得志的嘴脸，但是最后一句一下子显露出了王者之气。而项羽呢，是有些自恋在里面的，总以为依靠自己个人的力量就可以成功，相反刘邦就知道"安得猛士"的重要性。

如果上学的时候，你和刘邦、项羽同班同学，你喜欢哪一位？

有关作业的思考

我不是反对学生做作业,我是反对不思考地做作业。

——题记

学生做作业是习以为常的习惯动作,可是做了那么多作业,面对比作业简单的考试题却还是一筹莫展,这究竟是什么原因造成的呢?

我觉得做作业是没有任何意义的,真正有意义的是做作业的过程中的思考。作业的"做"只是表面现象,而作业的内涵是思考。很多学生只是完成作业中的"做",而没有作业背后的思考,所以,即使作业完成得再好,没有了作业背后的隐形思考,其实他根本就没有做作业,甚至还不如不做作业。

为什么每次考试完,学生对考试题记忆特别深刻,甚至不用看试卷都能叙述下来?这是因为他在考试过程中,绝对投入地思考过,即使这道题他没做出来,但是下次遇见了他一定会了。平时的作业,做了等于没做,考试的题目没有做却比做了还要清楚。区别就在于在"做"这个动作中有没有思考。

那么,老师为什么还要布置作业?

因为思考是隐形的,隐形的东西如何体现就成了问题。如果需要考察这个隐形的东西,就需要老师花大量的时间去和学生交流,并一对一地去谈心和呵护,介入学生的作业过程。这在现在的教学情况下是不可能实现的。一个老师少则要带一百多名学生,多的要带两百多名,这些细致的工作不说教师不可能，即使教师有大量的时间和精力，学生面对沉重的课业负担，也不可能有大量的时间来为一门功课让老师辅导。也就是说，教师没精力、学生没时间。这个时候，布置有形的作业就成了最简单、最有效的方法了。

简单意味着粗暴。这种大量的书面作业必然是粗暴的，也是无奈的。

反过去说，如果这种简单的做法让每一个学生都在完成作业的过程中有一个思考，那么作业就成了最有效的学习方法了。关键是学生在做作业过程中，没有体会到思考的作用，或者不愿意思考。如果每次做作业你都经过了思考，那么做作业还真是有效的学习方法。

一旦作为任务布置下去，那么为完成任务的应付就产生了。

这就对教师布置的作业提出了问题。教师如何布置能检查学生思考品质的作业就成了当务之急。我觉得过程性作业是解决检查思考过程和思考品质的有效途径。

那么，何为过程性作业？

课题或者是一类问题的探究，就是过程性作业。给学生的不是具体的题目，而是一些生活中的问题，由问题入手，寻找解决问题的方法手段，最能体现思考的过程。

当然，这就加大了教师的批阅难度，要求教师具有鉴别学生作业优劣的慧眼和区别学生思考深入程度的尺子，具有开放的眼光和包容的内心，是学生学习的参与者，也是学生作业的参与者。

这种问题有利于学生之间的交流合作，答案的开放性也给了学生很大的自由和发挥的空间。

再次申明，作业是没有意义的，有意义的是完成作业的思考过程。那么，体现思考过程的作业才是有意义的作业，在作业中有思考才算是真正完成了作业。

我以为。

何必在一张录取通知书上较劲

上班路上,一边开车一边听广播新闻,忽然就听到了各个大学在录取通知书上的各显神通。八仙过海,各显其能地挖空心思,多么有创意、多么有科技含量,让人顿时有些不太舒服。

某大学录取通知书又一次冲上热搜:该校为本科新生送上一颗"未来芯",融入老校区和新校区的地标性建筑;启动"未来芯"钥匙校徽背后的按钮,便可以点亮"未来芯",将其靠近手机即可读取微信小程序获取个人专属电子录取通知书。此外,还有新生特别版校徽盲盒,共三大主题色系,九款颜色。

某工业大学的录取通知书,上半部分彩色设计在阳光下闪闪发光,"破茧"两个字更是送给考生的祝福;某大学的"莲子录取通知书"心意满满,一个小小的荷包和两颗莲子;还有大学的录取通知书采用激光雕刻,手工组装。

相比较,这里面,我觉得"莲子录取通知书"倒是值得很多高校学习了。

作为一所大学,不好好地在提升自身综合能力上下工夫,而把心思用在其实并没有什么实用价值的录取通知书上,看起来好像很温馨、很人性,说穿了不过是形式主义思想在作怪,也是大学用力用错了地方。

我不反对录取通知书做得精美一些。一份精美的录取通知书,对于高考后的学子来说,也是一份奖赏,如果保存下来,也是个人人生的一件纪念品。但是,我觉得,它的纪念意义恰恰在于通过它能让人回忆自己的青春时光，而不是它的精美能承载的，有时候，能承载这一意义的恰恰是朴素。

而目前一些大学录取通知书，好像背离了通知书本来的样子。我相信，制作再精美的高科技声光电录取通知书，比不上大学里做学问的大师手写的一份通知书吧。如果你收到了一份所谓的高科技录取通知书，而你的同学却收到了一份大师手写通知书，放在一起，你就会知道"穿西服包裹脚"是多么蹩脚的一件事。

有时候，过于脱离实际意义的浮华恰恰是老土的体现，甚至是不务正业的体现。

有人说，大学录取通知书揭开了大学的神秘面纱，勾勒出大学的轮廓，展现着学校的特色、历史、文化、校风，潜移默化地帮助新生更好地认识大学，融入大学。更重要的是，录取通知书通过走心的设计，看到了高校对学子的祝福和期许，它更是学校送给新晋学子的一份厚礼，包含着对新生的寄语、期许、鼓励，无形之中增加了新生对大学的归属感，也帮助新生开启了对未来大学生活的规划和思考。

看上去很有道理，但是试问，当一位学生报考该所大学，他提前对这所学校的了解，也许比通知书所反映出来的东西要多得多，通知书再来做这些工作是不是有些多此一举了？再说，网络如此发达的今天，一位新时代的准大学生，了解一所学校，还有必要通过录取通知书来实现吗？

我不反对大学录取通知书的精美，但是我很反对这种形式主义的铺张浪费。在大学录取通知书上用力，显然是高校用力用错了方向。

被泥土一点一点埋掉，是个什么感觉

被泥土一点一点埋掉，是个什么感觉？

是不是像一粒种子被丢在泥土之中，不久的将来，会长出一株玉米或者一棵小树？或者是长出一些故事，甚至是看不见的一些空气，或者是一种味道？

我总是管不住自己思考泥土之下的不为人知的律动，甚至想着自己被泥土一点一点埋掉，那是怎样一种感觉。这念头挥之不去，而且越来越强烈。

我是什么时候生发出这种想法的呢？

梳理那些过去的事情，我忽然在一个秋天的雨夜，听着窗外滴滴答答的落雨声，就想起父亲下葬的事情来，猛然惊醒。我是看着父亲的棺木放入泥土，看着帮忙的乡亲用一铲一铲的泥土掩埋父亲棺木的时候产生这种想法的。

我看着泥土一点一点掩去父亲的棺木，每一铲泥土都好像撒在我的身上，他们掩埋的好像不是父亲，而是我自己。

有时候，我仿佛觉得他们埋掉的是一段故事或者是一个想法，而父亲还和我们在一起，或者站在高处看着我们以及那些掩埋他的故事的人，两年了，父亲好像并未走远。

我有时候有些错觉，就像我失忆的母亲，不断地寻找着父亲。在她和父亲生活过的地方，我忍不住流下泪来，母亲居然不知道父亲已经永远地离开了她，或者是不愿意承认父亲会抛下她而去吧。

记得父亲去世前住院，那时候，我们还没有预感到父亲会离开我们，等大哥打电话说父亲病情恶化的时候，我们带着母亲去医院，父亲看见母亲忽然就很激动，挣扎着要起身的意思，可惜他已经说不出话来，但我们从他的眼神看出来，他是放心不下母亲的。

我到现在都后悔，早知道这是父亲最后一次清醒着面对母亲，我们应该让母亲和他多待一会儿。那时候，我看父亲激动得不能控制，就带母亲离开了。

人啊，总是不到最后不回头吧。

父亲的棺木被盖住了，我仿佛也被埋入泥土。我从泥土里面生长出来，我看见好多人依然来来往往，痛苦或者欢乐、聪明或者愚笨、贫穷或者富有都与我无关，我只关心泥土和空气、我只关心故事……

泥土中，既能生长出小草、庄稼和树木，也会生长出一大群人看不见的故事。父亲的故事在泥土中发出一点芽儿，我看着它一点一点地长大，两年了，好像绿荫如盖了。

回到故乡，我总是想坐在这如盖的绿荫下，或无所事事，或打一个盹，或读一会儿书，我总感觉父亲陪伴在我身边，他不说话，我也不说话。我们互相熟悉着对方的气味，那甚至就是泥土的芳香。

一个人被埋入泥土，并不是一生的终结，或许是另一个开端，也许只有被埋入泥土，这种开端才能发芽生长，就像一粒种子被埋入土壤，那甚至是他生命的开始……

父亲已经如一粒种子埋入地下，好多记忆和思念都在生长，无以言说，不一一赘述，就这些吧……

秋天，父亲的树叶落了

　　老家的老街道已经面目全非了。我趴在父亲的背上，用手指着街道木门上挨家挨户的春联一个一个认字的记忆仿佛还在昨天。

　　那时候，青石板铺就的街道窄窄的，街道两旁一律是有些泛白的木门。春节的那几天，木门上贴上大红的春联，显出少有的生气和喜庆，虽然依然缺吃少穿，但是简单的快乐还是从每家每户的烟囱中徐徐升起来，飘荡在寂静而空旷的屋顶，连瓦屋上的茅草也显得格外飘零而倔强。

　　忘记是多少岁的时候了，父亲背着我，走过无人的街道，我用冻得通红的手指，指着每家每户的春联，一个字一个字给父亲念我刚刚学会的生字，偶尔有不认识的，父亲会教给我。不过，更多的字是王先兰老师教给我的，她是我第一个认识的除了母亲之外最美的女性，记得那时候她还是个民办教师。

　　街道中心的皂角树郁郁青青地站在那里，父亲的背温暖而持久，仿佛一直都能这样温暖下去，成为我永远的依靠。

　　几十年弹指一挥，不知不觉间，父亲的背再也不是我的依靠了，相反，父亲却要依靠我并不坚强的肩膀，我才体会到当年我以为父亲的坚强也许是那样的不堪一击，正和我现在的坚强一样。那就像河蚌的外壳，是为了保护自己脆弱的内心。或者，是一个父亲面对孩子不得不挺起的脊梁。

　　皂角树已经无迹可寻了，父亲也在昏迷中熄灭了自己的生命之火。就像风中的油灯，在发出最后一点光亮后，陷入了永久的黑暗，没有一丝声音。生命，好像从来没有来过一样消失了。虽然我知道这迟早会来，但是我一直没有做好准备，也许这个准备需要一辈子的时间吧。而我的时间，却还停留在父亲宽阔的脊背上认字的童年，永远不愿意长大。

老家的风景正是秋天，而冬天也在每个早晨溜出来从乡村的东边跑到西边，又从西边跑到东边，路过每家每户的时候，顽皮地摘几枚叶子扔在屋场上，好像留几枚自己冰凉的脚印。等到秋天的太阳慵懒地爬起来，冬天就躲在背阴的角落探头探脑，和秋天捉起了迷藏。

我走在父亲曾经走过的山路，感觉父亲的脚印一点一点冰冷下去，就像脚底的落叶，冰冷而沉寂，父亲的脚步再也不会回来光顾这些熟悉的小路了，我有一种替父亲来拾掇最后远离故乡的行囊的感觉。

有几位亲戚朋友说让我写一点父亲一生的故事，讲一讲父亲年轻时的光荣与伟大。我实在是写不出来，我觉得他仅仅是我的父亲，这一点就够了，于我们这些子女来说，这才是我们最大的光荣，也是父亲最伟大的地方，因为我们曾经是相亲相爱的一家人，仅此而已，也是千百年的修行。

秋天已经接近尾声，树叶也已经飘零而下，父亲走完自己的一生，就像风中的落叶，一切将归于寂静也终将归于寂静。生命是如此美好，于父亲来说，人生的大幕落幕了，而我们，没有父亲的路却刚刚开始。

一片一片的树叶都落在我的心上，其中，有一片是父亲的树叶，永不凋零！

忽然，就站在了人生的分水岭

父亲的死是我人生的分水岭，而尚在人世的母亲只不过是这个分水岭上的观景台。我在这里短暂停留后，迟早要离开分水岭的观景台，让她孤独地留在那里。

我经常想，父亲的离开到底给我带来了什么改变？

这个问题实在是不好回答。每当我回到故乡，总觉得故乡离我越来越远，尤其父亲去世，母亲失忆之后。我忽然觉得我是故乡的过客，而我的归途尚不知道在哪里。

大年三十我回到家，大哥、二哥、三哥早已经回家，他们各自忙着自己的日子，母亲在三哥、三嫂子身边，我回老家自然是去三哥家，都说母亲在哪家就在哪，我于这是有深刻体会的。

我想，有一天，如果母亲去了，我再回到老家的村口，是不是会有些恍惚，不知道自己该去大哥家，还是三哥家？

也许我首先该去的是父亲和母亲最后的归宿地。父亲、母亲就是埋骨地下，那也一定是我的家在的地方吧。

父亲去世是我人生的分水岭，而母亲是这个分水岭上尚存的观景台。在这里，我可以回望人生的来时路，也可以看看另一侧人生的归途。

停留在这个地方，显然是一种奢望。谁能让时间停留呢？

回望过去，我从意气风发的少年走到沉默的今天，就像飞舞在空中的柳絮。我能体会沉默绝对不是不说话，沉默也不意味着死亡。沉默其实有时候更多地意味着包容和无奈。无奈不是妥协，无奈有时候也是风景吧。

有朋友说，自从父亲去世后，我就一直没有走出来。我知道，我不是走不出父亲，而是走不出我自己。想当初，我曾经像父亲一样倔强而美好，如今父亲沉默于土地之下，而我回想父亲的一生，总觉得就像做梦一样。

我曾经一天只睡四五个小时为毕业班学生操劳。那时候，我一进教室就充满了力量，而我课余时间理发的时候却睡了过去。那些日子已经成为过去，我现在都不理解我为什么会那样，我甚至怀疑这段时间的存在。

我很多时候怀疑这样做的意义。虽说那时候很多学生现在都和我有一些联系，但是更多的学生并没有因为我的这种做法改变什么，也许他们有更好的路可以走。

阳光、鲜花、春天、空气，还有健康和快乐，难道不是他们的需求？而我的认真和倔强对他们来说是不是另一种意义上的伤害？

这一切，父亲在世的时候我是不会考虑的，只有站在人生的分水岭和观景台，我才有机会看清来时路和去往的未来。

忙忙碌碌地在世上走，我有时候想我就是走得慢一点，看看周围的风景难道就不对吗？

最近几年，亲朋好友的父辈接二连三地离开，也有我的同学不辞而别，我或者去吊唁，或者去送别，都会想起父亲和母亲，还有我自己。

我想起电影《唐山大地震》里的一句台词："有时候失去了才知道什么叫失去。"

这看上去是一句废话，却是一句有用的话。就如人生，最后能记住的恰恰是平时不太在意的点点滴滴，而不是当初自己觉得轰轰烈烈的东西。相反，当初觉得轰轰烈烈的事情最后看起来是多么可笑啊。

这段时间在病中，妻子很是操心我的身体，我也感觉特别虚弱和无力，其实我知道，我是心里病了。

心里有病，能有药治疗吗？

站在人生的分水岭，我四顾茫然，不知道故乡在哪里……

你的手机半夜关机吗？

每一个夜晚，手机不关机的男人都有一段压在心底的故事。这故事关于父亲、关于母亲，或者关于自己。

故乡作家毛甲申写了一篇关于手机的文章，说自从父亲有了手机，他就没有在夜里关过手机了，因为他不知道父亲会在什么时候给他打电话，虽然父亲从来不给他电话，父亲总是只接电话，因为父亲怕干扰他的工作。但是他夜里从来不关机，这自然有他的一片心思在里面。

我忽然就有些鼻头发酸，想起我的父亲来。

父亲七十多岁的时候忽然就病了，母亲打来电话，说父亲不好了，躺在床上，医生已经拒绝给他打点滴了。我和二哥从城里赶紧驱车回去。那时候，父亲和母亲还在木匠沟老家土房居住。回到老家，父亲已经脸色黑得让人害怕，而且浑身冷汗直出，舌头都有些僵硬了。

本村的张姓村民来看了一眼父亲，说这是不行了，要准备后事了。他说他父亲去世前就是这个样子。等冷汗出完，人就走了。我和二哥商量说，还是请个医生来看一下，总不能这么束手无策地等着吧。我就去找到那时候还在木匠沟口开诊所的徐家森，求他去给父亲打点滴，并再三保证父亲有任何事，我们都不会找他什么。于是，父亲便挂上了消炎液体点滴。

第二天，父亲居然奇迹般地好了起来。但是，从这次以后，我每晚十一点关机、早晨七点开机的习惯就彻底改变了，也就是说，这次事件以后，我的手机晚上从来就没有关过机了。总是操心在某个深夜手机铃声的响起，好像悬在头顶的一把尖刀，随时都有落下来的可能。

这件事情以后，以往豁达的父亲忽然对自己身后事上心了，总是念叨着自己死了要回自己的老庄子西坪安葬。这件事情以后，发生了一些不愉快的事情，从而也让我们兄弟看出了人情冷暖和世事变迁，不说也罢。

后来，父亲和母亲从木匠沟搬到条件稍好一点的街道二哥买来的房子居住。就在我们刚以为松一口气的时候，母亲又出事了。

好几次，母亲托人打电话来，说父亲不行了。我和二哥急急忙忙开车回到老家，父亲却什么事都没有，我想是不是母亲太想我们了才这样，就没有在心里引起重视。直到有一次，半夜一点多母亲又打来电话说父亲不行了，我和二哥半夜从县城出发，由于心急车开得快，路上车子爆胎，差点出事，回到家一看，父亲什么事也没有。问母亲为啥打电话喊我们回来，母亲却眼泪汪汪地辩解说自己没有打电话。这一次，我们才知道母亲脑萎缩，已经失忆了。

我可怜的母亲啊，我的眼泪都流了下来。

一年后，父亲还是走了。虽说这一天迟早会来的，但是真的这一天来了，却是我没想到的。

父亲九十岁生日，我们兄弟姐妹还有姐姐的孩子都回老家陪他。那天，父亲很高兴，吃饭的时候还和三哥划拳玩。没想到三天后，父亲忽然病倒，大哥找车把父亲送到县城，医院已经不愿意接收了，多亏我的学生在医院工作，我好说歹说，做了保证，人家才愿意接收父亲住院。

住院后，父亲病情急剧恶化。四五天后，医生喊我们谈话，让父亲出院。我心里想：这也就意味着向我们宣布，父亲永远离开我们的日子已经能看得见了。

看着从中医院拉父亲回老家的救护车离开，我忍不住泪流满面。

父亲回老家后，躺在床上不吃不喝，一个礼拜后，安静地去了。

父亲离开后，失忆的母亲就像失群的大雁，悲哀地鸣叫着在天空漫无目的地游走和寻找。她的悲鸣只有我们做儿女的能听得懂。

父亲永远地去了，我的手机依然没有在夜晚关机，我依然担心它会在某个未知的夜晚响起。

人到中年，已经没有资本让手机夜晚关机啊。

那个喊我"东"的人去了

好久好久了,总觉得生活中缺少一点什么,也好像自己已经忘记了自己是谁。我从哪里来,现在在哪里,我又要到何处去。我姓甚名谁,我是谁的儿子、谁的丈夫,谁又是我的儿子和未来的希望。一切好像都很恍惚。

恍惚中,猛然想起好久都没人喊过我"东"了。这是我的名字,也是只有父亲和母亲以前常常喊我的方式。如今,父亲已经不在,母亲已经不记得我是她儿子了,这个世界再也没人喊我"东"了。

记得父亲在世的时候,我每次回家,父亲老远看见我,就会说:"哦,东回来了。"接着便安排母亲为我做饭,饭吃了,父亲习惯性地指一下身边的凳子,说:"东,你坐这里,我给你说几句话。"父亲每次给我说的话,都是要我在单位好好工作,要尊敬领导,不要操心他,他自己能照顾好自己,末了,还会问起我的妻子和儿子。我那时候觉得自己很聪明,父亲的话我总是觉得很烦,往往他还没说我,我就迫不及待地说:"我知道了,你不用说了。"父亲就很失望的样子,但是我却满不在乎。

如今,父亲永远地离开了我,我再想听他说"东,你坐这里,我给你说几句话"已经不可能了,忍不住泪如雨下。

父亲在的时候,母亲偶尔还给我们子女发脾气,觉得自己从遥远的重庆市跟父亲来到农村,一辈子很委屈。我们看着母亲那个样子,也没办法安慰她。父亲去世后,母亲忽然整个人都蔫了下来,好像失去了发脾气的资本。

父亲在世,母亲虽然抱怨父亲年轻的时候不顾家,但父亲总是她的依靠,父亲一去世,母亲失去了依靠,孤孤单单的,面对我们,她已经不敢表达自己的情绪了。再说，父亲去世前一年，母亲已经表现出脑萎缩，只记得很久以前的事，对于身边的事情，一概没有记忆了。比如刚刚吃过饭，我们问她吃饭没有，她会说她好几天都没有吃饭了。还有，就是母亲极度缺乏安全感，老觉得我们子女要害她，说是饭里放了毒药什么的，让人又是难过又是哭笑不得。

母亲已经再也不喊我"东，吃饭了"。

中年人总是被要求、被索取，又有谁知道每个中年人内心其实永远住着一个孩子，尤其是面对自己的父母，父母就是再老，只要他们还在世，我就永远还是个孩子，这应该是多么幸福的一件事情。而如今，我又是谁的孩子？失去丈夫的母亲是孤独寂寞的，而失去父亲的我们，同样是孤独的。

想起这个世上再也没人喊我"东"，我忍不住流下思念的泪水。

妈妈啊，妈妈……

清明到来忆父亲

在阳台上看小区春暖花开，想着校园里寂寞的樱花，不知不觉清明节就要来了，这也是父亲去世后的第二个清明节，望着老家方向的天空，我满含泪水，这个世界我再也看不见我的父亲了。

早上开车，忽然发现放在车上的一沓稿纸，那是父亲几年前用过的，上面有父亲特有的笔迹，泪水一下子模糊了我的眼睛。这沓稿纸是父亲为了村上一位故去的老人写的材料，用父亲的话说，他要为这位已经死去的老人讨一个说法。起因是这位逝去的老人在新中国成立前是地主，曾经帮助过红军战士，好像是救过负伤的红军首长，但是后来却因为是地主，被镇压处理了。用父亲的话说，他是被冤枉的，即使是地主，也应该算是开明人士，不应该被镇压。

这些恩恩怨怨于我们来说已经很遥远了，历史也不是父亲能够说得清的。我虽然相信父亲说的话，但是我对父亲想要的什么翻案说法，很不以为然。

在以经济建设为中心的今天，过好自己家的日子，也许就是对党和国家的最大贡献。如今村干部都是每个村的致富带头人来担任了，父亲却要提这些陈谷子烂芝麻的事，何况这又与自己无关。我极力反对父亲的做法，大姐也很反对，在家照顾父亲、母亲的大姐和父亲发生了激烈的争吵，父亲对大姐说："你给我滚。"好在毕竟是父女，大姐也没有多心，只是打电话让我们回去劝说劝说。

父亲那么倔强的人，怎么会听我的劝呢？父亲早年部队转业在武汉第一建筑工程公司担任人事科科长，因为动员工人回乡支援农村建设，自己也要以身作则，等安排完组织交给的工作，毅然决然地带着重庆市的母亲和大哥、大姐离开武汉，回到了老家米粮川。一九八几年有政策解决父亲这种返乡人员待遇，父亲只身前往武汉，谁知道人家武汉方面一句话说武汉和陕西政策不一样，父亲就规规矩矩地回来了，也没见他吵闹过。当然，我们当地也有不停上访吵闹解决了的。总之，父亲在涉及个人利益方面，从来都是一句"不能给组织添麻烦"来给我们解释。

父亲坚持的和理解的都有父亲自己的选择，我面对父亲很难说服他放弃这种要为村民翻案的想法。父亲知道我能写点东西，就把自己的手稿交给我，要我打印出来帮他朝上反映。我接过父亲的手稿，就放在了车里。后来父亲几次问我结果，我说反映上去了，人家答复说时间太久了，现在不处理那些年的事情了。父亲信以为真，脸上就有些失望的神色。好在后来父亲再也没有过问这件事。

现在想来，我怎么能欺骗父亲呢。我应该按父亲说的去做，虽然我知道是没有结果的，但是我起码对得起自己的内心。而现在，说什么都有些晚了，只留下我对父亲深深的愧疚。这件事情之后，父亲好像老得更快了一样。以前整天在家门口菜地里忙这忙那的，这之后，父亲连走路都成了问题。后来，母亲又忽然患上了脑萎缩，时好时坏，父亲的脸上就很少露出笑容了。

我明显感觉以前山一样的父亲忽然就黯然下去。再回到老家看父亲和母亲，就缺少了往日的欢乐，总是有些压抑。

父亲八十九岁生日的时候，把自己辛辛苦苦积攒下来的几万块钱当着我们兄弟姐妹的面分给我们，说是自己老了，这钱也没啥用了，分了也少个负担。

九十岁生日，父亲和我们一起吃饭，我那次特意给全家合影留念。谁知，二十天后，父亲就永远地离开了我们。

清明节马上来了，回忆起我的父亲，我忍不住泪流满面。

我也是有舅舅的人啊

虽然母亲的娘家在重庆市,但我从出生到四十五岁前没有去过重庆。

我四十五岁的时候,第一次见到我的四舅,也就是母亲的四哥。

我想像个孩子一样在四舅的面前撒娇,想让他抱抱我,用他的手摸摸我的脸。

可是我却一直没敢这么做,毕竟,我都四十五岁了,我的儿子都不愿意让我摸他的头了。

四舅毕竟是我的四舅,八十八岁的四舅说着一口我听不懂的重庆话,却无形中阻碍了我和他的亲近。

四舅的儿子、女婿、外孙带我去洋人街玩。洋人街是重庆一个吃喝玩一条龙的地方,我对吃喝玩不是很有兴趣,就陪在四舅身边,虽然我听不懂四舅说什么。后来,四舅指着空中的轻轨火车,问我玩不玩。由于他的肢体语言,我懂得了他想让我坐一次这个游乐火车。我差点眼泪流下来,无论我多大,在四舅眼中,还是把我当孩子啊。

在亲人面前,我怎么能长大呢?

后来,四舅也来过陕西几次。慢慢地,我就能听懂他的话了。四舅看我的眼神总是慈祥的,也许四舅觉得我这个外甥小时候没有接触,总想补上他对我的亏欠一样。

四舅生长在长江边,江水的辽阔造就了他宽广平和的人生态度。四舅的儿女轮流照顾四舅,四舅随遇而安,幸福美满,我每次见到四舅都感觉他精神越来越好,只是头发已经白得差不多了。

三舅去世的时候，四舅忙前忙后，并且不顾自己已经九十多岁的年龄，亲自将三舅送到墓地，并亲自指挥三舅的葬礼。

回来的路上，我扶了一把四舅，表哥、表姐说，不用扶，四舅比我走得还要稳健呢。

回来吃饭的时候，我看见四舅从帽檐露出的白发，忍不住伤心，差点眼泪又流下来。这次离开四舅，不知道下次还能看到他不。由于路途遥远，每次过去都是送别亲人的多一些，总是伤感多于亲人的相聚。

父亲去世的时候，四舅不顾年龄大，亲自从重庆来陕西我的老家，陪着母亲度过那几天难以忘怀的时间。母亲这个时候已经失忆，时断时续地能记起我们兄弟姐妹的名字了。四舅走后，我们指着自己问母亲，母亲见谁都说是四哥，可见他们兄妹情深。

三舅去世，我的二姐在三舅灵前磕头，忍不住哭出声来。我在旁边，一下子眼泪流了下来，三舅于我的记忆和情感好像没有四舅这么亲热，虽说三舅的离开我也很伤心。说心里话，我是由三舅的离开想到我的四舅，这眼泪虽说是流在三舅灵前，更多的是为四舅的成分多一些。

四舅的儿子也就是我的表哥陪着我在重庆跳石镇的街道走过来走过去，说一些安慰我的话。夜色中跳石镇一如米粮川的老家，我忽然觉得有些恍惚。

我知道，这是母亲小时候走过的路。街道上，也许留有母亲的脚印和母亲童年的欢乐。如今，母亲什么都记不住了，身体也不好，有生之年再回到这里已经是不可能了，而我的四舅已经九十有二了。

恍惚中，我忽然觉得，我像个孩子一样，走过母亲的老家。我的四舅张开他的双手，拥抱我，逗我……

岳父的童年被拆走了

西安雁塔区的三兆村要拆迁了。

三兆村于我来说是陌生的,在我没有认识我的老婆前,我甚至不知道西安有这样一个城中村。但是,我娶了她,这个村子就与我建立了某种说不清道不明的关系,因为这个村子是妻子的父亲的老家。

和很多城中村一样,三兆村在我的印象中一直是脏乱差的样子。整个村子总是灰突突的,出入的人也很少有城市人的举止和言谈,和西安这样的文化古都有些格格不入。

如今,这个村子将要消失了,烟消云散之后,好像它从来没有存在过一样。这当然是对于我这样的人是这样,但对于我的妻子,她的感觉却是不一样的。

自从知道村子要拆迁之后,她总是翻来覆去地晚上睡不着觉,长吁短叹提不起精神,我问她到底怎么了,她说她自己也不知道。后来我说是不是你回三兆村遇见啥事情了,因为她从三兆村回镇安之后就这样。妻子好像恍然大悟,幽幽地说了一句:"村子要拆迁了,我怕我爸找不到回家的路了。"

我忽然就回到了好久以前,不知道是时间淡忘了那些过往,还是那些过往遮挡了时间,蓦然想起,妻子的父亲去世已经快四年了,我忍不住眼角溢出了泪水。

岳父其实直到去世,对我这个女婿都是不满意的。是呀,含辛茹苦养大的女儿,把她交给自己不了解的男人,作为谁,也不会释怀的,更何况我刚刚参加工作,家庭条件和工作环境都是最差的,让岳父如何放心呢?但是,天下的父母没有不心疼儿女的，妻子的坚持，让岳父最终认可了我这个女婿，但是，那是对妻子的爱，对我却是一个父亲对女儿的无奈和无力。我当初很不理解岳父，现在我能深刻体会岳父的感受，可惜我的岳父已经永远地离开了我们。

眼看着三兆村拆迁的期限到了，一村子的人都显得慌慌张张，周末的时候，妻子放下手头的工作，说要回去看一看，算是和自己父亲的老家做一个告别，正好我也没啥事，就陪她前去。

三兆村随处都能看见穿着制服的保安，警惕地看着进进出出的人。所有的房子都写着一个大大的"拆"字，外在看，像极了鲁迅笔下《故乡》里的场景，但是用心体会，鲁迅的故乡是衰败和安静的，而这里却充满了不安的气氛，就像夏天烈日下空无一人的街道。

妻子的弟弟、弟媳忙着收拾东西，他们的小女儿也在一边整理自己的东西，脸上挂着泪珠。院子里的泡桐树依然不管不顾地绿着，在风中摇摆不定。空中飘飞着纸片和塑料袋子……

大家都沉默着……

离开的时候，妻子特意去了岳父的墓地，她说，她要告诉父亲，村子马上要拆迁了，父亲再回来找老房子的时候，估计已经找不到了，想自己的亲人的时候，亲人也不在这个地方了，怕他迷路，所以提前告诉父亲，希望父亲在他们搬家的时候能一起走，去认个路……

我回头看看岳父的老家，看看身边的妻子，忽然感觉肩头沉甸甸的，我成了她唯一的依靠。

三兆村拆了，谁还能记得岳父的故乡和童年……

陪父亲抽一支烟

　　父亲去世一年多了，我总觉得他还活着，总觉得他会在某一个时刻猛然出现在我面前，还会问问我的工作和生活。

　　这次，工作中遇到了一些问题，加上身体也出了一些毛病，去西安看病又遇新冠疫情的困扰，忽然就想回老家看看。妻子担心我的身体，要开车送我下去，我看她也忙，就说你忙你的，我一个人回去，散散心，对身体也好。

　　回到老家，我去老屋场细细地转过来转过去，一点一点回忆在老屋场的一点一滴。这些记忆有些和母亲相关，有些和父亲相关。更多的，有些和谁都不相关，我甚至怀疑这记忆是不是存在过。

　　垮掉的老屋，父亲和母亲生活的气息好像已经走远，远得只留下模糊的背影，而我在这背影中好像从来没有长大。

　　废弃的猪圈，大门上泛黄的"福"字，还有大门屋檐坎缝隙生长出来的椿树和野草，再也不会冒烟的烟囱，摇摇欲坠的窗户，往日的欢笑和泪水，在这里既能看得见，又了无痕迹。

　　我一个人落寞而忧伤。我决定去父亲的安息地看看，去陪父亲坐一坐，陪父亲抽一支烟，给父亲倒一杯酒。

　　父亲的墓地距离老屋有一段距离，我正好慢慢走过去。冬天已经快要过去，春天还没有到来，午后的太阳照在身上，已经有些暖意，慢慢行走的我已经有些微微出汗。

　　顺着水渠，我走得不紧不慢。我知道，我走得再慢，父亲都在那个地方等着我，父亲有的是大把的时间等我，父亲不急，我就不着急。

　　这条路，我小时候父亲带着我走过很多次，每年大年三十下午，父亲都会带着我们兄弟去给逝去的爷爷奶奶上坟。烧一炷香，再烧几张纸钱。父亲说，这是对亲人的纪念。父亲说，他死了，也要我们把他葬在爷爷奶奶附近，这样，我们上坟烧香送纸钱方便一些。

　　父亲活着的时候，大哥谋划过父亲的墓地，一些原因，和二叔的孩子发生了一些不愉快，这些矛盾直到现在都没有化解，也算是一件遗憾的事情。好在父亲去世的前一年，大哥和小叔的儿子商量，父亲的心愿居然达成了，终于满足了父亲的愿望。

　　父亲去世后，按他的想法，他回到了自己出生的地方，和自己的父亲、母亲永远待在了一起，也算是落叶归根了，人生的圆又回到了起点。

　　我一步一步来到父亲的墓地，仿佛看见父亲正在那里等着我。我安静地坐下来，为父亲点上一支香烟，放在父亲的墓前。

　　袅袅升起的青烟在父亲墓前缠绕着，纠结着，最后消于无形，就像父亲的一生，也一如父亲的沉默，既虚无缥缈，又清晰而庄严。父亲不说话，我默默坐着。父亲耐心地抽一支烟，他有的是时间，我也就没有急的理由，我们就像父亲活着的时候一样默默对坐着，像两个男人的样子沉默着。

　　一根烟终于变成了烟灰，连最后一丝热气也慢慢消散于空气之中。我起身，拍拍屁股上的土，这是和父亲告别的意思。父亲没说话，他默默看着我，但是他的眼神好像在说，去吧，孩子……

　　我没好意思给父亲说我病了，我怕他担心，我站起身，一步一步，在父亲的目光中走远……

老爸啊老爸

生活，管你愿意不愿意，总是不停地朝前走着，就像奔流不息的河水，日夜向东而去。"子在川上曰，逝者如斯夫"，感叹的也许不是东流而去的水，或者说不仅仅是，它里面有人、有事，也有说不清道不明的情感。

早上醒来，懒得起床，就无聊地躺在床上翻看手机，抖音里忽然就推荐了十三狼的《老爸》。听着他动情的歌声，我禁不住泪流满面。

前段时间，我也许是心理上有一些问题，沉浸在对父亲的回忆中走不出来，写了很多关于父亲、关于故乡的小文章。朋友看了都提醒我，不要这么消沉，老婆也操心我的身体，都说看我的文章觉得我活在过去，看不到未来。

我听了他们的话，一直以来，我都刻意回避这种对失去父亲的回忆，也有意写一些其他的东西，来淡化这种伤感。他们说我终于走出来了。其实我内心一直知道我缺少阳光，还在那些过去的阴影中。

今天早上，十三狼的歌声一下子击中了我。我一遍又一遍地听，父亲的过往再次浮现在我的脑海中……

掐指算来，父亲去世已经快两年了，而这两年，我一直都活得迷迷糊糊的，干什么事情都打不起精神，工作上的变动也一时适应不过来。自己尽力去做好的事情却总是事与愿违，我觉得自己好像换了一个人一样。

这段时间，得感谢我的妻子，是她一点一点地关心我、体谅我，陪我走过这段我人生的低谷而没有嫌弃我的无用和无能，正如当初她不顾家人的反对毅然决然地嫁给什么都没有的我一样。

我一直有些消沉，但是我时刻要提醒打起精神来。毕竟这个家需要我，妻子和孩子还需要我，也许那些学生也需要我呢。

回想以往的我，再看看现在的我，我不知道我还是不是我。

人生的路似乎还很长，我还要坚强地走下去，就像当初我的父亲中年回乡一样坚强。

在缺吃少穿的时候，父亲背起背笼出门去白龙山借粮。正月十五带着我和二哥、三哥去南沟雪窝子里面捡葛藤叶子喂猪，想尽办法让我们兄弟姐妹不要饿着了。

父亲在我心中的形象一直是一个另类。他可以去乡镇府举报我的三哥不应该吃低保，也指责邻居不该用旧国旗围在鸡笼上，说村支书不举行组织活动。这些举报最终只是让日子还很贫困的三哥取消了低保，其余什么也没改变。父亲后来变得很沉默，一直都不太说话，直到他去世。

父亲去世了，父亲在我心中的形象却立了起来，是伟岸的、坚强的、无私的。而这个时候，他却与我们天人永隔，成为墙上的一张照片……

日子一天一天还是要过，这个世界离开了谁都可以。而我们活着的人有什么理由不好好珍惜这一天一天在一起的日子呢。

谢谢十三狼的歌声，也祝愿老爸在天之灵安息。

老屋场

每次回老家，总要去已经废弃的老屋场看看，这次老婆、儿子一起，回到我小时候生活的老家，一时间，逝去的往事再次涌上心头，禁不住眼角潮湿起来。

父亲部队转业，在武汉第一建筑工程公司担任人事科科长，后来国家困难，动员工人回乡，父亲做人事工作，动员别人回乡务农，自己就要以身作则。父亲说自己动员别人说他们先走，自己做完组织交给的工作，也会响应国家号召回乡务农的。等大家都返乡后，父亲毅然带着母亲回到了老家。

老家在现在的西坪村，是三间土房，父亲弟兄三人，分家时父亲好像是一间偏房，我已经不记得这些事情，父亲在世的时候，时常会给我讲起这些事情。在老家居住，由于母亲来自那时候的四川重庆，现在是直辖市了，所以母亲老说自己是四川人，其实是重庆市人，生活习惯上就和父亲的二弟、二弟媳产生一些矛盾和不愉快，父亲不知道多少钱买来了木匠沟的老屋场。

当然，我记事的时候，我们还不住在老屋场，是住在马路边的房子，至于为什么我实在是不知道，只隐隐约约地记得后来也不知道什么原因，我们给人家腾房子搬家，从马路边搬回到木匠沟父亲买来的房子。

母亲从家乡随父亲回到老家，是从朝天门码头离开重庆市的。一九八几年，二哥陪母亲回娘家，下了火车，母亲非要坐公交到朝天门码头，说自己能找到回家的路，结果母亲和二哥在长江边转悠了好长时间，也不见摆渡的轮船，母亲的记忆还停留在四五十年前自己离家的时候。后来，问了路，才知道现在已经不用轮船摆渡了，长江大桥已经改变了母亲回家的记忆。

听二哥说，多亏路上遇见了一位外号叫"王干筋"的人，据他说自己长得精瘦，所以人们都这么喊他，至于真实姓名，二哥已经不记得了。这位好心的人，亲自坐车把母亲和二哥送到跳石镇母亲的故乡。二哥时常感叹遇见这么好的人，可惜名字不记得了。

第一次到母亲的故乡跳石镇是我的四舅娘去世我去吊孝，四舅娘就埋在母亲小时候生活过的老屋场，房子已经垮掉，我特意趴在一扇窗户看了一下，想象母亲小时候生活在这里，禁不住心酸起来。房子里孤零零地放着一副棺材，我四舅的儿子也就是我的表哥说，那是给四舅预备的。我居然一时有些恍惚，想着四舅和母亲兄妹在这里的童年，就像在眼前一样。

第二次去这里是三舅去世，三舅也埋葬在老屋后面，我再次路过母亲的老屋场，原来的几间老屋已经荡然无存了。

木匠沟的老屋场虽说是父亲买来的，但是我记事起就一直在这里，所以对我来说，木匠沟这个老屋场才是我真正意义上的老屋场。

老屋场买来后，在母亲和父亲手上经过了两次翻修。第一次翻修是在东边加盖了一间。父亲买来的老屋只有两间，随着我们兄弟姐妹的成长，原有的两间显然不够住，于是父亲和母亲决定在东边加盖一间，我的记忆里只知道有这件事，由于年龄小，记得不是很清。第二次翻修是因为老屋年久失修，一下雨就到处漏雨，于是在母亲的张罗下，将三间老屋的屋顶重新修缮。我那时候在七里峡上学，老屋施工的时候我不在家，只记得母亲被屋顶滑落的椽头撞在了腰部，乌青一大块，那时候没有钱，有病受伤都不会去医院，硬扛了好几个月，这块乌青才消退，现在想来，如果有内出血，母亲该有多危险啊。

老屋后面有三棵柿子树和一棵梨树，现在都已经没有了影子，倒是以前老屋东南角有很小的一棵樱桃树已经高高大大了。每年的四五月间，正是樱桃成熟时节，但是我在这个时节很少回老家，所以樱桃我一次都没有吃过，可我能想象樱桃红红地挂在枝头的样子。

我说起这棵樱桃树，妻子嬉笑着爬上去，对树下的儿子说："看，你爸小时候爬的树。"我一笑，想："我小时候，这棵树还只有筷子粗，咋可能爬呢。"但是我没更正，我要装作我小时候像妻子这样爬过这棵树，对儿子来说，他对我的老屋总得有一些具体的意象供他想象吧。

母亲已经不记得自己的老屋场了，父亲已经永远离开了我们，而我的老屋场也渐行渐远，虽说母亲还在老家，但是我回老家的次数明显减少了，加上工作地点的变动和工作压力的增大，本来就少的次数更少了。

感觉，老家真的越来越远了。

老屋场有两棵树

好久没有回老家了，自从父亲去世后，老家的大门好像一直紧锁着，已经好久没有打开过了。

前几次回去，我总是在三哥家陪一会儿母亲，就想回老屋看看，只是老屋门前的场地上再也没有躺在躺椅上晒太阳的父亲了，而老屋左边的两棵樱桃树还没有开花的迹象。

前几天，大哥在家人群里发了一张照片，我看见老屋的樱桃花开了，一树的洁白，就想着回老家去看看，无奈家里一些事情，终于还是没有成行。已经过去三四天了，樱桃花是不会等我回去的，它们自顾自地开了，没有告诉我，现在它们又自顾自地落了，也不用通知我的。花开花落，自在悠闲，本来与人事就没有关系，只是我自己有些多愁善感或者一厢情愿地想着那一树樱桃花罢了。

故乡有两个老屋场。真正的老屋场应该是木匠沟。木匠沟的老屋场后面也有一棵樱桃树。这棵樱桃树好像是父亲亲手栽下的，樱桃树很小的时候我就有记忆，想着等樱桃成熟的时候，我再也不用羡慕那些家里有樱桃的同学了，我自己也有一树由着我吃的樱桃。二十多年了，它已经长成碗口粗了，而我也由一位懵懂少年到了知天命的时候了，这一树樱桃我却从来没有吃上过。

每年樱桃成熟的季节，好像也是妻子生意最忙的时候，而我虽说帮不上忙，但是待在城里也有个照应，所以回老家就成为一种奢望。看着满大街红艳艳的樱桃，我只能想着老家的樱桃树也应该挂满红艳艳的果实了吧。几十年来，樱桃成熟的时节，我从来没有回过老家。

后来，大哥盖了新屋，老屋场说是要卖给别人。我和三哥商量说，大哥的老屋场虽说是旧房，但也算是楼房，父亲和母亲住了一辈子土房，大哥的老屋比木匠沟老屋条件好，于是我和二哥将大哥的老屋买过来，让父亲和母亲住过去。

记得搬家的那一天，大哥站在自己的老屋场，指着房屋左边的樱桃树说："这房屋是你们的了，但是这樱桃树以后我还是可以来吃樱桃吧。"我一笑，想：大哥也是，惦记这么个事情。后来我才知道，大哥是想着自己的孙子。大哥有两个孙女、一个孙子，还有两个外孙子。小孩子爱吃樱桃，这一树樱桃正好拴住孩子的心呢。

大哥的老屋买过来的时候，父亲和母亲身体还行。父亲在房前屋后种了很多菜，我每次回家，父亲都给我弄好多菜让我带到城里吃。我那时候觉得烦，城里哪里买不到青菜啊。如今，再也没有了父亲给我种的青菜，我倒忽然觉得那青菜和城里的确实不一样，可惜我再也吃不到了。

禁不住想起电影《唐山大地震》里的一句台词："人啊，只有失去了才知道什么叫失去。"听上去是一句废话，但是慢慢地多读几遍，忽然眼泪就流下来了。

老屋场买过来，春来暑往，樱桃花开了落落了开，而我一次也没有看过，一次也没有吃过。只是樱桃树依然不管不顾地长在老屋旁边，而父亲已经不在。

我忽然就有点疑问：每年樱桃红的时候，父亲在老屋一定盼望过我回去吃樱桃的，这简直是一定的，而我以前却从来没有想过这些。如今，父亲去了，我看着樱桃树，总想着在某一个时候父亲会忽然回来。

父亲好像从来没有离开过我，就像我虽说从来没有吃过老屋的樱桃，但是樱桃树却一直在我心中。

老屋场有两棵树：一棵是父亲，一棵是母亲。

树在，家就在！

垮掉的老家还是老家吧

老房子孤零零地待在老家,就如已经待在泥土里的父亲一样孤零零的。

每次回家,总要去老房子周围转一转,这一转,既让人温暖,又让人孤单落寞。

因为生病,我好像有了更多的时间来考虑一些问题,但是也好像更加没有时间来考虑这些问题了。这些问题迫在眉睫的感觉越来越重,但是却越来越让我不愿意去想,至于是什么问题,我自己却又茫然不知,这好像是一个笑话,但我自己却一点也不觉得好笑,倒是有时候忍不住眼角流出泪来。

老房子最后的归宿,正如父亲的老去,猝不及防又如约而至。

我对老房子的寄托,想来想去,无非是父亲和母亲生活的场所。它们浸透父亲和母亲的心血,残留着父亲和母亲的体温。虽说这些总归会淡漠下去,但于我来说,是不能释怀的。

老房子没有了,我怕我找不见回家的路,我更怕忽然在某个时间归来的父亲找不见自己的家。而失忆的母亲唯一残存的记忆场所,与母亲来说意义更是重大。

所以,每晚梦见在老房子生活的往事,我醒来胸口都在大面积起伏,眼角都有潮湿的泪痕。前几次病中,我总是梦见睡在老房子中,而父亲依然在外面劳作。我听见父亲回来的声音,却不能行动,被什么困在床上。我一下子急得放声大哭,醒来后,一窗户的月光洒在床上,安静得只有我的呼吸声音……

好几次了,已经垮掉的老房子,怎么还是原来的格局进入我的梦中?早已经面目全非的老家，怎么还是儿时的样子？我连记忆都没有的童年，怎么一下子凭空钻出来走进我的梦里？

前不久，朋友介绍一个北京的朋友来镇安休养，让我帮助寻找合适的房子。我寻思来寻思去，都觉得没有合适的。当天半夜，我忽然觉得老家的房子怎么就不能让朋友来住啊。

虽说我和他们没见过面，但是他们发来的语音让我感觉特亲切，就像听见父亲、母亲的声音一样。老家有人居住，于我们来说，也算是一种福气。

父亲去世前，在中医院的后几天，忽然就陷入了昏迷，嘴里不停地喊叫要走，要走。我们起初根本不知道他喊什么，直到医生下了通知，救护车拉着父亲离开医院的时候，父亲忽然安静下来，我们才知道父亲是要最后回到自己的老房子的。

大哥说父亲回到老房子，乡亲们都来看望他。父亲虽说还是昏迷，但是安静下来了，静静地像个婴儿一样躺在床上，蜡黄的脸上显出少有的平和和安静。

父亲最后的微笑给了我的儿子。那几天，在新疆读书的儿子刚好在西安看病，听说他爷爷病了，非要从医院请假回来赶到老家。听妻子说，儿子到父亲床前，喊了一声"爷爷"，昏迷中的父亲忽然就醒过来一样，虽说头不能转动，但是眼睛忽然就睁开了一道缝隙，微弱的目光透出来艰难地看了一眼儿子，并且嘴角微微一动，好像是微笑。这只是一瞬间，但是，父亲居然醒过来了。

儿子走后第二天下午，父亲与世长辞了。父亲走的时候，儿子正在飞往新疆的飞机上，在飞跃雪山云海的天空，不知道能不能和父亲在天之灵相互看见？

老房子空下来了，空下来的老房子就像失去了灵魂的人，落寞而孤独。这也许就是人生的样子……

拆走的和拆不走的

  移民搬迁点让和我三哥一样的村民过上了窗明几净的日子，我每次路过搬迁点整齐划一的房舍，都不能找见三哥的房子。那些长得一模一样的门窗户扇，实在让人抓狂。

  好在后来母亲搬过去同住，老年人怕冷，冬天的时候三哥安装了一个取暖的炉子，烟囱从一个门头伸出来，长短刚好到一株门前的桂花树旁，虽说安烟囱的一排有好几家，但是我记住三哥这个烟囱的位置和别家的区别，每次回家才不至于找错。

  搬迁点房屋后面还有一点土地，成了三哥的菜园子，这于城里人是有些诗意在里面的，但于三哥来说，有的是劳作和辛苦。有次我回家，带了几株果树苗子，帮他栽在地边，也算是给我栽一点希望。有一次回去，我推开这片土地的小门，也没见果树，问起三嫂子，她无奈地笑一笑，说农村，在地界处栽树，最后都是不知所终了。也许是被不懂事的小孩子拔走了吧。好在靠近左侧的一棵梨树长得活泼可爱，也算是无声战役的幸存者吧。我的乡村，处处其实都有看不见的战争呢。

  三哥搬走的老家叫木匠沟，现在回去，屋后面几间小房子已经坍塌，父亲年轻的时候请来石匠细心砌起来的屋檐坎石缝中长满了小草，以前光溜溜的院场也长满了荒草，通行其间都有些艰难。比起鲁迅的故乡，我更能感受农村搬迁后的那种样子。鲁迅的故乡离我们很远，想起来很近，而我的故乡离我很近，却又很远。它们就像一张旧照片和它的底片一样，看上去恍惚得就像在梦中，如果是睡着了做梦也就罢了，但是，于很多人来说，却是醒着做梦，不知道有多么痛苦。

老家木匠沟有三间土房，父亲在世时分家，大哥早已经另过了，所以三间老屋是二哥、三哥和我一人一间。我和二哥在外地工作后，基本上没有在老屋住过，三哥是在老屋住得最长的了，他的两个女儿都是在老屋出生的，现在大女儿都已经在外地工作了，小女儿也上了大学。三哥从老屋搬走快十年了吧，不知道他现在对老屋还有没有感情。

老屋前面有一大块土地是母亲的菜园子，后来父亲在这片菜园子里栽了一些树。上次回去，看见父亲栽的山楂树像伞一样郁郁葱葱，可是父亲却永远地离开了我们。想起栽树时的父亲，仿佛一切都在昨天。

脑萎缩越来越严重的母亲，对我和儿子有时候都想不起来名字了，记忆时好时坏，却对老屋木匠沟念念不忘，每次跑出去，也许是本能的依恋，她总是跑到老家木匠沟，趴在破败的老屋窗户上朝里张望，她说她看看父亲是不是在里面。这话让人忍不住泪落如雨，她不知道父亲已经离开我们了，她的记忆还停留在二十年前，她和父亲在这老屋含辛茹苦地生活和养育我们。

最近，听说移民搬迁户要腾退老宅基地，不知道我们的老屋还能存在多久。我和二哥的老屋当然会倔强地保存，但是三哥的那三分之一房屋还能不能留存下来，如果被腾退，已经不能保留全貌的老屋还是不是老屋，三哥的两个女儿还能不能找到自己出生的地方，我的没有了老家的儿子还能不能知道他的父亲的父亲曾经在这里日出而作日落而息。

乡村越来越远了，生活也就越来越远，剩下的也许仅仅是活着，靠什么温暖我们这一代人的生活，这话题看上去是多么悠远而无奈。

面对故乡，我无语凝噎。

四川的兔头、重庆的高粱酒和猪蹄

淅淅沥沥的秋雨，下起来，就像人心中的小烦恼，也有些像生活中的莫名忧伤，打上伞也驱赶不了那种潮湿的心绪，让人禁不住想思念一点什么，比如故乡或者亲人，甚至是一些远去的故事或者是一种久违的乡音，甚至是一种难忘的味道或者美食。

我对于吃向来是不讲究的，有什么值得思念的味道，搜肠刮肚也没有什么值得味蕾的留恋。勉强算得上的怕是成都锦里的麻辣兔头吧。

去成都玩，宽窄巷子和锦里怕是标配，其次是老码头的火锅，那滋味，可以说是成都味道的代表。锦里的白天是从夜晚开始的，人头攒动的老街上，各色人等都有些古色，偶尔有穿着古代衣服的女孩子招摇过来，在老街的石板路上洒一路风景，一时淹没了老街的烟火味儿。但是有烟火的老街才是老街。各种成都的小吃，看上去都是麻辣鲜香的，和成都人火辣辣的性格一样鲜明。

我只是给眼睛过生日，实在是没有勇气去品尝这些火辣辣的食物。号称吃货的朋友却递给我一个兔头，说是成都有名的小吃。我半信半疑地小心打开，哪里知道，这味道实在是一种久违的气息，三下五除二就消灭了这个又麻又辣的东西，那味道一直留在心中，在这个雨天忽然就飘了出来。我忽然想起，那个时刻，唯独缺少一杯酒啊。

说到酒，最好是四川的高粱酒。那个辛辣正和麻辣兔头相配呢。

四川的高粱酒我没喝过，但是重庆的高粱酒却是喝了不少。我的表姐夫，也就是我舅舅的女婿，是重庆人，土生土长的，看上去很年轻，但是他说他退休了。我去过重庆几次，都看见他背着个双肩包，穿着朴素的衣服和运动鞋，走起路来虎虎生风。他曾带着我从很远的地方一直走到长江边，给我介绍长江那流不尽的江水，也曾在酒后带着我去朝天门看夜景，给我讲一些朝天门的掌故，让我油然对他生出一种亲近的感觉。

我曾经很奇怪他的双肩包里面到底是什么。那次他的儿子彭勇请我们吃烤全羊，他忽然就从双肩包里拿出一桶颜色红红的酒来，说是高粱酒。喝上去有些甜甜的感觉，在浓浓的亲情中，我不知不觉就有些喝高了，但是高粱酒的滋味却一直留在了心底。

在这个雨天，若说还有什么滋味让人怀念的话，我想重庆的高粱酒怕能算是一种吧。也许我怀念的是这酒中的一种亲情吧。前几天我的四舅过九十大寿，说好了要过去的，结果二姐生病了，就没能成行。我想我是不是又错过了一次重庆高粱酒的热情呢。遥祝舅舅身体健康，重庆的亲人幸福安康吧。

重庆的小吃并不比成都差。山城的地下通道有很多卖川味卤菜的。我唯独喜欢那看上去油润润的卤猪蹄。每次路过这些摊位，我都要狠狠咽下几口唾液。但是我怕经历路过四川宜宾服务区的遭遇。那次我买来一个猪蹄，没想到我像狗一样啃也没有把它弄动。有一次路过重庆南山区的一条地下通道，我实在忍不住口中的唾液分泌，买了一份猪蹄，没想到那滋味，我实在不忍心告诉你，我害怕把你勾引到重庆去了啊。

不管是麻辣兔头，还是高粱酒，还是卤猪蹄，我想都是一种味道吧。在这个雨天，我思念故乡，也思念有亲人的异地他乡，想来想去，我为什么对这些滋味这么留恋，其实那味道是我妈妈的味道。有些老年痴呆和失忆的妈妈，不知道对故乡的味道还能不能有一丝记忆呢？

白腌菜啊，黑腌菜！

在外的游子，就像飘荡在空中的风筝，而故乡就是这漂泊不定的风筝的线，拉拉扯扯中，故乡却越来越远。

这段时间，由于老家事情比较多，我回老家的次数要多一些了，遇见故乡的人，总是要拉几句家常，说一些陈年往事。絮絮叨叨中，故乡似乎再次变得清晰起来，那些像雾一样的昨天忽然露出一丝亮光，直照到我的心底最柔软的地方。就像一卷缠好的毛线，被找到了线头，一下子扯开来，拉出好长好长的温暖来。

老家的红白喜事最讲究了。村里几个热心的人，每当谁家有红白喜事，总是提前来到主人家，大家好像自己的事情一样热心地出谋划策，同时也谋划吃喝拉撒，事无巨细，都想得周到而周全。

这次，同事的母亲去世，我再次回到老家。大家在一起烤着火，絮絮叨叨地又聊起了往事。说着说着就谈起了我写的张家沟。其实张家沟就在大家旁边，早已经不是原来的张家沟了，但是谈起来好像原来的张家沟就在昨天。

徐家森是原来的赤脚医生。从我记事起他就是村上的能人，会各种看上去很悬的本领。我清楚地记得他把几根细长的明晃晃的银针扎得一个人满脸都是，看着都有些吓人。那时候，全村人的感冒咳嗽、头疼脑热都在他的小诊所里得到治疗。

这次他忽然就和我谈起了张家沟，谈起自己小时候在张家沟玩耍的事情，讲他的同龄人的游戏，都在这个叫张家沟的地方留下难忘的回忆。他高兴得像个孩子，那些趣事仿佛就在昨天。唏嘘不已半天，轻松快乐的气氛感染了很多在场的人，看来大家对于童年的怀念都是一样的。

吃饭的时候，一句"腌菜豆芽子咱吃它欻，碗碗都是得劲的"又惹得大家笑出眼泪来。这句只有米粮人懂得的笑话说来话长，也显得有些心酸。说的是以前住在姚家院子的两个单身兄弟，一个叫毛娃，一个叫谋娃，弟兄二人都是光身汉子，在那个缺吃少穿的年代，日子光景可想而知了。有一年春节前夕，弟兄二人窝在床上聊天，毛娃对谋娃说："哥，明天要过年了，咱腌菜豆芽子吃它欻，咱要碗碗都是得劲的。"后来这话传出来，大伙笑了个够，现在听来，既是个笑话，同时也会让人笑得最后流下眼泪。那个日子，多少人为吃一口饱饭煎熬啊，好在这弟兄两个还有个"碗碗都是得劲的"的梦想。不过，在那个日子里，"得劲的"也不知道能是个什么样子。

时间的流逝，让那些远去的故事越来越让人留恋和怀念。比我小一些的张钊这几年在村里操持各家各户的红白喜事，任劳任怨。前不久父亲去世，他从头至尾操持，让我感动不已。他吃饭的时候加进来，说了一个故事，也是很有场面感的。也是一场白事，老公公去世了，儿媳自然要哭灵的，哭灵的时候，管厨锅的内管跑来问上席需要的腌菜在哪里。这儿媳拉着唱腔的哭灵正婉转而悠长，调子一时没有变化过来，就带着哭腔，悠然地唱："白腌菜啊——，在——，楼啊，梯——房下啊面，黑啊腌菜，在——灶啊房——案板——下——哦——面。"哭声抑扬顿挫，忽高忽低，伴着外面的喇叭声，却也增加了不少错位的感觉。想来这些故乡的场景，在他们看来是司空见惯的了，但是我听来，既感觉好笑，同时也感觉说不出的亲切。

絮絮叨叨的一顿饭，吃出来一种亲切和亲热的感觉，置身故乡和故乡的亲人之中，我感觉温暖而温馨，就像一大家人围在一起吃饭的那种温暖。

故乡的人啊，故乡的事——

好好地活着

忽然觉得"生命"是个很神圣的名词。首先是生,其次才能是命。用自己的生,去印证那个属于自己的命,也许是美好而神圣的一件事情。当然,离开了生,就不用谈命了。但是生命的过程中,无形地附加了一些额外的东西,才有了不能承受其重。有的附加,让有些人的生就失去了人性,从而觉得自己命不一般。等到这些外加的东西失去了,才恢复人性,这个时候怕有些迟了。有位名人说过,在高位欠下的人情,必须在高位偿还的。而有些附加,能增加个人生的广度和深度,对生命的认识超越了个体,极端的是这种体验造成两种截然相反的结果,一种是解脱和自由,一种是陷入痛苦之中不能自拔。至于是哪一种,则取决于个人是入世还是出世。这两种结果也许是人生的一个闭环,是人生终极真理的两个侧面。相信很多人经过痛苦之后能到达另一面。

这我就想起我去世不到一年的父亲。父亲的一生可以说是正直得有些倔强。父亲是读着《毛选》过来的人,很多时候和我们说话,都会蹦出几句《毛选》里面的话。记得有一次,我和他说:"现在以经济建设为中心了,只要每个人过好自己的日子就好了。每个人都过好自己的日子,全社会都好了。"父亲说:"那那些自己过不好日子的人就不需要帮了吗?"我说:"你看如今社会,大家都忙着过自己的日子,只有你还在操心别人。"父亲一下子来气了,说:"小小寰球,几个苍蝇碰壁,嗡嗡嘤嘤算个什么。"我听着他的话语,看着气呼呼的他,实在是没有话说了。其实,父亲从童年时期离开老家,一直在西安混日子,用现在的话说,就是流浪在外地,天不管地不收，后来加入了解放军，是部队让他活得有了尊严，才成为一个人，所以那时候他接受的教育就是这样，这也算是他的生中附加的信仰，从而决定了他的命。他的一生都是在和自己斗争，直到他生命的最后。活着就必须有信仰，这是父亲的一生，而有时候信仰却让人痛苦，这就是父亲的命。父亲的生活经历决定了他的信仰，他的信仰决定了他的命运。

我还记得，父亲八十多岁生日那天，我们都回去看他，父亲拿出村支部发给他的党徽，像个孩子一样骄傲，让我帮他戴在胸前的衣服上，我明显看到父亲作为一位六七十年党龄的老党员，找到了归属的感觉。我想父亲是配得上这枚徽章的，虽然我觉得这多少有些让人伤感。后来，父亲终于不再和我讨论那些他自己的寂寞，而我却明显感觉父亲内心的悲凉。他眼中看见的世界已经脱离了他能理解的范畴，他感觉是陌生的，也是困惑的，更是无处诉说的寂寞。父亲的生命在他九十岁生日之后的二十天终止了，永远地离开了我们，我自己仿佛做梦一样，回想父亲的一生，想着父亲的肉体连同他的信仰消逝于无形之中，留给我们儿女的是永远的思念，这思念与他的信仰无关。

我想：生命到底是什么？没有信仰的生命算不算生命？一棵小草、一棵参天大树或者一只蚂蚁都是生命，它们也有自己的信仰吗？生命的神圣就在于它是生命本身，体悟生命的真谛，好好地活着，想一想都是一件奢侈的事情了。

腊月二十四

腊月二十四了，新年的脚步越来越近了。

我看着每天忙出忙进的妻子，想着自己的无奈和无力，内心有说不出的惭愧。这几天，儿子也懂事地按时起床上班，猛然间他好像长大了，虽然有时候晚上回家偶尔不准时，和同学玩得忘记了时间。但是我觉得他再长大，毕竟对于我和妻子来说，还是个孩子，哪里能一下子就懂全部的人生啊。

好在，时间是最好的良药，我们也有时间等待。人生的路说是短暂，但是就个人成长来说，也是一个漫长的过程，跑那么快，或者想要跑那么快，既不现实，也不人道，更是会错过好多人生路上的风景呢。

回顾我工作变动以来，我觉得一直都好像兵荒马乱一样。说是安安静静地读书、教学、写作，但是实在是做不到。虽说这段时间发表了近五万字的东西，但总觉得很肤浅，没有了自由和深入的思考。几本想要看的书，也放在案头，碎片化地今天看一下，明天看一下，一学期连一本完整的书都没看过。

烟熏火燎的感觉，或者说叫日急慌忙的日子。

终于，自己的心理都扛不住了，忽然各种病就跑出来了。妻子说，人生病啊，其实是心理的需要在身体上的表达。我以前不信，通过这次事情，我居然信了。

我太需要慢下来想一想了，想一想我到底想要的是什么。别人的热火朝天是不是我想要的生活？我是不是羡慕那些能扬帆远航的人？在一件事情上花费所有的时间是不是能给我快乐和享受？

每天待在家里，连门都不想出，也不想见人。唯一想的是回到老家，转一转自己熟悉的地方，遇见自己熟悉的人或者物，把已经有些远去的记忆的东西一点一点扯出来晾晒。

老家的萧条已经不重要了，重要的是老家的悠闲与沉默，还有老家有我父亲的长眠地和垂垂老矣的母亲。

在外打工的三哥早早回来了，他在家陪伴母亲，我稍稍放心。好比千斤重担有人替我扛一下，能让我有个喘息的机会一样。但是，母亲一天一天地离我们远去，却是能看得见的忧伤，这些于我们兄弟姐妹来说，是无药可救的伤痛。

故乡其实也不能多待，待久了，太多的伤感和萧条会一点一点吞噬美好的情感。毕竟它是故乡。所谓故乡，也就是说它已经不是你的家了啊。而离开故乡就能找到家吗？我觉得回故乡叫回家，从故乡回城也叫回家，这回家和回家都是回不去的家，而真正的家又在哪里？

这次生病回故乡，我约了三哥去看看父亲。父亲已经长眠于地下。看着父亲坟墓上的黄土，我忽然有一种亲近感觉，仿佛那就是父亲的怀抱，我想像小时候一样，让他抱抱我。我忍不住想起一句"这亲亲的土地啊"，确实是发自内心的一种情感。

我坐在父亲的坟墓地旁，给父亲点一支烟，虽然父亲生前我很反对他抽烟，但是这个时候，我多么希望父亲能和以前一样，抽着烟，不说话，看着我。

我好像感觉我很少能陪父亲吸完一支烟，总觉得自己太忙，忙到等父亲吸完一支烟的时间都没有。而这次，我安静地、耐心地等待父亲墓前的这支烟化成灰烬，慢慢冷去。原来，静静地陪父亲吸完一支烟都是一件幸福而奢侈的事情啊。

回来的路上，看见下院子的文显兰在地里烧荒，我特意弯过去看了看，和她讨论这块地开春了种什么东西。是点洋芋还是种玉米，她有她的规划，我就想起人勤春早的话来，这真的不骗人呢。

腊月二十二立春，今天腊月二十四了。老家的大哥、三哥已经开始打扫卫生和祭灶神了吧。老家还有母亲，母亲在哪里哪里就是家，他们都等着我回老家过年呢。

腊月二十四，我躺在床上，用手机打出上面的文字……

腊月二十九

明天就是大年三十了,也是我父亲去世后的第二个新年。

鲁迅说,毕竟旧历的年底最像年底。于我来说,这个旧历的年底却分外让我感觉说不出的滋味。

父亲在世的时候,新年是个什么样子,我已经忘记了。因为父亲在世的最后几年,每年新年基本上是大哥操持,我一家三口回家只管吃喝玩,正月初二就一拍屁股回县城完事。

只记得父亲在最后的几年里,基本上不说话。天气暖和的时候,他会弄一个躺椅,坐在旧屋的门前晒太阳。太阳朝南边挪一点,他就将躺椅朝南边挪一点,等到下午太阳快要落山了,他才无可奈何地收拾躺椅回到屋里,然后安静地躺在床上,一句话也不说。

那时候,母亲已经失去记忆,老是要跑出去,跑出去了就不知道回来。父亲最后几年,有时候就坐在大门口,挡住母亲出门的路,免得母亲跑出去我们找不到。有时候,母亲被挡得急了,就会用棍子打父亲的腿,或者趁父亲瞌睡的时候跑出去,等父亲发现母亲不见了,就会喊大哥出门去找。

一般情况下,母亲会跑到木匠沟老屋场或者跑到更早的西坪老屋场找我的小娘。那时候,我的小叔因病去世,小娘随小儿子在咸阳生活得多,母亲跑过去一般小娘都不在。记得有一段时间,小娘回来在西坪住了几天,母亲几乎天天跑过去,小娘走的时候,专门给母亲说她去咸阳了,要母亲等她回来了再过去,小娘还专门给我说她去咸阳了,要我们看好母亲,不然跑过去,她没在家,害怕母亲发生意外。

父亲去世后的最初几个月，母亲离开老屋场和三哥生活在一起，每次母亲跑出去不见了，都会在她和父亲最后待的老屋。三哥说，好几次，母亲趴在和父亲最后待的老屋窗户朝里望。她说父亲还在里面，怎么不让她见呢。在母亲心目中，父亲还一直活着呢。

有一次，三哥主动带母亲去老屋场，结果上个厕所出来，母亲就不见了。三哥急得不知如何是好，一直顺着西坪电站的水渠找到天池。三哥说母亲爱去找小娘，会不会失足跌落水渠。结果几个小时，西坪更远的蒋家坪传来信息，母亲居然跑到了更远的地方。三哥最后找了一辆面包车才把母亲接回来。再后来，母亲再也不跑了。不是她不想跑，而是她再也跑不动了。

母亲胡跑的时候，我们操心生气，觉得让我们到处找，不省心。如今，母亲跑不动了，我们又觉得有一个能胡跑的母亲是多么幸福啊。

如今我每次回老家，看见躺在床上的母亲，感觉她离我越来越远了。有时候，我问她我是谁，母亲茫然地看着我，毫无表情，说不知道。其实，我们兄弟四人，我是老幺，母亲最偏爱的人就是我。三哥、二哥经常说母亲最喜欢我了，这我心里其实是知道的。我笑着说："不是说皇帝爱长子，百姓爱幺儿，所以母亲喜欢我很正常啊。"如今，母亲居然不认识她最喜欢的小儿子我了，让人禁不住想哭了。

一年即将过去，空气中已经有了新年的味道了，街道上的车水马龙忽然好像一阵风一样走远了，看着忙碌的妻子还在因为生意的事情不能休息，大哥已经打电话安排年夜饭了，而我茫然地坐在年的尾巴，想着父亲、母亲……

也许，这个时候，我该对自己说一声"新年快乐"了吧……

追忆我的大嫂郭琴

大嫂其实是妻子的大嫂，那也就是我的大嫂了，记忆中我好像没喊过她大嫂，因为大嫂和我以及妻子都是同学，后来成为我们的大嫂，我和妻子在称呼上一时变不过来，每次见面还是直呼其名，好在大哥、大嫂都不介意，也就这么一直喊下来。

记得上学的时候，那已经是三十年前了。我和大嫂同班，其实我比大嫂低一届，大嫂补习插班刚好就坐在我的前面。有一次课间，我在学校锅炉房接了一玻璃杯开水，小心地拿着往座位走，记不清是哪位同学一碰，杯子一下掉在了地上，滚烫的开水淋在了大嫂的脚背上，一下子就起满了水泡。我当时就傻了，心里想着这咋办，大嫂疼得眼泪都流出来了。几位同学赶忙过来扶着大嫂去医院，大嫂忍住疼还不停地安慰我，说没事没事。我那时候也不懂事，这事就过去了，大嫂好长时间都穿不成鞋，我到现在还能记得。

就在大家沉浸在元旦假期快乐之中的时候，也就是2017年的12月29日，我的大嫂不幸和我们永别了。

前几天妻子一直打不起精神，感觉好像病了，我一大早提醒她去医院检查一下，本来想陪着她的，但是我又想去云镇扶贫购物节拍一组新闻，怕去晚了赶不上，就让她一个人去中医院检查，我开车去云镇。路上遇见医院的救护车拉着警报飞驰过来，我一边避让一边在心里想哪里又出事了。也就是想一想，心里也没在意，等我刚到云镇，妻子电话就打过来了，说大嫂出事了，要我赶快回来。

我听妻子的口气感觉不妙，等我紧赶慢赶回来，大嫂已经去了。我忍不住落下泪来，我和大哥、大嫂都在小县城，和大嫂见面已经是二十多天前了，这次再见竟是天人永隔。

大嫂是倒在扶贫路上的。我经常关注新闻，有很多扶贫干部倒在扶贫路上，我都感觉离我有些遥远，没想到这样的事情居然就发生在我的亲人身上，切肤之痛深入骨髓。

一个礼拜前，岳母从西安回镇安小住，礼拜天的时候让我和妻子、孩子回去吃饭。大哥和岳母包了大肉水饺，我吃得满口生香，吃饭的时候我问大嫂咋没在家，大哥说大嫂一大早就下乡扶贫去了，说她这段时间晚上加班，白天下乡，基本不落屋。我听了也没在意，只是觉得大嫂工作太忙。我吃完饭因为有点事就匆忙走了。现在想到每次大嫂请我们来家里吃饭，忙前忙后的身影再也见不到了，禁不住泪落如雨。

记得上一次见大嫂是一次同学聚会。那次是我们的同班同学说请我们同学聚一下。四点多，同学给和我在一起的另外一个同学打电话，然后让他把电话交给我听，说是让我组织同学聚一下，我想他要是要我组织，会打我的电话，既然没打我的，那就是他组织好了，对我客气地说要我组织，只是通知我参加聚会罢了。刚好我在外面拍摄冬天的柿子，就想着回去参加聚会就行了。五点多的时候，同学打电话过来问我组织的同学，我忽然才知道我理解错了他的意思，慌里慌张通知同学。大嫂还是同学毛荣通知的。想来这是大嫂生前和我见的最后一面。

在聚会上，由于遇见了同学，加上我本身爱喝酒，就喝得比较多，好几次大嫂还主动帮我代酒，我心里暖暖的，想着有大嫂关心真好。没想到这是大嫂和我的最后一面，如果不是毛荣同学，这次面我估计和大嫂都见不上了。

喝完酒，我们都相约去一位要搬新家的同学家坐坐，刚好大嫂也在这里买了新房正在装修，她细心地和同学探讨房屋装修问题，可以看出大嫂对自己的新家的向往。我们哪里知道大嫂却没有福分享受到自己的新家。

昨天我赶到县医院，看着已经离开我的大嫂，妻子哭得泪人一个，却坚强地忙前忙后为大嫂买后事穿的衣服，我忍不住感叹妻子的坚强来。我打电话给儿子，刚好儿子在学校月考结束，我说了一声"呼弋翔没妈妈了"，就哽咽着说不出话来，呼弋翔是大嫂唯一的儿子。其间我好几次去抢救室看，大嫂的耳朵、鼻孔、嘴巴都不断地向外流血，我有一种错觉，总觉得大嫂还没有离开我，她只是累了，等一会儿她就会醒过来。

等到大嫂被拉到镇安人集中办后事的秀屏山告别大厅，合上棺盖的那一瞬间，我才想着大嫂真的离开我了。岳母一声"我的儿呀"让我泪如雨下，大哥和儿子相互搀扶哭得不能呼吸，妻子也成了泪人，我的儿子也泪流满面。

大嫂的短暂一生似乎就结束了。长歌当哭是痛定之后的事情，而我想起大嫂彻夜难眠，一早爬起来就想写点什么，趁大嫂的魂魄还没走远，写点文字，算是送大嫂最后一程。

我的大嫂，姓郭名琴，镇安县妇联会干部，镇安县优秀共产党员、优秀第一书记，2017年12月29日早上9点，扶贫路上因车祸离去，享年44岁，是为志。

一眼父亲的水井

故乡有位老人去世，回家相送，忽然就偶遇了故乡的水井，禁不住感慨万千，想着几年前还能在这里接水做饭的父亲已经永远地离开了，而母亲已经失忆而目光呆滞，生命如井水的流逝一样，一不小心，已经是物是人非了。

记得七八年前吧，父亲那时候身体看上去还可以，住在米粮川的上街头二哥买来的土房子里。我周末有时间回老家，父亲总是一大早提了打水的铝壶，从上街头一直走到一公里多的水井，接来水井中的泉水，烧好等我起来。他说，水井的泉水比街道的自来水养人，我好不容易回来，所以用水井的水做饭，让我记住故乡的这眼水井，免得以后忘记了。

我把这讲给我的儿子，他说自来水多好，就在厨房，一打开就能出水，比起大老远去水井接的水来说，既干净又卫生啊。我无可奈何地笑一笑，想：他还小，迟早会懂得的。

故乡的作家毛甲申开通公众号后，他的文章几乎每篇我都要仔细阅读。我发现他经常配图爱用一幅图片，像极了我故乡的那眼水井。我留言说："你为什么偏爱这幅图片啊，好多文章都配发这幅？"他说："这是我外婆家的水井。"

我没有说话，但我内心极为明白这句话背后的东西，我想把它藏一藏，就像一个人背过身擦干净眼角的泪水一样。

说是水井，其实只是个名字，真实的水井在十几年前已经名存实亡了。村民们为了方便，将原来的水井用石墙封闭起来了，现在是一堵石墙上面插一个出水管，整日整夜地流着，已经不能称为水井了，但是老家的人依然固执地称这个出水管为"水井"，这也许是一份难以割舍的情感吧。大家都不说，只是说，去"水井"打一桶水，这很日常的话，只有故乡米粮川的人能懂。

记忆中，水井从来没有干涸过。只是几年前，不知道干旱了多久，我回老家，父亲起早去水井接水和以往比特别早。我说这么早啊，父亲说，水井的水干了，早点去排队还能接到水，迟了的话，就接不上了。

我想：也许是水井累了吧。几十年养育了米粮川一川道的人，也许它也有累了的时候。好在干旱过后，汩汩的泉水依然会不知疲倦地流出来，就像在外受伤的我们，回到故乡，总是能得到一种疗愈，然后再次回到受伤的地方，继续受伤，继续回到故乡，周而复始……

父亲已经永远地去了，我依然在回到故乡和离开故乡的路上，我的起点是故乡的水井，我的终点也是故乡的水井。水井潮湿的青石上，父亲留下的脚印好像还没有消失，我踏着这脚印回到故乡，再踏着父亲接水踩踏过的地方，捧一捧故乡水井的泉水，低下头，一口气喝下去，仿佛一种甜甜的感觉从嘴唇一直流淌到心里……

故乡和父亲、母亲同龄的老人一个接一个地走了，他们吃着水井的水走完自己的人生之路，而后辈们已经喝上了城市的自来水，不知道故乡的水井是不是感觉有些孤单，就像离开我的父亲，在他那个世界是不是很孤单。

在父亲的世界，是不是也有一眼水井，让他难忘和不舍……

蔬菜，有些思念在里面

一场暴雨啊，后山的雾就浓郁得有些化不开了。

雾先从远处的山顶一点一点渲染下来，一转眼就铺满整个村子。村子也在山里面，大片的玉米地，玉米个赛个地饱满地立着。雾来了，玉米就看不见了。看不见不等于没有了，有时候也许是更加清楚了呢。

后山就是老家的大洼山，而村子就是蒋家坪，一个外地人很少知道的地方，就像世外桃源一样。看风水的仁先生就住在这里，十里八乡的人都认识他，后来他去世了，就是他的徒弟蒋先生看风水了。

仁先生有很多传说都随风散了，就如蒋家坪的一些故事，故事中的人没有了，故事也就没有了一样。而有些事于有些人来说，却永远散不了，比如我的姑姑于我。

菜市场的蔬菜是一些好看的"尸体"，缺乏蔬菜应有的灵魂。

有些蔬菜长在田地，就像路过身边的人，你永远不知道它有什么故事，缺乏一些亲近。

蔬菜长在蒋家坪，于我就有些思念了。

我游走在蒋家坪的村落，看青红的西红柿挂在枝头，看藏在叶子里的苦瓜和黄瓜，看碧绿的辣子密密地挤在一起，看饱满的四季豆从整齐而随意架上垂挂下来……

蔬菜就有些思念的意思了。

远山有些雾，我的姑姑，也就是父亲的大姐，就住在有雾的山中。姑姑于我最早的记忆就是洋芋、四季豆了。

四十多年前吧，填饱肚子是个大问题，而姑姑居住在大洼山上，有些山高皇帝远，等到包产到户了，山上荒地随意开垦起来，种上洋芋、四季豆等，都能收获，而我们缺吃少穿，姑姑每年都会接济我们一些洋芋、四季豆，我幼小的心灵里，姑姑就是洋芋、四季豆了。

后来姑姑搬家到蒋家坪，我才经常去姑姑家玩。

那时候，蒋家坪公路还没有通，去蒋家坪要爬一座山。经过一个叫葫芦洼的地方，现在想来是一片石林，那时候，听说这地方闹鬼，我每次路过这里就有些害怕，老是一步三回头的，直到走过山头的一棵柿子树，悬着的心才放下来。

那时候，姑姑也就近五十岁的样子，家里只是有一点粮食，吃穿住用上也很困难，和我的表嫂还有两个孙子、一个孙女一起住两间土房。表哥去世好久，我的表嫂才改嫁离开了姑姑，但是表嫂仍像姑姑的女儿一样，经常来看望姑姑，并接姑姑去她改嫁后的家玩。

记忆中，我从来没见过我的姑父。听说姑父是个有故事的人，但是谈起来都有些隐晦，于我们来说，好像吞吞吐吐的，直到后来我才断断续续地知道一些有关姑父的故事。

好像姑父是熨斗滩国民党保警大队郝杰的警卫员，郝杰起义投诚后，姑夫脱离了队伍跑回了家乡。解放镇安县后，清算土匪罪行，姑父东躲西藏了好几年后，经人劝说，自首后被判无期徒刑，后来获得减刑，再后来说是留劳改农场就业，再后来我就不知道了，反正姑夫去世得很早，从我记事好像就去世了。

"文化大革命"中，姑姑作为反革命家属受到批判，性情刚烈的姑姑面对批判他的人，据说义正辞严地说得那些人没有办法。

姑姑的大女儿也就是我的表姐，嫁给了当时当民办教师的文德荣，也就是我的表姐夫。后来表姐夫因为工作突出，先是转正后当了农村中学的校长，后来进城工作到退休。我的表姐没有读书，文化上和表姐夫有些差距，但是他们相敬如宾，如今儿孙满堂。

我表姐夫给我讲姑姑的故事，很是有些传奇色彩。姑姑的儿子也就是我的表哥因病去世，说是埋葬的时候和邻居因为墓地产生了一些纠纷。邻居不让姑姑在仁先生看好的一个地方安葬大表哥，姑姑知道后，拿起一根杠子冲了过去，说是先要把阻挡她安葬儿子的人打死了安葬在这里，然后再安葬自己的儿子，吓得阻挡的人一溜烟地跑了。

前不久，姑姑的孙子忽然打来电话，我一看来电显示就知道姑姑怕是出事了，因为我和姑姑的孙子基本上没有什么联系，这几年，亲戚走动得也不多，除了打电话说姑姑的事情，其他也没有事。

他说姑姑走了。我当时眼泪就流下来了。小时候给我做饭吃的姑姑永远地走了，九十六岁的姑姑走了。而我的父亲先姑姑两年而去，我的小叔先父亲一年去世，现在他们兄弟姐妹在另一个世界团圆了，而把思念留给了我们。

我去的时候，姑姑已经被安放在棺材中。我点上一炷香，叩头下去眼泪就忍不住流下来。没有人能体会我对姑姑的情感，而我只能用我的眼泪完成对姑姑最后的告别。

我游走在姑姑老家的周围，看房前屋后的蔬菜，它们肆无忌惮地生长着，蔬菜上满是生活的气息，而这些蔬菜生活气息中，总有姑姑的气息，让我依恋和思念……

蔬菜，有些思念了……

车过东岭是故乡

年关将近，回老家过年的时间一天一天临近。

车一过东岭，心里总是一软，不自觉地车速就慢下来。

东岭一过，老家就近了。我想慢一点，再慢一点，千万不要惊醒了故乡的梦。

人啊，有时候就是奇怪，走得再远，也走不出家乡。仿佛人的一生都是在离开家乡和回到家乡的路上，直到家乡成为故乡。很多时候，分不清是回家还是离家，就像做梦一样。

回家的路上，总有一个地方或者说是一个节点，猛然间，你就会慢下来。对我来说，这个节点就是一个地方，一个叫东岭的地方。

我也能想到，对于故乡一个叫南在南方的作家来说，这地方叫凉水泉。南在南方的故乡是个缺水的地方，这地名却叫凉水泉。

而我的故乡有一条大河，是远近都羡慕的好地方，于我记忆回家的路却是东岭。这不能不说是记忆的奇怪了。

缺啥叫啥，这就好比电视剧里的人物，叫"富贵"的一般是穷苦的下人，叫"长命"的估计活不过电视剧的前三集。

这当然是闲话，回来说东岭。

车过东岭，我不自觉地慢下来，心理上总害怕打扰了故乡那种慢悠悠的生活。说实话，每次回到故乡，我总觉得时间忽然就慢下来，慢悠悠的一句话可以说上一顿饭的时间。

东岭上，有时候会有一些残雪。路边总有几位张望着的老人，每当有车经过，他们的目光总先是被扯过来，一点一点地走近，然后又顺着公路缠绕着，又一点一点地被牵引。

车消失了，他们像雕塑一样被留了下来，等下一辆车。或许有一辆车，会载着他们外出打工的儿女，带回他们年关的几天欢乐和幸福。而我，只是路过，路过他们的亲情和心情，就像他们生活中的一股风掠过。

车子往前行，故乡越来越近，两边的土地吐出我熟悉的味道。空气中也弥漫着一些亲热。联盟水库、十字河、五堂庙湾、光明，这一串熟悉的地名，仿佛一位位老家的老人，站在路边张望，看我是不是他们远行归来的亲人。

我路过他们，他们都在议论，议论是谁家在外的孩子回来了，然后又扳着指头计算自己惦记的孩子回家的日子。他们议论着上次孩子离家的日子，谈论着东家的篱笆和西家的鸡毛蒜皮，直到家家屋顶的炊烟袅袅升起。

光明村一过，严格意义的老家扑面而来。如果回来得早，会看见桥头白纱布下覆盖的冒着热气的馒头在香甜地等待着买主。绿绿的蒜苗和青葱得就像少年的岁月的小葱，还有有着和田玉一样温润的菜梗的青菜，都安静地躺在路边的彩条布上。熟悉的乡亲将自己吃不完的蔬菜拿出来，他们不是卖菜，有些展览的意思——过路的都是邻居熟人，评论着谁的菜种得好看。这是农村特有的艺术品展览，慢一点才能体会到它的妙处。

这是老家的早市，买卖都是其次，是乡亲们交流的一个渠道。

张家沟就到了。沟口总会遇见老家叫"八万"的表哥，勤劳地经营着自己的养猪场，脸色红彤彤的，时刻都在笑。从张家沟走出来的还有赖姓的老人，穿着蓝布衣服、戴着蓝帽子，慢悠悠地过着自己的日子。屠家的酒厂、小磊的垂钓园、静悄悄的农家乐、香气四溢的米粮点心屋，还有双手拢在袖子里的老人、安静的街道，总有一种让人柔软的情愫在空气中飘荡。

故乡，在朦胧的双眼中，恣意地活着，像挂在墙上的一幅画……

皂荚树

米粮川是一个小川,最早的记忆有青石铺就的街道,以及街道中间那一棵古老的皂荚树。

现在皂荚树早已不见了,几百年的历史随着皂荚树的消失就好像流水一样轻轻滑过故乡的街道,了无痕迹。

我的故乡在米粮,那是一条小小的街道,街道两旁是一家挨着一家的土房,都显得低矮破旧,唯有街中心的那棵皂荚树一年一年地绿着。围着皂荚树生出了很多故事,可惜现在那些故事、那些低矮的土房以及那些熟悉的人事和皂荚树一样烟消云散了。

皂荚树长在街道中心、我的同学家门口,每次村里在街道放电影,就会在皂荚树上挂上银幕,拦街一拉,也不害怕看电影的时候有车通过,人就在马路上坐着,人山人海的。好在那时候公路上难得一见有汽车通过,不像现在小车一辆接着一辆的。所以一场电影看下来,一般也不会有车过来,即使偶尔遇见大卡车远远地把灯光照过来,看电影的也不必惊慌避让,卡车司机会把车开到合适的位置,停下来,坐在驾驶室里面一边抽烟一边欣赏电影,直到散场后,才不慌不忙地发动卡车,赶自己的路去了。

看电影最好的位置就是皂荚树巨大的根系,盘根错节地长成一个巨大的突出地面的座椅,成了小孩子们攀爬的玩具。我们在皂荚树的根上爬上爬下,对于电影的内容倒啥也没记住,也许看电影只是一个形式,其内容不在电影本身,好像现在请客吃饭,其内容好像不是吃饭一样。

记得那时候,皂荚树还会结出长长的皂荚,有妇女们用竹竿夹下来拿到河边，用青石捣碎后用来洗衣服、洗头发。我看一个电视广告，周润发做的"奥妮皂角洗发浸膏"的时候，老想着的就是故乡的皂荚树，那个洗发水好像就是用这个做的，一个个绿绿长长的皂荚被摘下来，从故乡开始出发，一路走过山山水水，最后不知怎的忽然就变成了那美女如瀑布一样黑发上流过的飘着清香的洗发浸膏，我能透过电视闻到故乡的味道。

当然，我们小孩子也会弄一些皂荚，拿到河边，围一个小滩，将皂荚用石头捣碎后散在水里面，一会儿就会有指头长的小鱼浮上来。我们大呼小叫地捉起来，往往一玩就是一个上午，等到妈妈喊回家吃饭的时候，半脸盆在脸盆里面左冲右突的鱼算是我们的战利品了。

谁也说不清皂荚树生于何年何月，何人栽植，皂荚树本身就充满了神秘感，逢年过节，就有很多人拿来爆竹和香表，皂荚树就在袅袅香烟中显得更加神秘，末了还给它挂上红布，乞求护佑。

皂荚树一直就那样生长着，后来有一年忽然就不发芽了，看着好像枯死了的皂荚树，我们都有一种深深的惋惜。不料隔了一年，它居然再次发芽了，而且结出了翠绿的皂荚，我们不由得为它顽强的生命力感到赞叹，谁也没想到这竟然是它最后一次绽放自己的生命之花，这次发芽拼尽了她全部的努力，之后就再也没有活过来了。

每次回到故乡，路过皂荚树生长的地方，我都要下意识地看看，虽然这棵皂荚树早就了无痕迹了，但是在我的心中，它还一直立在那里。皂荚树下的人家也早已搬迁到其他地方去了，但是那低矮的土房还立在那里，仿佛一位留守农村的老人迟迟不愿离开风雨飘摇的家。

有位故人叫毛婶

从我的老屋木匠沟出发,沿着西坪电站的水渠,一路向东走去,曲曲折折的,虽说没有朱自清的"沿着曲曲折折的荷塘"的诗意,但是,伴着渠水潺潺流过的声音,踏着长满小草或者铺满落叶的小路,倒也不失为一种惬意。走不多远,就是几间小屋,在水渠的一个拐弯的地方,上方有几棵高大的柿子树,一树一树,列兵一样站着。秋天来了,火红的柿子树叶子一树一树地燃烧,秋风吹来,有几片在空中展现各种舞姿,煞是好看。

有几片跳得不尽兴,居然飞过水渠,一路朝水渠的侧面斜坡舞去,最后,袅袅婷婷地落在了斜坡下面几间瓦屋青灰色的瓦上面,为灰突突的瓦屋添了一点活力,也显示出一点生活的气息。瓦屋的男主人姓韦,女主人姓毛。母亲要我喊她"毛婶"。男女主人的长相我已经忘记了,只记得小时候,农闲的时候,母亲经常带我来这里玩耍。母亲来自遥远的重庆市,远嫁生活习惯和人情迥异的山区农村,生活的艰难可想而知。几乎没有朋友的母亲,在劳动中结识了毛婶这个善良的女人,她手把手地教会母亲干山区的农活,在生活上教会母亲做当地的饭菜,无依无靠的母亲自然和她就成了朋友。

毛婶那时候生活上比较艰难,有两个儿子,大儿子分家另过,小儿子一直讨不到老婆,就和她生活在一起,但是我的记忆好像小儿子也不和她一起吃饭一样。有些遥远,记得不是很清了。而我和母亲只要去了毛婶的家,她总是尽可能地给我找一些吃的东西,做可口的饭来招待我和母亲。在一九八几年的乡下,吃饱饭都是问题的时候,这种温暖都成为一辈子永远的温暖的记忆。

记忆中,毛婶会纺线。就是延安大生产运动中,周总理纺线的那种纺车，现在农村已经很少见了。我亲眼看见毛婶把棉花捏成一条条棉条，又一条条从棉条中抽出细细的棉线，伴着嗡嗡的声音，一穗漂亮的纺锤样棉线就缠在了她脚下的纺车上。七八岁的我觉得像变魔术一样神奇。毛婶的屋前有一大块竹园，是斑竹，稀稀朗朗地长着胳膊粗的竹子。硕大的竹笋壳子干净而柔顺地躺在层层竹子的落叶上。我会踏着这些厚厚的落叶，捡拾这些竹笋壳子，间隙，还可以看见几只鹁鸪咕咕噜噜地站在竹子上叫着，好像在和我这个闯入者对话，或者是抗议我入侵了它们的家园。现在想来，这美得就像一幅国画，让人想哭呢。竹笋壳子最后交给了毛婶，我看见她用稀稀的面糊糊将竹笋壳子一张张铺平后贴在一个平木板上，一层一层，很细心的样子。我好奇地问这是干啥，她说晒干了做鞋样子呢。写到这里，我忽然想到那时候由于母亲来自重庆市，不会做布鞋，我好像穿过毛婶给我做的布鞋一样。所谓鞋样子，就是做布鞋底子的时候，放在鞋底中间作为模子的东西。

  时光已经远去，毛婶和她姓韦的丈夫何时去世的，我已经没有了记忆。毛婶的孙子已经长大成人，那几间老瓦屋也换成了楼房，屋前的竹园已经无迹可寻了。房后的柿子树也早就枯死挖掉，不知道被谁当成柴烧掉了。童年的痕迹全无，只留下影影绰绰的一点记忆。而我的母亲，也已经失忆几年了，不知道她还记不记得那时候她的朋友毛婶。有时候母亲连我都不认识了，我想，她能记起来的东西怕也有限。

  毛婶的小儿子前几天去世了，我回家送他一程。再次来到这个地方，勾起了我不少的回忆。失忆的母亲也气喘吁吁地走到这里，猛一看见我还能喊出我的名字，我陪母亲坐了一会儿，母亲忽然就开始说胡话，一直问我看没看父亲，我说父亲已经去世快两个月了。母亲说我胡说，说她刚才还看见父亲在老家的屋场上呢。我看着垂垂老矣的母亲，忍住眼睛中的泪水，说，我等会儿就去看。我不敢问母亲在这个地方还能不能想起毛婶，走的时候，母亲一再叮嘱我去看父亲……

  毛婶，您在那边可好，您的小儿子也过去陪您了……

故乡杂货店的姚其斌老人去了

老家米粮川上街头有几间低矮的小房子倔强地立在路边，我每次路过这个地方，都要把目光投向靠左的地方，看看这个地方，如果这个地方的门开着，我就像了却了一桩心事一样，长出一口气，如果门关了，我就有些闷闷不乐。

前几天回了一趟老家，忽然发现这几间房子拆掉了，房屋的后面盖起了几间别墅式的楼房，我有些怅然若失的感觉。我想：姚其斌的杂货店不知道开到哪里去了。

说到这里，我想大家都知道我为啥关注这个地方。关注这个地方，正是因为杂货店的老板，这位七十多岁的老人姚其斌。

就在昨天晚上，忽然在红卫村的微信群里看见村干部发的消息，说姚其斌去世了。我半天拿着手机没动，大脑陷入一片空白。

一个故乡的老人说走就走了，总会让人想起很多关于故乡的事来，让人唏嘘不已。我曾经写过几篇关于故乡的文字，这些文字中多次提到故乡的下院子和上院子，是我童年生活的地方，我的老家就在上院子，而姚其斌就住在下院子。记忆最深的是他家老房子旁边有两棵梨树，每年麦黄的时候，那香甜的梨子没少让我咽过口水。

后来读书离家远了，对故乡的人和事记忆就有些模糊，加上姚其斌又是个不爱说话的人，所以基本上淡忘了。几年前，我和妻子送货下乡，正好路过他的杂货店，就在他的杂货店寄卖一些货物，没想到他居然一直记得我，一口说出了我的名字。

再后来，生意上的交往就比较多了。由于他年纪比较大，身体不是很好，每次打电话要一点货物，都是放在通村班车上捎回去的，不能收到现金，这就要妻子记账，每隔一段时间就要去他那里对一次账，杂七杂八的有些麻烦。我很担心姚其斌年龄大，把这些账务搞混了，然而几次交道打下来，他居然每笔账都记得很清楚，从来没有错过一次，我暗暗佩服他的细心。

还有就是每隔一段时间，他总是打电话催我去结账。这个和有些欠账的人不同。很多人欠下货款，你不上门要他好像没事一样，你上门要账也会挨很多脸色，让人很是不舒服，但是姚其斌却从来不。

记得有一次路过他的杂货店，我一进门，他就从身上掏出早就准备好的钱给我，说自己整理好了单独放着就等我来。我说："你怎么这么细心啊。"他说："不细心不行啊，我这个年龄，说是一口气不上来就去了，总不能到最后还欠别人的钱吧。"

我一笑，说："你身体那么好，还要活到一百岁呢。"他说："活那么久干啥？"很平静的样子。我看他对生老病死似乎已经看得很开了的那种，这在老人中是很难得的。正是因为对自己的了解，他的每笔生意都不会拖欠很久，每次结账他都会重复那句"总不能死了还欠别人的账"。

在这个物欲横流的时代，他依然坚守着自己做人的根本，我不由得敬重起这位老人来。所以，每次路过米粮川上街头，我都要看看他的店子，看看那低矮的杂货店里的这位老人。

昨晚，忽然得到他去世的消息，我半天没说话，早上一早起来，我把这个消息告诉了妻子。妻子也长叹一声，说这么好的一个人说走就走了，然后也是半天没说话。

由于工作关系，我不能回老家送姚其斌最后一程，只能写一点文字，算是对故乡的这位老人的祭奠。

姚老先生，您一路走好。

吹口哨的王强

看《百鸟朝凤》里面学各种鸟儿的叫声一段镜头，我忽然就想起一个叫王强的同学来。

王强是我的老乡，也是我的同学。那时候，我们沿着一条长满杨树的土路上学，两边是密密麻麻的庄稼，杨树一排排立在那里，很是威武。学习茅盾的《白杨礼赞》一课，我就闭眼想着他写的可能就是我上学路上的这一排排杨树了。春天的树干特别白，看上去像下了一层白霜，夏天又会给我们带来一片浓荫，秋天杨树的叶子落满小路，金黄金黄的像地毯，唯有冬天显得有些萧条，但杨树的枝干却苍劲地伸展着。

再说说路两边是一望无际的庄稼，春天是翠绿的玉米，夏天是金黄的麦浪，我们走在布满碎石的土路上，一脚一脚地朝杨树上踢路面的石子，看谁能踢到树上，也有捡起来石子用手投掷的。记得投掷最准的是张仁尧了，他曾经用一个石子打下树上的一只麻雀来，在我们同学中一时轰动。当然，他现在是我们村的党支部书记了，带领全村人把日子过得红红火火，我每次回家，有时间的话会和他在一起喝一点小酒，觉得很亲热，谈起上学时候的趣事，以及他对那只鸟儿的内疚，都是一种故乡的味道。

说这些，都离王强很远。离王强很近的是夏天那一望无际的金黄麦浪。每当麦浪翻滚的时候，就会有一种我们称为"算黄算割"的鸟儿躲在树荫深处，一遍又一遍地催促着农民们收割麦子。它们也许就躲在我们上学路上的杨树的树荫深处。而王强就是吹口哨的时候学这种鸟儿的叫声惟妙惟肖让我们小伙伴惊叹。

每次放学，他一边走一边学着"算黄算割"，往往能引起此起彼伏的鸟儿应和，一时让我们惊为神人。还记得有一次，我们班级搞一个晚会，他表演了各种鸟儿的叫声，刚好我们学了《口技》一文，我们想他这也算是口技吧。

王强还有一门绝活，那就是钓鱼。我也是比较喜欢钓鱼的，那时候河水不像现在这样有些干涸的样子，一年四季都是水量充沛，河里的鱼儿就特别多，我们用缝衣针弯一个鱼钩，就可以坐在河边钓一下午鱼了。

王强钓鱼有他的绝招，每次见他不慌不忙地起钩，就有鱼儿活蹦乱跳地挂在钩上，不像我们，常常让鱼儿吃了诱饵而逃脱。在一起钓鱼的时候，我就很是羡慕他的技术了。

王强现在很少吹口哨了，由于河水干涸，鱼好像也很久没有钓了。他现在开了一家茶叶店，我每次回家，都去他的茶叶店坐一坐，他也会为我泡上一壶好茶，我们一边品茶一边说些小时候的趣事，都有些恍如昨天了。

当然，那些留有我们记忆的杨树也早已经无影无踪了，还有那些被王强忽悠过的"算黄算割"鸟儿也再也没有了叫声。前几年，王强的妻子因病去世，我感觉他人一下子有些苍老了，好在他的女儿考上了北京的大学，他也很快走出了伤感的日子，微黑的脸上又挂上了微笑，我打心眼里为他高兴。

那些杨树、那些鸟儿，还有那些难忘的人事，都在飘着袅袅香气的一杯茶中，让我们在一起坐上半天。我能找到王强，也就找到了它们。

人生呀，人生……

宋思贤修的路没用了

好久没有回老家了，总觉得老家在一点一点地变得陌生，熟悉的老人一个接一个地离开了。同龄的人一律忙于生计，也很少能在老家遇见。年轻的却像陌生人一样叫不上名字。老家已经把我当客人了，老家的人和我说话，明显都带有客气的成分。"梦里不知身是客"是写人在他乡的思乡之情，而我现在即使是在老家，客人的感觉却比什么时候都强烈。

前不久，一位老人去世，我回老家相送。淅淅沥沥的小雨，伴着有些伤感的情绪，看着好多故乡要垮掉的老房子，回忆着那些还不太久远的童年，忽然觉得"故乡"这个词语是多么沉重，沉甸甸地压在心头，细细体会却又无影无踪，就像每一个村口立着的一个磨盘或者碌碡，只存在记忆之中了。

一切都在变化中，牛头山却还是立在那里，当初梦想发财的乡亲开凿的矿洞遗迹已经有些模糊，阴坡山的穷鬼到底没有出矿，而当初因为锑矿暴富的一部分人又变成了普通的人。大洼上的松树已经成林，而当年栽树的父亲去世已经两年了。父亲栽植的松树不知道还记得父亲不？翻山而过的成片的黄花菜不知道是不是开着惊心动魄的黄，我和二哥、三哥摘黄花菜的日子好像就在昨天。

南沟修路的宋思贤一个人辛辛苦苦十年如一日地修通通往自己老家的山路，哪里知道自己刚刚修通山路，儿女们却在川道买了新房，老家孤零零的像个被遗弃的老人，而当初起早贪黑近十年的辛劳，现在看来居然成了多余。我忽然就想起《愚公移山》中有人创造性地提出"移山不如搬家"的理论。

这是现实版的"移山不如搬家"。那么,当初的修路究竟有什么意义呢?沉默的宋思贤不知道能不能说出个道理来。唯一肯定的是,宋思贤再也回不了自己的老家了,当初挖通的山路再次长满了荒草,人生啊,也就是个瞎折腾的过程吧。

面对如今狂热地追求快速成功和寻找捷径的今天,即使是愚公在世,也会不知所措了。智叟当初"无以应"的场面,现在应该换作"移山愚公无以应"了。

我又想到了自己的职业。如果老师再次讲解《愚公移山》,该怎样才能给学生说清呢,认真的老师备课的时候,是不是顶着压力?这篇培养持之以恒的精神的文章,面对学生的各种质疑,是不是已经不适合当今的社会了?记得我在一篇文章中写道"我不和你讨论搬家,我们讨论的是决心、坚毅、恒心",可是面对今天的形势,这些还有必要吗?

回来说故乡吧。故乡越来越远,其实是人越来越远了。即使回到故乡,再也找不见故乡的踪影了。找不到说话的人,找不到我所熟悉的故乡。少年的时候,拼命读书是为了离开故乡,而如今拼了命想回到故乡,却怎么也回不去了。离乡容易回乡难,年少尚且有命可拼,人到中年,只剩无奈和叹息了。

且行且珍惜……

米粮川冬天的早晨

四周都是山,中间一条河,河岸两边低低矮矮地卧着一些房屋,或白墙红瓦,或白墙青瓦,一律的冷峻。

冬天的早晨,四周一片寂静。细腻的白霜,晶莹剔透地挂在草尖、撒在路面,极细而绵密,仿佛是上天遗忘在人间的精灵。

张家沟口的水井,看上去黑黝黝的,好像谁的眼睛,深不见底,却又蕴藏活力,向外冒着生活的气息,是一种静默的生命,或者说是暗暗涌动的春天。

从李家老庄子下来的路,已经被早起的鸟儿占领。叽叽喳喳地谈论着,也许是东家的家事,也许是今天的天气,或者是今年的收成,如果这边谈论得还不过瘾,就会"呼啦"一下子飞到退耕还林后的长满草的空旷地带,在这里开一个大会。发言是没有顺序的,只是要个热闹。

早起的赖家老汉,门"吱"的一声,鸟儿们吓了一跳,一下子安静下来,等判断清楚是赖家老汉出门时,它们又开始了新一轮的讨论,一直到路边响起牛的叫声和有些懒散的老头老太太的脚步声。于是,它们"呼"的一声,黑压压地飞到附近的树上,一天的"鸟生"才算是开始了。

猪们起得比较迟,外号叫"八万"的徐家森早早地忙碌起来,嘴里吐着一团白雾,为他的猪们准备着早餐。传说一九八几年就有八万存款的徐家森是家乡人勤劳的典范,每天早早地都能看见他忙碌的身影,也能听见他特别的笑声,是故乡的标志性人物。

大哥也算是故乡早起的人之一。我一直觉得我们兄弟姐妹中,大哥是最勤劳的一个。在农村，大哥也是给人帮忙最热心的人。无论谁家红白喜事的场合，大哥都是最忙的人之一。

我大哥的声音在米粮川也是一绝。红白喜事当个总管的他，好像是一个大官，整个场院都是他的声音。我三哥说，如果这个场合听不见大哥的声音，那肯定是酒喝得差不多了。我对三哥的这个总结很以为正确。

故乡拢着衣袖转悠的人，缩着脖子，转悠到上街头。

邻里乡亲的早市早都热气腾腾起来。张家的蒸馍李家的饼、左边的青菜右边的葱、白白的豆腐黑黑的碳、针头线脑都可以在这里找到。早市上的乡亲都默默的，从来不招呼生意，有时候，他们坐在自己的摊位前，像一块石头。

太阳懒洋洋地从牛头山爬上来的时候，早市却散场了。故乡的一天这时候却安静下来。灰色、红色的屋顶有袅袅的炊烟爬上来，故乡便氤氲在一种淡淡的温暖之中。

环顾四周，故乡的山依然站立在那里。隔河而望的光明村的阳光，一寸一寸地从阳坡山越过大河，朝米粮川南边的红卫村走过来。

阴坡山的穷鬼，也出矿了

老家有很多山，名字也是千奇百怪的。

东边的牛头山可以说是根据山的形状起的，这座山也有一些传说。南边的叫大凹，明明隆起的大山，不知道怎么叫大凹，这让人百思不得其解，其实它更让人接受的名字是阴坡山。西边的就是张帽山，名字得来已不可考，估计是这座山海拔比较高，每到秋冬，云雾笼罩在半山腰，和山尖呼应，就像一个草帽子一样而得名吧。至于北面，叫窟窿岩，我们也叫阳坡山，应该是和阴坡山对应的。

阴坡山和阳坡山都是东西走向，山脚中间就是一条河，河是没有名字的，算是丹江的一条小支流，再下去十几里，河就有了名字，叫滑水河，这名字也有些怪，经不起仔细思考。滑水河边有一个黑龙洞，远近闻名。

老家的村子就错落分布在这条无名河的两岸，祖祖辈辈就像河边的水草，丰茂或者枯萎，四季随缘。

那我就从东边的牛头山说起吧。

牛头山远看确实是一条牛。头西尾东，也就是头在西边的米粮川，尾在东边的七里峡。早先的时候，由于七里峡是区公所，迟一些叫白塔乡，也就是现在的镇政府所在地，算是米粮的政治、文化中心，所以感觉这里的人普遍比米粮川的人富裕一些。于是，人们就从这牛头山上找到了原因，说是牛头山吃在米粮川，拉在白塔湾，是牛头山吃穷了米粮川，而富裕了七里峡所在的白塔湾。

我于牛头山的记忆也不多，我的小叔刚好在牛头山对面居住，小时候我经常去他们家玩，和小叔的小儿子没事的时候爬过牛头山。从山顶的寨子爬下来，是没有路的。记得有一次，我没抓住悬崖上的树枝，一下子滚了下去，多亏下面的树枝拦住了我，不然你怕是看不到这篇文章了。

牛头山摔死人的事是有好几起的，都是上山弄柴火失足摔死的。父亲那时候在地方养路站当站长，晚上从这里经过，大概两三里地没有人家，说是老听见河里面有人说话，爬过去一看却没有人，没想到第二天，就有人从牛头山上摔下来死掉了。父亲说，这是凶兆的警示。我不知道父亲说的是不是真的，而父亲已经去世，埋在小叔房子的后面，面对的正是牛头山。

一九八几年，距牛头山不远的金龙山忽然就出了锑矿，一时间，满山都是矿洞，那些时候缺乏管理，基本上都是大家愿意了就寻一个地方打洞挖矿。好多人白白挖几个月，也不见锑矿的影子，而幸运的人却能挖到矿线，一夜间可能成为远近闻名的富人，就像做梦一样。父亲那时候也参与了这种打洞挖矿，很可惜没能成为幸运的人，不然我现在估计也能成为"富二代"。这当然是开玩笑的，当初很多人一时间富裕起来，随着社会的发展，那一点钱越来越不值钱了，所谓的富裕，也就像梦一样，烟消云散了。

金龙山出了锑矿，牛头山就有人盘算，是不是也有锑矿。于是，有几个人联系在一起，在牛头山的西面开始挖洞探矿。矿洞挖了几十米，整天是热火朝天的。不知道情况的人每天都在打探牛头山是不是出了矿。有一段时间，居然说是牛头山真发现了锑矿。于是，金龙山挖矿赚了钱的人就说："阴坡山的那些穷鬼，也出矿了。"这话要用米粮的土话"夏湖话"来说，我这文字实在表达不出这种意味，如果你读到这里要较真，你可以找一个米粮人用"夏湖话"给你学一遍，相信你会有一些感觉的。

当然，阴坡山的"穷鬼"最终也没有"出矿"，打洞挖矿到最后也不了了之，只剩下牛头山站在那里。

后来，我上学离开了这里，也很少回去，每次回老家，远远地看见牛头山，就想起这些还没走远的记忆，一时间，觉得人生就像做梦一样。禁不住想起苏轼的《念奴娇·赤壁怀古》中的句子："人生如梦，一樽还酹江月。"

今天就到这里，故乡的故事，随后的日子慢慢再说。

离不开故乡一条河

"一条大河波浪宽，风吹稻花香两岸"，是电影《上甘岭》的插曲。这电影是我童年的时候看过的，具体好多情节已经忘记了，唯一记得的好像是一个苹果和这首歌了。说实话，对苹果的记忆是第二的，每当哼唱这首歌的时候，才能想起那个在一大群志愿军手中传递的苹果。

为什么对这首歌记忆这么深刻呢？这也许来源于每个人的生命中必然会有一条河，而且是生命最初的一条河。我们每个人对自己故乡的记忆都会因为一条河而生出许多故事。我曾细心地观察过好多村庄，发现大多数村庄都是沿河而建的，也可以说中国的村庄文明其实是一条河的文明。

比如青木川，一个大家族的繁衍生息，扯不断理还乱的都是围绕蜿蜒的金溪河展开的，很难想象一位从青木川走出的少年，会在自己的暮年忘记金溪河。这正如我总是不能忘记我的家乡米粮川的一条不知名字的大河。

说是大河，只是对于故乡的人来说的。在外乡人眼中，它也就是一条小溪流。我从很早光屁股在河岸边长大，到我的同桌小燕被河水冲走，将自己的青春永远定格在十三岁，到"4·30"矿难，大河在抢险中被搞得面目全非，如今成为一条看上去人工痕迹很浓的水渠。回到故乡，再也找不见我对这条河的记忆。

面对笔直的河道，我好像遇见了一位陌生人一样不适。

这是对于一个人来说的，同样，对于一个民族来说，一条河就是一个民族的记忆和历史。由此，就能想到我们中华民族对黄河的情感了。

黄河被誉为中华民族的母亲河。很多时候，一想起黄河，内心就会升腾起一种特别的情感。前不久我看了一则新闻，一位打工的小伙子不远万里来到黄河壶口瀑布，一到瀑布旁边，居然一下子跳了下去，好在跌落在一个平台上。等到几个小时被救援上来后，询问他为啥要跳下去，他的回答居然是因为第一次看壶口瀑布，激动得忘记了危险，只记得要投入母亲河的怀抱呢。

说起来有些让人发笑，但是仔细想一想，第一次看见壶口瀑布的雄壮以及以前心中黄河文化的激荡，有跳入母亲河怀抱的冲动估计不是少数人，只不过很多人能克制自己的情感罢了。

我去过壶口瀑布好多次，但是今年来，我一直想去壶口瀑布看看，刚好学校有几天假期，而我一直承诺暑假带妻子去自驾游几天，去壶口瀑布的计划终于实现了。

我见到日思夜想的壶口瀑布，显得很平静。尤其这些年，景区对壶口瀑布的改造已经让这一伟大的自然景观失去了往日的亲近感觉，我对此颇有微词。而妻子却是第一次来，感觉内心很震动，说颠覆了自己对瀑布的想象。我谈起以往游人如何能近距离亲近瀑布，而今却成了铁丝网围成的冰冷。妻子说，旅游公司为降低自己的风险采取一些做法，这就减少了游客的体验乐趣。于游人和景区来说，也许是两败俱伤。那么如何解决这一问题，在目前看来，提升游人的文化修养是唯一的选择。

我不由得对妻子刮目相看了。

壶口瀑布的景观如何的美，我是不喜欢描述的，因为我最不喜欢将自己的感受强加于人。不同的人来看相同的景观，他的感受是他自己的，有时候甚至是私密的。不排除有人看了壶口瀑布，心里想：哎呀，好大的一股子浑水啊。我们有理由嘲笑他的感受吗？

唠唠叨叨说黄河，其实我说的不是黄河。

生命的记忆总是有一条河陪伴，于每个人来说。《黄河大合唱》能激发出全民的斗志，其根源也许就在这里。

于生命来说，一条河是开始，也是结局。

故乡的水电站怎么就没有了

20世纪70年代轰轰烈烈的小水电站忽然就要消失了，于我来说，这些小水电站里记忆最深的就是老家的西坪电站。

上次回老家，大哥谈起西坪电站，我能感觉他的失落。现在，老家的西坪电站已经拆了好多天了，发电站的水渠也已经断水半个月了，填埋是迟早的事情。这于老家的人来说多少是有些不舍的。

在老家镇安县的米粮镇红卫村，你要是问年轻人双龙渠在哪里，多半你会得到"不知道"三个字的答案。但是你要是问堰渠在哪里，他们会指着米粮川南边阴坡山脚的水渠说，就在这里。

双龙渠，在米粮川年轻人心目中只是一条没有名字的水渠。

也就是说，在当地人，尤其是年轻人心目中，双龙渠与他毫不相干。他们既不知道双龙渠，更不知道他们祖祖辈辈居住的红卫村曾经改名叫作双龙村，这于他们仿佛是很遥远的事情，或者连传说也算不上。

但是，对于米粮川的60后、70后而言，双龙渠是整整两代人的记忆。因为，正是双龙渠的修建，结束了米粮川乃至米粮镇（原米粮公社）全民的煤油灯时代，开启了用电照明，是有历史意义的一个民生工程。

1980年前后，我记忆好像还没有包产到户，米粮公社（那时候，米粮公社还没有撤并到七里峡米粮镇）为解决村民照明问题，决定修建一条从米粮川峡口子到西坪村的发电站引水工程，全程近5公里。

我记忆是全米粮公社村民冬闲时间全体义务出工，那时候没有工程机械，全部是人力。修建双龙渠的工程从峡口子全线摆开，每个小队承担一段。村民们自带锅碗瓢盆、铺盖被卷，在工地上住窝棚，挖土埋锅造饭，吃住都在工地，历时一年多，才建成了双龙渠。

修建双龙渠的时候，刚好有一段经过我的老屋木匠沟。好多联盟的人就借住在我家，他们在工地上埋锅造饭的炊烟好像还飘荡在我的眼前，如今他们修建的水渠却要消失了，好多工人估计已经不在人世了，如果他们还在的话，面对今天的情况不知道作何感想。

双龙渠名字来源于渠的发源地，从峡口子出来是一条大河，和双龙渠从狭缝并行而出，犹如双龙并行，故命名为双龙渠。

说起峡口子，应该是双龙渠修建最艰难的一段，大约不到一公里，但是全部是从悬崖峭壁开凿而来。现在去看，以前开凿的痕迹依然能让人感受到建设者所经历的困难。

水渠也给我们带来了很多乐趣。夏天我们在水渠里游泳，去南沟砍柴火，回来的时候，将柴禾放入水渠，顺流而下，那场景历历在目。水渠也为沿途群众生活用水和灌溉农田提供了很大的方便。

双龙渠修建成功后，为西坪电站供应了水力发电的动力，一时间，全米粮公社用上了电灯照明，对那时候来说具有划时代的意义。但是，由于发电装机容量有限，很多时候不能满足村民用电需求，经常停电或者电压不足。记得村民为收电费的编了顺口溜："某某管电，电灯红蛋（不亮的意思）。钱是要出，（煤）油是要灌。"现在想来，让人莞尔。

如今，水渠即将消失。这好比故乡，总是在不断地变化，而人总是在离开故乡和回到故乡的路上，而我们回到的故乡其实早已经不是原来的故乡……

故乡,不过是一座山

毛狗洞梁上去是红卫三队,用米粮人的话说,应该是阴坡山了,而红卫三队就坐落在山的怀抱之中。

阴坡山叫大凹,我在前面已经说过,明明是一座山,名字却叫大凹,也许是与山的半中间是一块凹陷进去的山地有关吧。

我第一次记得这个地方,大概是上小学四年级的时候。那时候号召全民植树。每年三月,学校都会组织小学高年级的学生去大凹植树。由于路途遥远,一般都是老师带队,一大早从米粮川出发,等上到山的凹陷这一块,已经是中午了。大家三五成群地分散开来,一块一块地栽种松树。由于还有群众参加,所以满山看去都是人,那个热闹劲啊,就不要提了。

那时候,我的父亲正年轻,担任村支部书记,每年植树都是他带着社员上山,一片一片的松林都有他的汗水。有一年,一位村民烧荒,不小心引起了森林火灾,一下子几百亩的油松林化为灰烬。父亲正在地里劳动,远远看见森林大火,立马组织群众,动员会上父亲很有电影台词的样子说了一句"共产党员跟我上"。我不知道上去的是不是共产党员,但是父亲回来的时候,衣服上满是被火烧的窟窿。好在山火终于被扑灭了。

父亲说,他不能看着他亲手栽的油松毁于一旦。如今,父亲去世已经一年多了,而父亲栽的油松还在大凹黑黝黝地生长着,不知道它们还能不能记得我的父亲。

我小时候,经常和二哥、三哥去大凹山梁上摘黄花菜。从低矮的黑黑的油松林过去,走一段一人深的茅草路,就翻过阴坡山的北面,来到阳面,黄花菜一般喜欢阳光，所以长在山的南面。放眼望去，漫山遍野都是黄花菜，但是你要去摘的话，它们又相距很远，所以看起来多，摘起来又很麻烦，往往大半天才能摘满一挎篮。

黄花菜嫩嫩的、黄黄的，整齐地码在篮子里，很是好看。它们发出淡淡的香味，就像春天的味道。回到家，母亲将黄花菜捞水后晒干收起来，过节的时候，我们总能吃上可口的凉拌黄花菜，所以谁现在一说"黄花菜都凉了"，我总能想起这段让人窘迫和思念的快乐日子。

最后一次对大凹的记忆应该是关于我的二叔的。

二叔居住得离我比较远，是父亲兄弟三人中日子过得稍微好一点的，也就是家里劳动力多，勉强有吃的那种。有一年，听说二叔一大早去大凹砍柴禾，在一个石头后面，忽然窜出一只野生动物，二叔一屁股坐在地上，爬起来，身体就不行了，勉强回到家里，就卧床不起了。大约半年后，二叔就去世了。

二叔去世的时候，孩子还小，家里又穷，是我的小叔和父亲还有大哥凑了一百元钱买来寿枋木板，为他做了一副棺材。

那时候，总觉得二叔是被吓死的。后来我才知道，二叔的病是肝癌。临死前，二叔在床上疼得死去活来，现在想起来真的让人伤心。日子像流水一样过去了。再回到老家，看见大凹，是怎么也上不去了。从米粮川到山脚已经修通了公路。去年春节，我开车把母亲拉到山脚的广场，指着近在咫尺的大凹，问母亲是不是记得这些事情，已经失忆的母亲眼睛里一片茫然。

我抬头，看了看大凹，好像忽然黯然下来。

米粮川，一条大河波浪宽

米粮川有一条大河，河水的源头来自于水峡一个叫蒿滩子的地方。说也奇怪，从茅坪过来的河水走着走着就干涸了，消失得无影无踪。继续沿着干枯的河道向下游走去，忽然就从一座山的山脚喷涌而出，夏天寒气逼人，冬天却冒着热气，流过水峡的拴马桩，在熨斗滩转一个大弯，蜿蜒流过鱼洞子，河面忽然宽阔，在鳖盖子悠闲直入峡口子后，就头也不回地流向米粮川。

早些年，河水非常大，这里一个险滩，那里一个深潭，一河的水养育了米粮川阴阳二坡的群众，也给交通带来了不安全。我在米粮中学上学的时候，一位叫燕子的同桌就因为大河涨水，将自己的青春永远定格在十三岁。我直到现在还记得她十三岁的样子，岁月是把杀猪刀，让所有人，尤其是女性们面对岁月的流逝青春一去不返而无可奈何，但是我的同学她却在我的记忆中一直青春着，永远都是十三岁，就没有再长大过。

还记得南沟东胜的一对父女，到七里峡赶集的时候，蹚水过河，忽然就被大水冲走。父女二人在洪水中互相拼命要拉住对方相救，结果谁也没能拉住谁，双双被大水卷走，只留下一河两岸叹息的群众。

河水带来灾难，但是更多的时候它平静而安详地流淌。流过峡口子，蹚过牛家堰后，来到四亩地。

峡口子是钻天岭和解家岩两座壁立千仞的山峰中间的一道峡谷。钻天岭的故事我以前讲过，有关解家岩，我记得父亲在世的时候给我说，"文化大革命"的时候，张某某谋划抢七里峡的银行，那时候父亲是大队支部书记，手上有武装部发的一把步枪。在"文化大革命"时期，张某某作为"造反派"总司令曾想要抢夺父亲这把步枪，父亲为护住这把枪，大年三十躲到解家岩的山上雪窝之中好几天。因为这得了老寒腿，前几年在世的时候，每年冬天都忍受钻心的疼痛。张某某用炸药炸开了银行保险柜，抢走好几万元现金。"文化大革命"结束，案件告破，他被执行枪决，据说和他一同作案的还有一位姓魏的却活不见人，死不见尸，据说是被张某某杀害了，但是张某某一直没有交代。

牛家堰是一个大河滩。当年毛义斌带领大刀会在米粮川一带抗粮抗捐，后来被红二十五军整编为游击师，毛义斌任师长。但是在"肃反"中，我们中了敌人的反间计，毛义斌被活活用石头砸死在牛家堰的河滩上。后来人们在牛家堰挖沙取石，挖出了大刀、长矛，还有梭镖等武器。毛义斌现在安静地躺在镇安县花果山烈士陵园，目睹小县城的变迁，也算是含笑九泉了。

河水再下去就来到四亩地，四亩地外是一排巨石砌成的石坎，当地人叫它"大摆"。说起来很有些故事。那时候，阳坡光明村和阴坡红卫村隔河而望。人都说"三十年河东，三十年河西"，说的是洪水来了，不是冲毁阳坡的良田，就是冲毁阴坡的土地，所以两个村子比赛着在洪水流向的地方修筑石坎，就是"大摆"，来改变水的流向，保护自己这边的土地，将水流引向对方的良田。

四亩地外的"大摆"叫徐家摆，因为徐家院子正对着"大摆"。"大摆"上栽着一溜柿子树，不管夏天的太阳多么毒辣，这道"大摆"总是在柿子树的浓荫之下。"大摆"的下面就是一个深潭，水清澈的时候就能看见鱼儿在水里嬉戏，有时候也可以看见甲鱼，我们当地叫鳖。它们安静地趴在石头上晒太阳，有人走近，它们会快速地溜到水中不见了踪影。这里，就成了我们垂钓的最佳地。

钓鱼最拿手的当是王强了。那时候，我记得他悠闲地坐在"大摆"上，将用别针弯成的鱼钩捆在细线上，手握细竹竿做成的钓鱼竿，笑眯眯地等着鱼儿上钩。那时候的伙伴贺东还用自己的相机为他照了一张照片，前不久看见这照片，很有历史感了，回想那时的时光，我都有些恍惚了。

河水流过四亩地，就来到月亮坪，再拐过一个大弯，绕过牛头山，流过羊奶峡，就离开了米粮川的地界了。

月亮坪外有一个大河滩，是民兵训练打靶的地方。我的大哥那时候是民兵的一员，他们每天下午都会来这里训练打靶。我们小伙伴下午打完猪草，就坐在月亮坪外的河摆上看民兵们打靶。感觉他们的口令很奇怪，我们老远学着喊叫"饿死装子弹"，然后大笑。后来才知道人家民兵连连长喊叫的是"卧式装子弹"。等人家训练结束排队唱着"日落西山红霞飞，战士打靶把营归"的《打靶归来》歌曲走了，我们一窝蜂地跑到河滩上捡子弹壳，等捡完子弹壳，又跑到更远的地方去挖深入山坡的子弹头。

20世纪90年代初，我一直求学在外，故乡就离我越来越远了。每次回家，故乡都在发生着变化。米粮川大河上架起了大桥，出行越来越方便了，河里的水却越来越小了，有些地方甚至已经干涸了。特别是"4·30"尾矿库溃坝事件，滚滚而来的泥石流冲毁了我的母校米粮中学，淹没了阳坡的良田，冶炼黄金残留的有毒物质流进了米粮川大河。在抢险过后，修建起来的大河护岸笔直地穿过米粮川，米粮川的大河彻底改变了原来的风貌，再回到故乡，想寻找儿时的记忆已经不可能了。

我的同学再回来，不知道还能不能寻到她熟悉的地方？东胜被冲走的父女看见峡口的大桥，会不会为那时候不能有一座桥而伤心？我的父亲已经作古，他讲给我们的故事已经模糊，毛义斌的传奇不知道还能不能讲下去？王强还能不能记得自己钓鱼的故事？贺东的镜头里还是不是原来的模样？当过民兵的大哥不知道还会不会"饿死装子弹"？捡子弹壳的我们还能不能回到无忧无虑的童年？

时间就像米粮川的大河，一路流过去，义无反顾，永不回头！

大凹是一座山

上回说了故乡的牛头山，这回说一说故乡南边的叫大凹的山，也就是阴坡山。

山南水北为阳，山的北面当然就是阴坡山。东西走向，看上去连绵起伏，高不可越。山的最西面，就像山的脚脖子的地方，有一座娘娘庙，这地方叫钻天岭。于外地人来说，对此地名是无法理解的。能被称为钻天岭的，必然是山的主峰，而这个钻天岭却是大凹这座山的山脚。

这一点，我还是要讲一讲。

因为很早的时候交通不便，从熨斗滩下来的大河流过米粮川的峡口子，河两边是悬崖峭壁，人根本无法通行，所以钻天岭成为陕西和湖北的交通要道。早些时候，这里有大刀会把持，修建了山寨，来往客商只有一条路通行，从这里经过比钻天还难，所以就称这里为钻天岭。

我隐约记得大约1976年，为打通陕西去湖北的公路，全公社青壮年劳动力利用冬闲时间来此搞建设。人们用安全绳拴在腰上，从钻天岭的悬崖上垂吊下来，两人一组，叮叮当当在绝壁上打炮眼，装药炸石，硬是在绝壁之间开出了一条公路。

其间，好像也有人从绝壁上摔下来，丢了性命。不过那时候，死人了，用席筒一卷，拉回去埋掉，也不见家属大吵大闹，好像觉得这么大的建设，死几个人是正常的事情，一边埋掉死者，一边继续开山放炮。

现在从峡口子经过，看着两边绝壁遗留的开凿痕迹，也可以想见当初的艰难。我那时候还小，对这条公路修建的艰辛记忆不是很深，只是觉得每天叮叮当当，人吊在绝壁上荡来荡去，很好玩。

绝壁的下面横在河面上的是一座水泥桥，很有年代了，从我记事起这座桥就在这里，我们把它称为"高桥"。我小时候去米粮中学上学，如果大河涨水了，就绕道从"高桥"过去，那时候，踩着手掌宽的桥边沿，很稳地走过去，一点也不害怕。前一次回老家，到这里玩，再次这样走，感觉自己已经摇摇晃晃踩不稳了，真是年龄不饶人啊。

高桥过去，原来有一个水磨坊，动力就是从高桥中间过去的水。我忘记说了，高桥其实不是桥，而是水磨坊引水用的渡槽。我隐约记得我和母亲来过这个磨坊压油。那时候没有油吃，一般都是采摘下的漆树籽，通过炮制后来这里压榨漆籽油食用。漆籽油冷却后凝结成黄色的蜡块状，做饭的时候，锅烧红了，拿起一块在锅里面擦一下就可以了。漆籽油炒菜做饭，吃起来有些腻歪歪的，但是缺吃少穿的年代，有一点油总比没有强。

钻天岭的北面就是大凹的西面。早先时候，在山的空当处还有很多耕地。我们经常来这些地边挖药材，以挖黄姜最多，那时候我们叫它"火头根"。有一次，我和二哥来这里挖"火头根"，路过一块耕地，居然发现了一大架五味子，结得密密麻麻。我临时改变主意，一下子摘了一挎篮五味子，背回家去。父亲看我这意外的收获，觉得有利可图，第二天非要我带着他再次来这个地方摘五味子，结局可想而知。

我意外收获了五味子，等真的来摘，却什么也没摘到。这正如有人调侃，生活就像拉屎，有时候你很努力，结果挤出来的却是屁。相反，有时候运气来了，你不用努力，就会收获意外的惊喜。但是，我觉得努力还是重要的，一切不问结果，砥砺前行，终将有所收获吧。

关于大凹的故事还很多，今天我就写到这里，如果你有兴趣，下次继续来这里听我唠叨。

故乡有岭名钻天

钻天岭，只是一个名字。故乡的一个地方，很多故乡人走得再远，一提这个地方，多多少少都有些故事和这里相关。

地方在故乡的西边，说是岭，应该算是大山的主峰，这个却不是，是山脚。仿佛一个站立的人，头是主峰，而钻天岭最多是脚脖儿，想是早先没有修路，这里是米粮去湖北的唯一通道，山险而驻匪，自然的天险和人为的阻断，让这里通行难于上天，名字便有了，没有人质疑。

生于故乡长于故乡，只是听说钻天岭，一直不知道在哪里，以为是很遥远的地方，从不敢想一眼看得见的这个就是闻名遐迩的钻天岭，及至后来知道，大呼上当，却又内心不甘。这于爱情有一比。不用俺多说，你就会懂得。

有人说李白来过，有诗为证："此岭名钻天，风景最可观。白云生足下，红日绕手边。"我不信，大概以讹传讹的成分多。但是故乡的人都信，我的意见就无足轻重了。上去看过几回，嘴上不说，心里知道，什么最可观？假的。

父亲是爬过这座山的，于我的记忆最清晰。早些年，大集体还叫生产队。按工分分下的粮食由于家里劳力少，每年春天就揭不开锅了，于一大家人来说，苦了母亲，累了父亲。好在父亲为人侠义，认识的人颇多，十里八乡口碑极佳。父亲背着背篓，翻钻天岭，下熨斗滩，过水峡，上白龙山，挨家挨户求告借粮。这事想来，有些鼻子发酸。与父亲谈起这些，父亲说总不能让你们弟兄姐妹饿死吧！我想也是，相比尊严，填饱肚子才是正事。

哥哥、姐姐是爬过这座山的。那时候，中学是组织学生春游的。这个地方是老师首选，近，有些文化，上去唱唱歌，喊儿嗓子都不为过。既然他们能去，我还没上学，大把的时间，狗一样地跟着，赶个热闹。看他们穿着军装，背着木制的长枪，革命小将豪情满怀。好像是昨天，还没走远。最近几年，看着哥哥、姐姐的样子，我又觉得那时候的人事是不是真的，像是梦，有时候想。

　　记忆中，家里唯一没爬过钻天岭的是妈妈。做饭、喂猪、唠叨……我们的母亲，一生走过的地方好像有限。如今，母亲严重失忆，问起来这些，她只是摇头，看着满头白发的她，钻天岭与我都有些黯然。

　　工作后，带我的学生去了一次，回校，被校长一通训斥，提醒我的安全意识不到位，想来，这就是登山的路长满茅草的原因了。

　　故乡越来越远，钻天岭好久没去了。下次回去，带儿子去看看，就当看一位老朋友吧！

张家沟

张家沟是从阴坡山下来的一条深沟,在我的老家米粮。张家沟沟口左边是徐姓人家,徐姓人家是一溜排开两户,我们称徐家老屋。右边是张姓人家,张姓人家居住的是一个大院子,我们叫张家院子。

张家院子和徐家老屋都有我的同学。张家的同学早早辍学去了省城打工,如今落户省城,隔三差五能见着面,在老家起了楼房,儿女双全,生活上没有大富大贵,倒也自得其乐,谈起上学的时候,不禁唏嘘不已。徐家同学高中毕业进了军营,而后入军校,如今已经是官职不小的军官,有时候过年我们也能见到,见这么个级别的同学本来我有些拘谨,但是老婆说,他就是官再大,他还是你的同学,我想也是,就有些释然,不禁佩服老婆到底是见过世面的人(这个开玩笑的,这样说无非是哄我老婆高兴,大家可以略去不读,呵呵)。每次见面,和他谈起上学趣事,倒也其乐融融。

张家沟叫张家沟,但是也不是张家的产业,是集体的。沟口靠近张家院子的旁边,有一口水井,是全村人吃水的地方。说也奇怪,不管天旱雨涝,这口水井汩汩地流出清冽的泉水,没有间断过。不管张家沟流过的溪水浑浊还是清澈,水井里的泉水都清澈见底。每到春末夏初,我们小孩子从家里带来脸盆,将水井中的水一股脑儿舀出来,将井底泥沙收拾干净,我们称为"淘水井"。有时候,从大河捉来小鱼放入水井,来打水的时候,就能看见鱼儿在泉水中游弋,感觉美极了。当时说不出,后来上学了，学了《小石潭记》，"潭中鱼可百许头，皆若空游无所依，日光下澈，影布石上。怡然不动，俶尔远逝，往来翕忽。似与游者相乐"，我觉得写的就是我们张家沟的水井，不过水井里面是没有"百许头"鱼的，只有那么三五条，看起来更像国画里面的鱼，只是和《小石潭记》那意境感觉有些一样罢了。

水井上面是一块土地。大集体的时候我还记得母亲在上面劳动，我在水井边玩耍的事情。旁边有一棵大得几个人抱不过来的柿子树，我们在水井边玩累了，都一股脑儿爬上去摘柿子吃。柿子树的后面是梯田，那时候生产队种的都是甜高粱，我们称为"餾黍"，一大片一大片，人钻进去了根本就找不到，你要是看过《红高粱》电影，你就能想到那该是怎样的一种场景了。我们在里面捉迷藏，玩打仗的游戏，现在想起来有郭小川的《青纱帐—甘蔗林》里的诗意了，但当时没这个体验。

顺沟再上一些，就有些幽深了，是我们在放学的午后打猪草的地方。什么水芹菜、水葫芦、鱼腥草，不要半个小时就能扯一篮子。接下来我们搬开溪流中的小石头，就会有横行霸道的螃蟹跑出来，我们捉将起来，把它们的螯残忍地揪下来，就为了舔食里面一点咸咸的感觉，想来很对不起那些螃蟹的，但是在后来一样的行动中，又看见它们重新长出了螯来，内疚的心理稍稍得到安慰。

如果再要顺沟而上，那就到了李家坡，是我们村居住最高的人家，再上去就是四队了。李家人家早先人口比较多，男主人会一些打铁的手艺，还为生产队喂着几头黄牛，全村人生活都不富裕的时候，他们家都能称得上小康了。我常看见这个李家的我的同学骑着黄牛在坡上玩耍，很是让我羡慕，但是我是不敢去骑牛的。后来他的儿子在我带的班级上学，由于同学关系，我尽可能地给他儿子一些照应，但是人生无常，就在他儿子读高三的时候，他却查出了癌症，没过多久就去世了，让我心里唏嘘不已，好久都不能释怀。好在他的儿子比较坚强和自立，考上了大学，后来参军，每次回来都要来看看我，和我喝上几杯酒，谈起对未来的想法，踌躇满志，让我看到不小的希望。

到了李家坡也就走到了张家沟的边界了，再上去就是其他大队的地方了。他们又会为这条沟换一个他们能接受的名字了，我的记忆也就有些模糊。如今再回到故乡，张家沟已经面目全非了，新修的通村水泥路从封闭的沟上走过，再要下到沟里已经不可能了，水井也已经封闭起来，清澈见底也只是在梦中了，徐家老屋也换成了气派的高楼，张家院子大部分住户都搬走了，老屋场也没有了当年的痕迹。只是我的张姓同学、徐姓同学依然怀念着那时候的时光，李姓同学的儿子依然不能忘记他的父亲埋骨之所……

这就是故乡。故乡呀，我的故乡……

故乡有口井

张家沟有一口水井，每次回到故乡，我都要到这个地方喝上一口故乡的泉水，那种凉丝丝的甜酪酪的感觉，一下子让人感觉浑身清爽，通体舒泰。是啊，都说"亲不亲，故乡人，甜不甜，故乡水"，于此，我是有很深体会的。

记忆中的张家沟是有很多柿子树的。

一条弯弯曲曲的小河，有清凉凉的溪水流过，滋养了岸边大大小小的柿子树以及再远一点的两岸一望无际的平地。夏季是一望无际的麦田，金黄的麦浪翻滚在故乡的田野，空气中都有阵阵麦子的芳香，想起来都是让人陶醉的事情。秋天，玉米露出开心笑容，把自己黄锃锃的牙齿从微红的胡须里面露出来，顽皮得像个孩子。这个时候，岸边的柿子树就挂上了密密麻麻的红灯笼。

一大群光屁股的孩子从岸边光溜溜的小路上跑过，偶尔会抬头看看枝头上红彤彤的柿子，那是乡村一道亮丽的风景，想一想，都是很美的了，但是现在再也看不见了，于我朦胧的眼睛里，那些好像还在昨天，正想努力看清，却又无影无踪。

张家沟与大河交汇处，有一路高高的护岸，清一色黑色的巨石立在湍急的河水边，保护着护岸内侧的农田。护岸上也是一排密密的柿子树，夏季的浓荫铺满整个护岸，有金色的阳光从密密的树叶洒下来，像金色的网，网眼里，有手拿鱼竿的我们，坐在护岸上少有的专心，眼睛一动不动地看着鱼线，一下午的时间，很多活蹦乱跳的麻鱼就会变成我们的晚餐。

最会钓鱼的是王强了。记得每次他一动不动地坐在岸边，脸上挂着平静，等到猛地收杆，鱼儿已经挂在鱼线上了。前不久，我发了一张我钓鱼的照片在朋友圈，王强看见了，立马留言问我在哪里钓鱼，并约我下次回家一起去钓鱼。我说："故乡现在哪里还有鱼啊！"他说："有的，你不知道罢了，你回来我带你去。"我便有了一些盼望，但是好久好久都没有时间回去了，下次回去，一定要让他带我去钓鱼，只是那些遮挡太阳给我阴凉的柿子树早就无迹可寻了，就如我们那远去的童年一样。

另一位喜欢垂钓的当是我的同学小良了。他的家就住在大河边，对于垂钓有了得天独厚的条件。记得一只大头针被他弯成鱼钩的样子，我的第一副鱼钩还是他帮我做的呢。后来小良走入军营，又上了军校，成为军官，很少回故乡了，偶尔在微信上聊两句，回想故乡的那些岁月，不禁唏嘘不已。

那些鱼儿有很多都被放入张家沟的那口水井。每当我们去水井打水，就会看见那些鱼儿在清澈的泉水中一动不动，让人想起《小石潭记》中的"潭中鱼可百许头，皆若空游无所依，日光下澈，影布石上。怡然不动，俶尔远逝，往来翕忽。似与游者相乐"。不过，这里的鱼没有"百许头"，也没有日光能照耀到水井之中，其他的我都怀疑写的就是这里了。

再回到故乡，水井已经被封闭到石坎之中，伸出一段铁管，泉水便源源不断地从里面流出来。水没有变，但喝到经过铁管流出的泉水，总感觉没有了以前的味道。张家沟也被封闭在厚厚的水泥路面下面了，潺潺的流水也再也看不见了，柿子树早已没有，两岸的平地也换成了一排排楼房，真有沧海桑田的感觉。

故乡我还能回去，但是每当回到故乡，我总有一种"背井离乡"的感觉。虽然故乡还好好地待在那里，但总觉得是一场梦。故乡的水井、故乡的柿子树、故乡的鱼儿，还有故乡的伙伴……

月亮坪纪事

从峡口一下,奔流的米粮川大河忽然就进入了开阔的地方,激流飞湍的河水忽然就安静下来,平静地流过河床,好像一个人一下子进入了中年,阅历让他的激情慢慢地收藏在内心深处一样,波涛汹涌的内心世界被掩藏在波澜不惊的平静之中。

河水在牛家堰河滩拐过一个大弯,就进入了真正的米粮川地界,等到再次进入激流的时候就是牛头山的羊拉峡了。羊拉峡是个地名,如何得来的不得而知。羊拉峡的入口有一块明显可以看出是河水冲积而成的平地,呈月牙形状,所以叫月亮坪。

月亮坪像月牙儿一样狭长,呈东西走向,像一张弓,弦是一条公路,公路的内侧有一个院子叫子房院子,居住有马姓、陈姓、张姓和姚姓几户人家。记得这里养的牛最多,马姓的小伙伴在我心目中一直都是放牛娃的感觉。一九八几年的时候,大家日子都过得恓惶,常常看着他们穿得破破烂烂的在河边放牛,虽说年龄相仿,但与我好像并无多少交集。只是我去西坪看我的叔父,路过子房院子后面的小路,远远地能看见高坎下面的青瓦房子上面升起袅袅的炊烟,仿佛若有若无的乡愁。现在这样的场景已经了无可寻了。子房院子的几户人家早就搬离原来的土房和牛棚,住进了新盖的洋楼里面,这于大伙来说无疑是一件好事,但是对于乡愁这看不见的东西,却是摧毁,好在这个世界有得就有失,这不以人的意志为转移。

子房院子靠近大河上游的是姚姓人家。姚姓人家门口有一个大竹园,这是全村最大的水竹园,也是最茂盛的。在竹园的中部边沿,有一眼水井,泉水终年汩汩地流着，滋养着子房院子的几户人家。那时候，通往水井的路好像是青石板铺就，常年被人踩踏得光滑清亮，可以照见人的影子呢。由于竹园遮挡，姚姓居住的房子终年很少见到太阳，房前的青石就长满绿苔，看上去鹅黄鹅黄的，围着土屋石板房，像极了一幅怀旧色彩的中国画。可惜后来姚姓人家另选房基新造了住处，老屋也在新屋落成的鞭炮声中化为乌有。接着竹子开花之后，竹园也不知不觉消失了，那眼泉水井也逐渐干枯而无迹可寻了。

值得一说的是，姚姓人家新屋落成的时候，帮忙做饭的人疏忽大意，居然将桐油当成了清油炒菜，几十人吃后出现集体中毒事件，一下子惊动了县上好多部门，好在有惊无险，没有出现什么大事故，后来大家提起来，都觉得是一个笑谈。

马姓人家在老院子住得最久，也是最后搬离的一户，记忆都有些模糊了，只是这里走出了一个全国出名的慈善人物马华，我的记忆才又一次清晰起来。第一次认识马华，他说他是子房院子的，还和我是同学，但是我怎么也想不起来，后来在一起久了，我好像慢慢地想起来一些，但是要进一步清晰起来，又好像大雾弥漫了眼睛，一点点印象又跑得无影无踪了。

马华读书不是很多，最早出门打工，不幸遭遇车祸下肢瘫痪。坐在轮椅上的他不向命运低头，通过网络做生意，做到了自食其力，实在是难能可贵。有谁知道，他居然在网络上做起了慈善事业，而且越做越大，影响波及全国，多次千里单骑骑着三轮摩托横跨东西南北爱心募捐，这就是一个四肢健全的人也难于做到的事情，他居然成功了。记得刚开始他提出想法的时候和我商量，我说他是不是疯了。后来他多次成功，我真感叹世上的事啊，只有想不到的，还没有做不到的，可惜我大半辈子碌碌无为，和马华比起来，自叹不如。

再回来说月亮坪。月弓的地方是一溜巨石砌成的河岸，有两人多高，是为了保护月亮坪这块土地免遭洪水的冲毁。但这却成了我们的乐园。那时候河水很大，也清澈见底，很多麻鱼在水里面自由自在地游弋。我们便偷了母亲的缝衣针弯成鱼钩，一整个夏天就坐在石岸上垂钓，无忧无虑的童年在月亮坪这里留下一生的记忆。

那时候还有民兵训练。公社武装部的黄部长是个赫赫有名的人物，他带着民兵在河滩上练习射击，我们远远地看着，单等训练结束，跑过去捡拾步枪的弹壳玩，有时候也会远远地跑到对面的石崖上掏子弹射入的弹头。我到现在还记得大哥当民兵时的样子，他曾经把一把步枪带回家里，有一次狼来了，他跑回家拿出步枪打狼。

沿着河岸向下走，就是一片沙滩了。这片沙滩留给我的记忆最深刻。那时候我的爷爷还在世，常常带着我到这个地方钓鱼。爷爷是钓鱼的高手，我记得他将钓竿放下去，一会儿就会有活蹦乱跳的鱼儿被提了上来，我的任务就是忙前忙后地捡拾这些鱼儿，那种快乐直到今天还记忆犹新。

现在再回到月亮坪，当年的痕迹已经面目全非了。小流域治理修建的整齐的河渠取代了原来的青石护岸，自然的景象已经消失，人工的痕迹让人心里总是别扭。好在子房院子的几户人家都过上了幸福的生活，虽说物是人非，但是总是有些值得怀念的东西还萦绕在每个人的梦中，在醒来的时候，有月光划过脸庞，让人想起家乡的月亮坪，是不是还像月亮一样，弯曲而安静地躺在故乡的牛头山下。

木匠沟

木匠沟里没有木匠的，不知道为什么就被称为木匠沟，从我记事起，它就叫木匠沟，木匠沟的中间就是我的老家，如今房子都要垮掉了。

木匠沟是一队和二队的分界，沟的右边是二队，沟的左边是一队，我们家属于一队。木匠沟沟口是一队程家的房子。记忆最深的是程家的上一辈是做挂面的好手，每到腊月，就东家请西家邀地忙乎起来。那时候农村做挂面是很讲究的事情，也只有年节了将挂面师傅请到家里面好吃好喝地招待，然后邻居都来帮忙，要忙上一整夜第二天才能出面。而请人做手工挂面的人家一般都是儿子找了媳妇，准备第二年正月认亲送礼的。那时候送礼主要是洋面，也就是机器面，讲究的人家才送手工挂面，而为子女认亲送认亲礼，手工挂面最能表达心中的敬意，何况两家结亲是人生的大事。再后来挂面的生意没落了，送礼都流行送钱的时候，程家的子女也都成了家，过上了幸福的生活。我每次回家路过，看见程家老二在路边干活，总要说上几句话，虽然话不多，但也透出一股子亲热劲，毕竟都是喝木匠沟的水长大的。记得有一年程家的老大和我大哥从西安打工回来，我们三人在县城吃了一碗热乎乎的泡馍，家乡的味道一直回味到今天。

木匠沟和我前一篇的《张家沟》里面写的张家沟其实都是老家从阴坡山发源的平行的两条沟。木匠沟相对来说不像张家沟幽深，如果说张家沟是哥哥，那么木匠沟可以说是一个听话的妹妹了。入得沟来，有两个院子，我们叫上院子和下院子，分别在沟的两边，相距不远，端着饭碗一边吃一边走，从上院子走到下院子，一碗饭估计还没吃到一半的样子。不过两个院子要过一条沟，交接的地方有一棵大核桃树，那是我小时候的乐园，随后我再讲，现在先说两个院子。

上院子是一个半包围结构，正中东边是我的老家，西边是王姓人家，然后两边住的是陈家兄弟二人。院子的东边是一个大竹园，那时候有茂密的竹子自由自在地翠绿着，可惜后来有一年大面积的竹子开花后死掉了，现在是稀稀朗朗的竹子了，我父母的墓地就选择在了这里，这也是后话。竹园的边上是两棵粗壮的柿子树，现在像那么大的柿子树已经很难看得见了，记得有一年二哥上树摘柿子，不小心掉下来，脚跛了好长时间，好在没有什么大碍。后来柿子树也在不知不觉的时候死掉了，好像人老了必然死掉一样，但是谁也说不清是哪一天老了的一样。

上院子住的都是一队的人，但是地界却是二队的，所以那时候他们都称我们上院子住的是"华侨"。不知道什么原因，上院子住的几户人家都老的老、小的小，基本上劳动能力都不是很好，在大集体劳动的时候就有人奚落我们上院子是吃商品粮的。那时候吃商品粮就是公家人，有工作的，是很多人羡慕的对象。一般吃商品粮的找对象都要找吃商品粮的，可惜我们院子是吃商品粮的是他们的奚落，也透着一种无奈。

下院子住的基本都是姓姚的人家。姚家在我们生产队那是大姓，一般只要是一队的，基本上很少有不和姚家沾亲带故的。住下院子不姓姚的有两家，一家姓肖，一家姓贺，还有两个五保户弟兄，不知道姓啥，反正一个叫模娃，一个叫毛娃。说来也好笑，这弟兄二人一个勤快一个懒，住在一起闹了不少笑话，说出来能笑出眼泪来，他们兄弟二人的笑话常常是大集体劳动时大家的谈资和笑料。后来这弟兄二人先后作古，想想人的一生，不禁让人黯然半天。肖家的一直是单身汉，后来娶了一位带着女儿嫁过来的女人，日子过得也比较恓惶，好在天无绝人之路，他的女儿长大后招了上门女婿，日子也一天一天亮堂起来。但是不知道后来怎么了，肖姓的这位不小心掉落到发电站的水渠之中，等发现到捞出来，人就没了气，那次我刚好在家，帮助下院子的几个人将他抬回家里，也许有预感，他早早地为自己选择了墓地，忙忙乎乎也算是入土为安了。这段我想细细说一下，但愿您有耐心看下去。

木匠沟

我自从上了高中以后到大学毕业出来工作，就很少回到老屋去了，尤其父母从老屋搬离以后，就更少回去了，现在回到老屋，原来的场院已经长满了齐膝的茅草，以前回家的一段小路也埋在了荒草之中，只留下若有若无的一段路的影子。

　　上院子门前是一条西坪电站的水渠，而下院子就在水渠的下方，两个院子相距一里路不到的样子。这条水渠带给了我童年的快乐，随后我再说。

　　记得那是工作后的一个周末，我回到家里，还没顾上喝一口水，就听见下院子有一些声音，出门看时，下院子的后面水渠上已经聚集了七八个人。我放下水杯跑过去看，下院子肖姓的老人湿漉漉地躺在水渠边，已经没有了生命体征，下院子几个拿事的正在旁边商量，安排肖家的女人如何应对这件事情。

　　那时候，我好像还是第一次近距离地感受生命的无常。肖姓家的孩子都在外面，只有一位平时看起来不太管事的女人，一时手足无措。下院子就有人安排她去买几包烟，接着安排人将人抬回去。我由于平时在家里少，家乡人有事也帮不上忙，这次遇见了，我就帮忙将尸体抬到一个简易的担架上，接着又帮忙将人抬起来。肖家的女人买来了烟，整包地递给我，我说我不会抽烟，主事的就给她说，拆开给大家发啊。她便窸窸窣窣地拆了半天，也没有拆开，最后还是主事的接过来拆开散给吃烟的人。

　　将尸体抬回肖家老屋，我就回到上院子陪父母说话，话题自然是集中在肖家这件事上。

　　我小时候一直记得姓肖的是单身汉，为人也有些说不上来的感觉。那时候，大家的日子都过得凄惶，肖家的单身汉的日子也就没有啥起色。下院子姚姓人居多，有一户姓贺的，还有就是独户姓肖的他，好像是个外来户。我隐约记得他好像来自一个叫石灰坪的地方，记得这，是因为我们小时候去这个地方换过洋芋种。这个现在很多人不知道了，那时候河道平地种洋芋，洋芋种要用高山地方的，所以河川平地种洋芋的时候，就会背上苞谷到高山人家去换。而石灰坪换洋芋种的这家好像就是肖姓的老家，至于他如何搬到下院子居住，我实在是不知道缘由了。

我记忆最深的是每到夏季，肖家老屋就会冒出一股浓烟，是用艾蒿烧的，用来驱除夏天的蚊虫的。我一直不理解，那样浓烟滚滚，人的眼睛都睁不开，不知道如何能进屋睡觉的。也许浓烟比起蚊虫的叮咬要好一些，两害相比取其轻吧。

开始的时候，肖姓是一个人，后来他在老家要了一个本家的男孩子。这男孩子在这里曾经和我们玩过，但毕竟来自远处，有些客人的感觉，所以我们在一起玩的记忆就有些模糊，后来这个男孩到底怎么样了，我好像一点记忆都没有了。

后来肖姓的单身汉娶了一位带有女儿的女人，也算是半辈子后成了家，这女儿也随了他改姓肖了。

日子一天一天过着，肖家的女儿长大后招了上门女婿，是一位手脚勤快的人，推倒了原来的几间低矮的土房，盖起了三间大瓦屋。看着日子一天一天地好起来，肖家的女主人也有了一些笑容。但是不知道为什么，肖姓的男人老是和上门女婿有些矛盾。一家人在一起锅碗瓢盆的难免磕磕碰碰，但是他们家的矛盾却盘根错节的好像也没个头绪，最后闹到分家另过了。好好的一个家又再次分开，不免让人唏嘘。

我回家很少，这些都是有一边没一边道听途说的，也许有很多不准。只记得有几次，遇见肖姓的老汉，弯腰驼背的，早已经没有了当初的样子，看起来好像是身体健康出了问题，走路拄着一根拐杖，呼吸不上来气的样子，真让人担心他会随时倒下去。

终于，他把自己扔在了只有膝盖深的水渠里面，从上院子让水流冲到下院子后，悄无声息地去了，好像他从来没有来过一样。

我每次回家，面对这默默的流水，一遍又一遍地想着，我们曾经都是喝着这流水生活着，而正是这流水又成了他最后的归宿，人生的无常谁又能说得清啊。

肖家的老汉早早就为自己选择了墓地，在下院子人热心的操劳之下，他也算是入土为安了。我好久也没见过他的老婆以及女儿女婿了，真心希望他们能幸福地生活着，在我的老家，他们也像我的亲人一样。

再后来，我们上院子陈家的弟兄二人盖了新房，搬离了上院子。陈家的老爷爷和老奶奶都是非常善良的人，陈家奶奶是我见到的唯一一位小脚女人，陈家爷爷我常听母亲喊他陈铧匠，我现在想来可能他会制作犁铧的手艺吧。当然现在说犁铧可能有些年轻人不知道是啥，具体来说就是用牛犁地的铁质犁头。但是我从来没看见过陈家爷爷制作过犁铧，隐隐约约记得他们家好像养过蜜蜂，仔细想想，记忆却又不是那么深刻。再后来王家也搬走了，我的大哥先是分家单过，然后又搬到了其他地方，我和二哥上学后工作到了外地，三哥还在老屋待了一段时间，后来移民搬迁也搬离了老屋，老屋也就没人居住了。陈家老屋几经转手，现在的住户我已经不认识了。再次回到上院子，早已物不是人也非了，只有院子前面发电站的水渠里面的水还一如既往地流着……

下院子的住户也陆陆续续地搬离了原来的地方，到条件更好的新房居住了，老屋场有些卖给了那些从远处高山搬迁来的新住户，其乐融融的大院子忽然就冷了下来，让人有一种说不出的伤感……

木匠沟是我的老家，可是我一直没有写。当时和我一起长大的陈家的同伴让我啥时候写写木匠沟的故事，我答应了，但是一直没敢写。其实，木匠沟带给我的记忆不是很快乐的，一直压在心底，不忍心回忆，好在故乡想起来都是温暖的一个词，于是有了上面的文字，很多东西没有说到，我得请我们上下院子的伙伴原谅，不是我忘记了，而是我想把它留在心底，就像木匠沟的水，让它平静地流过，然后汇入大河……

木匠沟拾遗

故乡的记忆和故乡的故事离不开两条沟,那就是我前面写的《木匠沟》《张家沟》,文章推送后,很多小时候的伙伴和家乡的年轻人都联系上我,想说一说自己和故乡的故事,而且很多与我有关的故事我自己都忘记了,他们提醒一下,我又想起来了,想一想,真是甜蜜温馨的事情。

这些事情与两种动物有关,一个是鹅,一个是梅花鹿。

关于鹅,应该是我大姐家养的。大姐夫那时候是民办教师,由于超生,工作就没有了,心比天高的大姐夫贷款买了一辆二手货车,也许是上了卖主的当,这破货车好像没开几天就"无疾而终"了。一九八几年的时候,一下子背负六万元的银行贷款,人感觉一辈子都翻不起身来,由于逼债的人多,大姐和大姐夫只好破釜沉舟远走西安,开始了自己的打工生涯,而三个子女不能带在身边,就只好全部放在了我们家。那时候我只有十几岁,比外大甥女也大不了多少,常常为一口吃的闹得不可开交,这个舅舅也就当得很是不好意思了。当然,和三个外甥一起来的还有两只鹅。

那时候我也是第一次见到鹅这种家禽。鹅的头昂起来,比我还高,见到生人就会扇动翅膀一个劲地往上扑,很是吓人。鹅叫起来声音特别高,比狗看门要看得好得多。由于鹅比较稀奇,很多小伙伴没事的时候就跑到我家道场上看鹅,我感觉很是骄傲。

鹅慢慢地长大了,有一次我在木匠沟院子旁边的竹园里玩耍,竟然捡到了一个鹅蛋,一个鹅蛋大约有两个鸡蛋大,实在是兴奋得不得了。后来这两只鹅的结局我忘得一干二净,一些记忆居然就消失了。

还有就是梅花鹿。这只梅花鹿好像是父亲从外面买回来的，至于野生的梅花鹿如何被捉住的，我就不得而知了。开始的时候，梅花鹿很小的，我每天从外面弄来野草和树叶喂它，慢慢地长大了，头上开始长出了角，有时候我也用绳子拉着它去门口对面的山上转悠，野生的梅花鹿总是喂不家，直到最后，它也没有像有些书上写的那样和人亲如一家。至于梅花鹿的结局，我也忘得一干二净。最大的可能是父亲趁我不在的时候把它杀了，父亲怕我知道了伤心吧。

这就是鹅和梅花鹿的事情。既然想起这些小动物，那么我就再说一说我在大家的提醒下想起来的有关木匠沟的故事吧。

木匠沟沟口一队的是姓程的人家，而我弄成姓陈了，会手工挂面的程姓的孙子辈在微信中留言，我才知道这个写得有些出入。他还提醒我他的爷爷不仅仅会手工挂面，还会一些篾匠活路，这倒让我想起我那时候经常光屁股从他门前经过，看见他的爷爷坐在门口做篾匠活的事情来。真是往事如烟呀。

程姓一家房子左边就是木匠沟，沟靠右边有一棵大柳树，记得枝丫长成一个"Y"形，有一次放学我看见枝丫上有一个鸟窝，是斑鸠做的。我费了老大的劲爬上去，居然发现了三个鸟蛋，我用手摸了摸又放下了，想着等小鸟孵出来，我再把它逮回家喂养。于是，每天放学我都要爬上去看看，并把这消息告诉母亲，母亲说三个鸟蛋，说明里面有一只是老鹰蛋，这更增加了我的期待。就这样每天爬上去摸一摸，谁知道有一天我爬上去看的时候，三只鸟蛋居然被斑鸠自己啄了个稀烂。我百思不得其解，后来才知道由于我不停地上去摸，上面沾上了人的气息，斑鸠就以为是别的什么东西，自己将蛋啄破了，想起来真是罪过。

这棵柳树再上去，就是一个大斑竹园。斑竹长得又高又壮，每一根都有碗口粗。斑竹园是下院子姚家的，和水竹园比起来，斑竹园比较稀疏，没事的时候，我就钻进去寻找各种鸟儿的鸟巢，这是我小时候的一个乐园。后来这个斑竹园的竹子慢慢地死掉了，现在已经无迹可寻了。

顺斑竹园上去，就是木匠沟的分岔，靠左的算是主沟，靠右的是一条狭窄的沟，两边都是地，很少有人上去，只是上去几米远的地方有一棵柿子树，是叫烧柿子的那种。每当秋天，这树柿子由于品种独特，我可没少爬上树去摘柿子吃，软的甜糯可口，硬的也摘几个回家。吃好了柿子，就开始在两条沟的交汇处玩修水磨，用湿泥修一个平台，下面挖一个小洞，中间捅一个窟窿，将水引过来，就在上面形成一个漩涡，我们都开心地看着自己的成果，直到母亲喊回家吃饭。帮母亲做饭烧火的时候，用竹签给柿子上扎几个眼放在火里烧，等烧到全身流油的时候，拿出来，剥去外面的皮，就可以吃了，虽说还有些涩口，但在缺吃少穿的年代也算是很不错的吃食啦。

右边这条沟的尽头是发电站的水渠，那时候水量比较丰沛，从水渠中流出来的水在上院子的旁边形成了一个瀑布。夏天的时候，我们小伙伴就在瀑布下面冲刷出来的水潭里游泳摸鱼，记得有一次我和二哥摸了半盆子鱼呢，现在水已经干涸了，更别说摸鱼的事情了。

左边的沟上去，靠左就是下院子了。下院子小伙伴比较多，我那时候经常跑到下院子玩。那些伙伴中有第一个考上师范学校，成为吃商品粮的公家人，在村里引起了不小的轰动，现在他已经是一所乡镇中学的校长了，也算是故乡有影响的人了。那时候我们一起玩可没想到这些。只记得一起放洋灯，也就是现在说的孔明灯，一起打猪草什么的，如今物非人也非，不禁让人唏嘘。

下院子靠北有一树石榴，每当石榴花开的时候，火红火红的，很是漂亮，不知道为什么我从来没见它结过石榴，后来这石榴树也不知道怎么就没了。从下院子到我们上院子，过沟的地方，有一块我们家的自留地，地边靠近沟，多水，我们就砍了很多柳枝插在旁边。那时候在电影里看见很多垂柳漂亮，我们扦插柳树的时候就把柳树倒着插，每天都去看看有没有发芽，记忆中好像一棵也没有成活，现在这块地长满了茅草，当年的痕迹无处可寻了。

木匠沟的故事写不完，每当写一点总会想起很多东西来，有机会我再慢慢道来吧。

到熨斗滩去

我的老家在米粮川。

从米粮川朝上走,过峡口子到鳖盖子再来到一个叫回水湾的地方,米粮川大河就在这里依着山势拐了一个大大的S弯。弯里怀抱的叫鱼洞子,都说一到春天,这个鱼洞子不停地朝外冒鱼,可惜我从未亲眼见过,所以也就不好说了。

如果再朝上走,就是灵芝岩,一过灵芝岩就豁然开朗了,熨斗滩就出现在你的眼前。这只是一个普普通通的地方,地名的来历已经不可考了。走完几百米的街道,就是街道的尽头,左手上去就是西沟江西弯,这里有很有名的叫"三棵树"的地方,据说是三县县令手植,每一棵都根扎三县、叶落三省。有机会可以去看看,这是个有故事的地方。右手上去就是水峡了。

今天专门说右手这边吧。

水峡是米粮川大河的发源地,汩汩的流水从一个叫蒿滩子的地方从地下喷涌而出,即使是炎热的夏天,这里的水也冰冷寒彻。本来也就是个冒水的地下河,因为有个叫瓜子的文人的外婆在这里住过,他们说是铺子屋的,很有些历史感,又写了一些文字,让这个地方忽然就有了文化气息和历史的厚重。我每当走过这里,对这个地方既亲切又有些敬意在里面。这也许就是文化的力量。

熨斗滩的下街头,原是熨斗中学的旧址,我曾经在这里工作过三年,也是我待过的最破烂的一所学校,其间的艰辛和窘迫我实在是不想回忆。后来学校搬迁到上湾新大楼,硬件环境才得到改变,但是人文环境和周边育人环境还是很恶劣的，经常有学生家长跑到学校闹事，动不动指责老师的教育教学。学校的老师也是槽里无食猪拱猪，混乱得很，这样的环境下，我这种心直口快的人没有少惹麻烦，好在没过多久，我就离开了这个地方。

在这个地方，我也遇见了几位和我很有交情的学生，他们有些考上大学已经在外地工作了，还有些自主创业成为勤劳致富的能手，还有些成为和我一样的教师。没事的时候他们总会给我发发微信，说说心情，我才体会到我那个时候为啥能度过那段时光。

前不久，一个学生看了电影《老师好》，忽然就发来短信问候我，说我就像里面的那个老师。也许是我的心态变了吧，我看完这个电影，很不喜欢里面的那个老师，觉得他生活得太苦了，那种坚守我看着都有些累，但是学生这样回忆我，看来我那个时候也就是这个样子了。

不过也有个学生在微信群里面骂我，他喝醉了，直接喊叫我的名字开骂。我后来实在想不起他的名字。他说自己赚钱了，有钱了，要在我面前当面怎么样。我哈哈一笑，对劝解我的学生说谢谢他一直记得我，我很同情他的，这种憎恨在他心里几十年了，想想我都替他难受，好在他能在微信群里发泄出来，也算是我有机会能给他上最后一课，让他学会放下怨恨，好好赚更多的钱，最终能拿钱把自己恨的人砸死，也许人生会更完美呢。

有学生问我咋不生气？我说："一是我是老师，一辈子都比你们年长，我能体谅你们这些孩子。二是当老师哪有不被学生骂的，我当老师前早就做好了挨骂的准备，再说都挨骂快二十年了，还在乎他这一骂吗？三是骂我能排解他积累十几年的怨气，对他身体好，我算是做个善事，何乐而不为啊。"

还记得水峡有个姓魏的学生，聪明得很。我那时候当班主任，管理上可能严苛了一些，加上学校的教育环境和我的做法格格不入，这个学生就有些叛逆。我劝他学习的时候，他忽然在全班学生面前说："我就不学，你有本事来打我啊。"这莫名的火气让我实在是搞不懂我哪里伤害了他，我当时笑笑说："对不起，我刚洗手了。"后来这个学生就闹着不在我的班待了，非要转到相对自由的另外一个班。很快他的成绩开始不济了，他后来给其他同学说自己很后悔的,不知道他现在怎么样了。我其实现在反思就是我管理班级过于严苛,平时又没有做好学生思想工作,一味地高压,让他受不了了,就自动想逃跑了。

还有个也是水峡的学生。一个补习的女孩子,很听我的话,但是就是学习还是跟不上,大约上了大半个学期终于说自己不想走这条路了。我很赞成她的决定,走的那天下午,我和几个与她相好的学生一路把她送到十几里远的家门口,也说了很多话,但是说啥忘记了,只记得那天的月亮升得很早,把峡口这个地方照得亮亮的,水面也是波光粼粼的。

再后来,我离开了这个地方,但是这个地方的记忆却一直留在心底,在某个时候悄悄爬上来。

我曾经在一块烙铁上走过

熨斗滩是一个地名,这地名叫熨斗滩,实在是与熨斗无关,不知道这地方为啥就叫熨斗滩了。

我到熨斗这个地方教书的时候,熨斗中学还在下街头的土坡上,是一溜两排土房子,除了搬迁走的原来的熨斗乡政府,这个熨斗中学估计是熨斗最破烂的房子了。

我去这里教书,连像样的房子都没有,是借住在老乡政府的一间黑黢黢的房间里,大白天,房间都要开灯。老师的条件这样,学生的居住条件就可想而知了。

学生住在学校租的附近的农民的土房里。大通铺,一间房住二三十名学生,乌烟瘴气的,那个气味就可想而知了。

刚到这个学校,由于一些历史原因,学校比较混乱,学生素质也不是很高,你尽可能想象的边远地方的学校的差样子,这里比你想象的还要差,你就知道那是个什么样子了。

学校下面就是公路,沿着公路走五百米的样子,就是熨斗街道了。晴天这个街道还没啥说的,一到下雨天,街道污水横流,稀泥烂浆的人踏不下去脚。每逢三六九,说是逢集,其实也没有多少人,基本上是卖货的比买货的人多。摆摊的你看我我看你大眼瞪小眼,显得暮气沉沉的样子,要死不活,像极了鲁迅笔下的故乡的人。

王老师就住在街道中间。

我去熨斗的时候,和王老师不是很熟悉。因为年龄,我很少和他交往,只是记得有一次我在街道闲逛，无所事事，就像不断扑向油灯的飞蛾一样无聊，忽然就遇见了王老师。

王老师热情地喊我到屋。那时候他居住的房屋低矮而黑暗，就如他本人给人的感觉那样。王老师热情地张罗着要做几个菜，请我喝酒。正好没事，我倒乐意奉陪。

后来我才知道，王老师老婆在外地工作，他基本上过的是单身汉子的生活。一个人喜欢喝闷酒，喝醉后就闷头大睡，生活过得也是有盐没油的。看见我，正好能陪他喝酒，说是招待我，其实是他想找个人陪他。

我看他笨手笨脚的，于是我反客为主，主动又是烧火又是洗菜、切菜，来了个自己动手丰衣足食。至于那次酒喝得咋样，我都忘记了，但是这件事我一直在记忆之中。

后来，我调动走了，王老师却一直在我的记忆之中。有一次我回老家，专门去熨斗滩看他，听说他已经退休了，结果他屋门大开，我屋前屋后寻找他也没见在家，只好打道回府了。

学校做饭的解师也住在街道后面。我刚到熨斗中学，由于领导认为学校教学人员富余，于是安排我专门管学生的伙食，也就是每天称粮收柴的，然后为学生发放饭票。这就和解师打交道多起来。

解师是个倔强的老头，心地善良，就是脾气不好，嘴不饶人。我管学生伙食，经常听他说东说西的，我只是听，不说话，有时候笑一下，算是对他的回应。

好几次，学校放假我没回家，解师就把我喊到他家里吃饭，直到现在我都还记得他老人家。不知道他的脉管炎好没有，是不是还是以前的倔脾气。

等到学校搬迁到上湾的新校址，我在熨斗中学的工作条件才得到一点改善，后来又发生了很多现在想来很可笑的事情。好在在这里没有待几年，我就调动走了。

前几天回老家去熨斗中学，现在的校长是毛戬，一个年龄比我小很多的年轻人，他和我谈了一些教育教学的想法与理念，不由得让人佩服起来。回想起以前我的工作经历，看看今天的熨斗中学，让人感慨万千。

熨斗，不就是个烧红的烙铁吗？我忽然这样想……

和你一起去看桃花开

这个春节，一直待在家里，哪里也不想去，也特别怕见人，尤其是熟人。总觉得冷得很，虽然外面的天气一天比一天暖和。

大年初一，好友姚军打来电话说去钓鱼，陪我散散心。虽说感觉身体不是很好，但是想想好久没有钓鱼了，而我又喜欢钓鱼，就让他开车来接我。

姚军开车奔驰在镇安去山阳宽坪的路上，忽然间，一树树开得不管不顾的山桃花迎面而来。

我禁不住生出感慨：山桃花开了，开得猝不及防。

车子沿着河边的公路疾驰，公路依山而建，曲曲折折的像一条带子飘在山脚的河边。

河水还没有涨起来，但是已经有些春天的意思在里面，绿绿地平静着。

猛然，河水中有了一些颜色，好像穿了素色裙子的姑娘倒映在河水中的倩影，恍恍惚惚地揉碎在静静的河水中，让人禁不住想起徐志摩的《再别康桥》里的句子。

抬起头，哦，原来是山脚的山桃花开了，开得热烈而平静，微寒的风中，楚楚可怜又楚楚动人。

都说迎春花是春天的信使，但于我来说，春天的信使却是山桃花。

十几年前，我刚买了相机，刚认识大秦岭摄影协会的一些朋友，那时候，大秦岭摄协的副主席杨军组织我们去旬河采风，那是我第一次去旬河拍摄桃花，也是我第一次近距离地走近旬河，亲近旬河。

旬河的水是碧绿的，像玉一样纯净。旬河两岸，一树树桃花开得不管不顾，就像山间的女子，透着野性和灵性。

沿着旬河顺流而下，一路岸边翠竹摇曳，桃花含笑，春风扑面。有山、有水、有花、有人家，山山水水和掩映在桃花中的人家组成一幅山水画，简直就是一幅野山春晓图了。

如今，罗家营电站蓄水后，一潭碧玉。岸边的树，忽然就站在了河水的中央，倒映到碧绿的水中，清清爽爽的，给人一种冰清玉洁的感觉，就像穿着洁白而宽松衬衫的女子，不着一点颜色，素面朝天。

寻一处幽静的地方，独坐垂钓，心旷神怡，悠然忘我。

闭上眼睛想，河水碧绿，桃花含笑，睁开眼睛看，白云在水底漫卷，鱼儿在天空游弋，人简直要融化在这安静和美好之中了。

春风十里不如你，原来说的就是这旬河岸边的桃花啊。

独坐春风里，悠然垂钓，物我两忘，神仙也不过如此吧。

都是些回忆和美好的臆想。

今年身体有些微恙，一直都是今天感觉这个零件出问题，明天感觉那个零件不舒服，坐在屋里浑身冷汗直扑，说是想去旬河岸边看看今年的桃花，一直都没有成行。不知道今年的桃花还是不是以前的桃花，有些物是人非的感慨出来。

旬河的水依然绿着，旬河的桃花依然开着，年年岁岁，而赏花的人还是不是去年的人，这就不好说了。

禁不住生出人生如梦，多情应笑我的感慨来。这初春的山桃花又能开多长时间呢。

和老周去钓鱼

老周爱钓鱼。爱钓鱼的老周是我的同事,我知道老周爱钓鱼之前,我已经瞎胡整钓了好几年鱼了。知道老周爱钓鱼后,我的瞎胡整的钓鱼才结束。这你应该明白了吧,老周说是我的同事,可在钓鱼这件事上,他应该是我的师傅了。

说是叫老周,其实他并不老。只是常年耕耘讲台,辛苦地带毕业班,所以头上的头发虽然说不上"地方支援中央",也是"农村支援城市"的那种,说"顶上光"有些过,但是也算是"前途光明"了。加上双休日整天待在河边,一坐就是一天,晒得脸色就有些发黑,所以看上去就有些面老。平时话语不多,也有些老成持重的意思,所以老周这个叫法就传出去了,大家都这样叫。

有一次,我的一位钓友打电话给我说他在钓鱼,问我去不。我说你钓得咋样。他说他钓得不行,但是我们学校的一个老汉钓得好,得手了。我想来想去,都想不起来我们学校哪里有一位老汉钓鱼的。他就给我详细描述了长相,我才知道他说的是老周。我说,人家哪里是老汉啊,年龄和我们差不多,说完我们哈哈大笑。后来我把这事说给老周,老周淡淡一笑说,奔五了,也算是老汉了。我想也是,接着我俩沉默了好半天。

知道老周钓鱼前,我也爱钓鱼。

以前钓鱼都是和李老师一起。李老师是我们学校的中层领导,干工作一板一眼,但是玩性不改,一到周末不是约我去钓鱼就是约我喝酒,可惜我们都是钓技不佳,胡球整的那种,有时候能钓一两条鱼,也是瞎猫碰上死耗子。后来我得了一场病,眼看喝酒这事也就要成为历史了,于是他们几位好友给我整了一套高级的钓鱼设备，说是病好了，没事就钓钓鱼。

说实话，设备算是专业了，但是钓鱼的技术一点也没涨，白瞎了那套钓鱼的设备。

老周知道我爱钓鱼后，就有几次约我，我的钓鱼才算真正开始。

刚开始钓鱼的时候，每次都是老周帮我打窝、调漂、找底，然后他拌好鱼食，他啥都弄好了，我只管拿起鱼竿开钓就行。刚开始，我几分钟不上鱼，就没有了耐心，扔下鱼竿在河边东游西荡，看老周一动不动地坐在那里，我还说，也没有鱼，你这样钓啥。老周只是笑，仍然一动不动。等老周钓到了鱼，我一看有戏，拿起鱼竿蹭他的窝子。结果他老上鱼，我这里还是没动静。我气得说，难道这鱼也认人啊。老周还是笑而不语。

后来，和老周跑得多了。老周在旁边帮我准备钓具的时候，我这也问、那也问，才算摸到了一点钓鱼的门道。有好几次，我居然比老周先上鱼，而且是大鱼，那个兴奋劲啊，还真不能说。

每次钓鱼前，老周都要在河边观察半天，有时候，为选择一个钓位，他会花几个小时。记得有一次我们去旬河钓鱼，老周选了半天，选了一个河道的细脖子处，我说这里怕是没戏，老周也是一笑不说话。结果这一次我们大获全胜，鱼获相当可以。最难忘的是，这一次我居然钓了一条一斤多重的露鱼，开创了我钓鱼以来的纪录，不过我个人至今没有打破，说来也是遗憾。

和老周一起钓鱼，我们简单地快乐着，一晃也有几年了。

老周钓鱼有些佛系，有鱼没鱼他都高兴。他说只要朝河边一坐啊，什么烦恼都没有了。我想也是，人总要有个爱好。老周妻子贤惠，儿子争气，先是考上名牌大学，毕业后又考上重点大学研究生。老周工作上兢兢业业，深受学生欢迎和爱戴，周末河边垂钓，这日子还真没说的。

我和老周一起钓鱼，喝酒的场合明显少了，身体体重由九十公斤下降到八十公斤，虽说还是个大胖子，但是明显比以前好多了。还有就是在老周的介绍下，认识了很多钓友，尤其是老刘，是镇安资深钓友，我有时候也跟他学到不少钓鱼的知识。说到这里，真还得感谢老周呢。

以前，妻子知道我出门喝酒，也会生气，现在只要听说老周喊我钓鱼，她还高兴地催我快去呢。

这钓鱼，还真不是钓鱼啊。

霸王别姬

《霸王别姬》是一曲戏，今天忽然想起来，是因为一帮小孩子，仿佛还在昨天一样，他们围着我天真的笑声还响在耳边。

乡村的学校，本身就没有几个老师，我待的那所学校也就二十几个人，除了本地几个老师上班到校、下班回家之外，还有十几个老师属于住校的，因此小学校显得特别热闹，十几个老师一个锅里吃饭，家长里短的事情也就很难说清了。

《霸王别姬》是学生排的歌伴舞。有一年学校要搞一个元旦晚会，每个班都要出几个节目，最后由评委打分评出个奖项来。

我作为班主任，自身缺乏文艺细胞，上学的时候也只会半懂不懂地做个数理化，这元旦要班级出节目，实在是摸不到头绪，学校仅有的一个音乐老师与我关系有些微妙，实在是不好意思麻烦他，再说一个学校七八个班级都要他排练，也就顾不上。

那时候，小学在我们中学的隔壁，小学老师一般都是中等师范学校毕业的，上学的时候就有琴棋书画的培养和熏陶，分配到学校都被称为"万金油"，意思是能文能武的啥都能搞，不像我们专科毕业的老师高中三年埋头书本，大学的时候只重视专业知识，毕业后当老师就有些榆木疙瘩的意思。而我经常去小学游玩，有个朋友恰恰擅长文艺，我便厚着脸皮请人家帮我排练。

朋友姓刘，现在还在老家的学校教书。我给他说后他爽快地答应了，说是帮我排个《霸王别姬》歌伴舞。我说以老师编排为主啊，我只负责后勤保障。

记得我采买了很多东西，而刘老师帮我精心挑选演员组织排练。手巧的刘老师还为演员做了很多基本上是废旧纸张做的衣服和盔甲，刀枪剑戟也是刘老师一手做出来的。节目初具雏形的时候，我一下子被这个气势震撼，真没想到刘老师居然有这样的能力，要我打死也搞不出来。

我忽然就信心大增，一有空就催促学生加紧排练。刘老师一再叮咛我注意节目的保密，我有些笑话刘老师多心，不就是学生玩，用得着这样吗？我的这种思想让我在带学生排练的时候不避讳有其他老师的围观，他们看完都说这个节目好，其实太让人震撼了。

接下来，学校的气氛在悄悄地变化，而我却没有觉察。在元旦晚会的前一天，校长忽然找到我说，这个节目是个悲剧，元旦表演不吉利，能不能把虞姬拔剑自刎的结局改一下。

我忽然就蒙了。这怎么改，虞姬没有拔剑自刎那么前面的一切铺垫都是多余的。这怎么能说是悲剧呢？多么悲壮的故事，怎么让他搞得一点艺术性都不讲了，我能排个霸王和虞姬手拉手在月光下散步，最后过上了幸福的生活？想一想都很搞笑。

校长说有几个老师都来说了，这个节目表演不吉利，他本来要把我这个节目刷掉的，但是想着我们排了近一个月，刷掉了有些说不过去。

我忽然就有些背心发凉，这些受过文化熏陶和高等教育的老师居然能说出这样的话，真不知道他们想的是什么？也许大家都知道，但是大家都不说，谁说谁就错。我觉得我面前是一座山。

我说，这没法改，如果非要改，那这个节目可以不上。

元旦晚会这天，我们的《霸王别姬》一出场，全场轰动，学校邀请有学生家长参与，很多家长纷纷打听这是哪个班的节目。我们班的演员也表演得十分到位，县电视台录像的也对这个节目大加赞赏，说没想到一个乡下的小学校居然有人能排出这样的学生节目。毫无疑问，我们的《霸王别姬》是整台晚会的亮点。

评奖结果出来了，《霸王别姬》毫无悬念地落选了。这是我意料中的事情，我和我的学生互相看了看，都没说话，这也许是我带的学生接受的第一堂人生课堂，很多学生多年以后还对我提起这件事情，我说记得就好，记得就好。

随着年龄的增长和工作经历的增加，我时时想起《霸王别姬》的无奈，人生呀，我的《霸王别姬》……

暑假，陪妻子去河南

　　暑假说好了要带老婆一起去感受草原的风光，草原风光也一直是妻子的向往。我去过甘南，感受过草原的辽阔，那是第一次自驾游，经验不足，忙忙乎乎赶路，游玩得不是很尽兴，也和朋友商量，计划再去一次。

　　我两次去过青海湖，欣赏过那"上天遗落在地球上的一滴眼泪"的澄澈，第一次是和摄影协会的几位朋友一起去的，一路上热热闹闹，感觉没有静心下来走近这一汪蓝得让人想哭的湖水。第二次是陪儿子去游玩，那一年，其实儿子高考成绩不如意，但是我还是决定带他出去玩一玩。不知道这次游玩对儿子有没有影响，但是于我却是一辈子也忘不了的一种体验。内心的压力却不能有任何的表现，而且要做得特别放松地陪伴儿子。真是可怜天下父母心了。

　　那时候，父亲还在，除了腿疼，身体还看不出有啥问题。我们哪里能知道，父亲在不久以后，就永远地离开了我们，我成了没有父亲的人。

　　出门游玩，一家三口唯独老婆没有去，回来她翻看我的照片，眼中满是向往，无奈每次暑假都是她正忙的时候，就没有出门玩过。我好几次说带她一起去玩，但总是不能成行。去年暑假说好了要陪她去看看草原，无奈学校搬迁后，发生了很多变化，眼看暑假结束，计划又要泡汤，实在是感觉对不起她了。心里正在苦恼，没想到学校发生了一点事情，工作暂时告一段落，我们普通教师能休息一个礼拜，我便立马约了好友，提前让老婆准备，去看看草原。

　　朋友打电话联系草原的朋友，说最近一段时间天气不是很好，草原上情况多变，看草原怕有些危险，所以临上车前，我们改道河南，一路向东，直奔中原之地。

路过三门峡，这里是候鸟天鹅的栖息地，我们决定夜宿三门峡，顺便看看三门峡湿地公园，看看天鹅湖的天鹅。虽知不是时间，天鹅一般十一月到次年的二月来此过冬，我们来的不是时候。好在有电瓶车的师傅一路为我们介绍，并热心为我们指出拍摄天鹅的地点，也算是可以想象一下，心里也是个安慰。

天鹅没有看见，荷花却开得正好。宽阔的黄河一路奔腾，向东而去。天鹅湖湿地公园是黄河岸边一个向内弯曲的河滩，满池的荷花一望无际，老婆高兴得流连忘返，觉得是最美的风景了。而我却更喜欢黄河的奔流，黄河壶口我看过，兰州的黄河我也领略过，唯独这一次，我感觉我和黄河是那样亲近，我想躺在黄河的岸边大哭一场，至于为什么，我自己也不知道，就像多年的游子见到母亲的那种感觉。

离开三门峡，我们第二天到达少林寺。少林寺和我想象中的很不一样，总觉得有些失望。我以为少林寺是在山上，还有少室山、太室山，应该显得巍峨高大，没想到少林寺却是窝在山脚，加上各种各样的游人来来往往，佛门的清净和文化好像一点也体验不到，只留下感叹。

至于少室山、太室山，对于我们老陕来说，华山就在那里放着，我对它们的失望是有理由的。再说，少林寺也并不是以少室山和太室山出名的，比起电影《少林寺》和金庸武侠小说里的描写，也许电影和小说更出彩一些。

第三天去了宋朝的国都开封。开封府的建筑都是现代仿造的，谈不上什么感想，只是有些房子和人为编造的故事，很难复原历史的真相，总觉得这些景区只是一具没有灵魂的躯壳，可惜了我的门票钱，不过来看人，却是很不错的地方呢。

清明上河园是复原张择端的《清明上河图》的园林，流连其间，是很有些古意的，里面一些表演也是试图复原宋朝人的市井生活，看上去是有些意思的。这里可以玩水和看夜景，都是不错的选择。

吃饭时间，可选临河的桌子，看河里悠悠的艄公慢悠悠地摇着小船，看穿着古装的小姐姐婀娜多姿地走过,风景自然就落在了心中。这里,我觉得算是很走心的景点了,值得看一看。

这次河南之行,是和妻子结婚二十多年以来,我第一次陪她出门游玩,我能感觉到她的高兴。家里家外都是妻子操劳,我是个甩手掌柜,可苦了妻子了。

有机会再陪妻子去一次甘南,也让她看看她一直梦想的草原。

水泉坪的油菜花开了

水泉坪是一个地方。

沿盘山公路而上,感觉都走到路的尽头了,转一个弯,就忽然开朗起来。这感觉就有些像陶渊明的《桃花源记》所说的"初极狭,才通人。复行数十步,豁然开朗。土地平旷,屋舍俨然,有良田美池桑竹之属。阡陌交通,鸡犬相闻"。去过的人就能知道,这感觉像极了。

一大块环抱在大山中的平地。不用地理专家解释,就能知道这地方形成于一次泥石流。在最狭窄的地方山体垮塌,截断了水的去路,先是形成堰塞湖,沧海桑田和泥沙沉积,湖水终于退去,露出一片肥沃的平地。这地名就能说明一切:先是水,水小了成泉,泉最后是坪,这是自然的发生,不用刻意去作为,好比青涩的爱情最终会成为相濡以沫的亲情一样,不知不觉而又时刻在改变。

水泉坪应该是静谧而祥和的地方。春生夏长,秋收冬藏,正如顾城的诗歌:"草在结它的种子//风在摇它的叶子//我们站着,不说话//就十分美好。"日出而作,日落而息。但是,谁让它忽然就开满了油菜花呢,于这,我有些抱怨,好像这些花出卖了我藏在心底的一个秘密。

但是花却不管我的心事,自顾自地开了。金黄而热烈,它的美终究藏不住了。就如一个生长在乡间的女孩子,忽然就美丽起来,不以人的意志为转移。水泉坪的油菜花也就这样开满了,让人想起王琪的《送亲》:"你家门前的山坡上,又开满了野花,多想采一朵戴在你乌黑的头发。"满满的初恋的味道呢。

我于水泉坪的油菜花是有些神往的。至于去看，总是不能行动。因为于我来说，想象的美总是最美的，去了是不是对美的破坏？这个真值得思考的。比如一个叫"桃花谷"的地方。阿牛的《桃花朵朵开》多美啊，开满桃花的山谷多么诗意啊，"人面桃花相映红"的意境总是让人遐想。可是，我去了，去了就去了，我不说，因为还有很多人要去的，人家还没去你就喋喋不休地吐槽，和剧透一样招人嫌呢。

但是，谁又能禁得住未知的诱惑呢，更何况微信朋友圈里关于水泉坪油菜花的美图，抖音里美女们的视频，她们不停地在招手呢。

花的海洋就出现在眼前了，一眼望去，好像很多少男少女的初恋汇集在了一起，连空气中都有淡淡的初恋味道。于花海间散步，置身一种忘我的境界，仿佛自身化作了一株油菜花，不管不顾地芬芳着呢。

身边的姑娘们和油菜花一样，但于我她们比不了油菜花，油菜花的开放悄悄的、安静的，姑娘们的热闹和它们正好相反，而我喜欢的是安静。于我内心来说油菜花和美女，我有些厚此薄彼了，真对不起那些美女了。

我不会描写油菜花的美，我的文字是苍白的。比起无聊的文字，安静的欣赏好像更贴近这个地方。人来人往的赏花者，在我安静的心中，只是花海的衬托者，面对大自然的赏赐，人类的一切活动总是那么可笑和多余。

有时间，去看看油菜花。相同的油菜花有了不同的人，才有了五彩斑斓的生命，也会有不一样的故事，带着故事而来是最美的。

美的花儿开了，别让你的故事错过了花期。

水泉坪，等你……

在敦煌，遇见西瓜泡馍

上次敦煌之行说到德令哈和大柴旦湖。从大柴旦湖继续西行，翻过当金山口，就进入了柴达木盆地。

刚进入沙漠的边沿，我忽然隐隐感觉头疼，当时觉得可能是轻微的高反造成的，越来越严重，最后就开始呕吐不止，头疼欲裂了。这个时候只能辛苦刘显明老师一个人驾车，我坐在副驾驶上昏昏欲睡。

前年忽然脑梗发作住院，我才知道，那时候的症状其实是轻微的脑梗，而不是什么高反，回想起来，禁不住后怕。好在没有发生什么危险，休息一晚上又恢复如初。

还是说沙漠。太阳落山后，平静的沙漠就忽然刮起了大风，沙砾打在汽车的引擎盖子上，都能感觉出一种痛感。中途我下车呕吐，风吹得打不开车门，好不容易打开车门，我一下车，差点被风吹跑了的样子，实在是让人心有余悸。

一路上外星人遗址、当金山口、大漠孤烟直等风光我是一点也没有欣赏到了。回想起这匆忙的赶路，错过好多美景，实在是自驾游的大忌，就如人生，匆匆忙忙的，错过多少美景，等明白人生的真谛，该是多么后悔。

免费的青海雅丹其实比起敦煌的雅丹地貌来说，更值得欣赏，唯一相差的就是后者需要门票，而前者因为不要钱，所以欣赏的人就少。这世间，有时候无条件的付出不一定能得到肯定，也许是有些道理的。等我们明白这个道理的时候，我们已经远在这些大自然的善良之外了。

去敦煌，一直都是一个梦想。记得我给一个杂志写一篇《跟着教材游中国》的稿子，里面就有历史书中的敦煌照片。那时候闭门造车胡乱写了一些文字，但是内心对敦煌是陌生而向往的。等我们到达敦煌，已经是子夜了，劳累得顾不上洗澡就倒在床上呼呼地睡了过去，等第二天起床，同行的"旅行团团长"张鹏已经为我们定好了一日游行程。

这里应该说一下张鹏老师。我和张鹏认识起于2003年的镇安二中新学校开学。那时候我们在同一个年级组，经常在一起游玩、喝酒，关系很不错，也能谈得来。谁也想不到，这次敦煌之行，却是我和他最后一次旅行，回来不足一年，他就查出不好的病，大概又不到一年，他就永远地离开了，人生啊，谁又能说得清呢。

玉门关和阳关是第一站。这个景点我是有很多想象的。毕竟"春风不度玉门关"和"西出阳关无故人"的古诗词耳熟能详。我去了玉门关和阳关，好多古诗词刻在景区的石头上，但是却没有这两句诗，当时我就很纳闷，后来我想，这两句诗中的玉门关和阳关估计不是这个景点吧，景点为了不以讹传讹，所以没有刻石立碑，是有科学精神的。不知道我想得对不对，这里也顺便请教懂这方面知识的老师，如果愿意帮我答疑解惑，可以留言谈谈这个问题。

最重要的景点当然是敦煌莫高窟了。由于保护，我们不能尽情游玩，只能随着人流几秒钟走过四个开放的洞窟，回想起来，说是"走马观花"都算不上了，所以对于神秘的洞窟造像实在是印象不深。倒是出来休息的时候，看见一位游人坐在石阶上吃东西，让我记忆尤深。

也许是他看我看得好奇吧，居然热情地给我介绍他吃的是"西瓜泡馍"。我不禁莞尔，想起陕西的羊肉泡馍来。后来我在一个不知道叫啥的电视剧里面看见演员吃这个东西的情节，忽然就想起这位游客以及他憨憨而热情的样子。擦肩而过的不一定会成为陌路人，而整天在一起的也不一定能成为熟人。

当然我是介绍敦煌之游的，观看完莫高窟，我的建议还是观看一下《又见敦煌》演出，虽说票确实有点贵，但是贵有贵的理由。当然，你也可以只当我是说说，愿意不愿意观看，还得由你自己做主。

至于月牙泉，我留在下一篇文章再说吧。

没见过如此纯净而美好的女子

　　月牙泉不用起名字的,她天生就叫月牙泉。

　　第一眼看见月牙泉,我就知道她叫月牙泉,因为她本身就是月牙泉。听起来好像有些绕口,但是实在不知道如何表达,一个地方天生就是这个名字的那种浑然天成。说浑然天成还是错的,浑然还有比喻的成分,而月牙泉这个名字就是天成的。

　　我对月牙泉的向往,来自于一首田震的歌曲《月牙泉》。

就在天的那边　很远很远
有美丽的月牙泉
它是天的镜子　沙漠的眼
星星沐浴的乐园
从那年我月牙泉边走过
从此以后魂绕梦牵
也许你们不懂得这种爱恋
除非也去那里看看
看那　看那　月牙泉
想那　念那　月牙泉
每当太阳落向　西边的山
天边映出月牙泉
每当驼铃声声　掠过耳边

仿佛又回月牙泉

我的心里藏着忧郁无限

月牙泉是否依然

如今每个地方都在改变

她是否也换了容颜

看那　看那　月牙泉

想那　念那　月牙泉

看那　看那　月牙泉

想那　念那　月牙泉

就在天的那边　很远很远

有美丽的月牙泉

它是天的镜子　沙漠的眼

星星沐浴的乐园

田震的歌词有些忧伤，伴着她独特而有些沙哑的声音唱出来，让人禁不住想起那些过去的忧伤和美丽。仿佛与月牙泉有关，又仿佛与月牙泉没有任何关系。只是在月牙清冷地挂在天空的时候，远方有若有若无的寒星点点，一个人孤独地走在旷野，只听得见自己的脚步声，传出很远很远的那种感觉。

月牙泉天生是忧伤的。仿佛一只盛满泪水的眸子，纯净而美好，安静而孤独。她待在沙漠的一角，静静地等待。看泉边人来人往，看泉边胡杨由绿变黄，月牙泉一点都不变，不悲不喜，像一块温润的玉，让人心疼和想哭。

前年暑假，我们自驾游在游览了敦煌莫高窟和玉门关、阳关、丹霞地貌后最后来到月牙泉。没有去的时候，我的心情是激动的，当走在去的路上的时候，我的心情忽然就平静下来，平静得莫名其妙，默默地默默地，沉浸在一个人的虚无之中……全中国的景区，如果稍微有点名气，去看的基本上是人，至于景点的人文、历史等，好像关心的人也不多。旅游就是看一些以前没见过的，以后也可能不见的人，月牙泉景区其实也不例外，这本是意料之中的事情。

　　出乎意料的是，景区叫月牙泉，但是游客很少欣赏泉水，这好比请客吃饭，说是吃饭，其实不是吃饭，酒成了主角，吃饭也不是目的，只是一个由头，目的是在饭的后面。很多游客大部分都是路过一潭湖水一样，他们更多的是登上鸣沙山玩。也许，月牙泉太安静了吧。

　　不用我描述月牙泉的样子以及她是如何的美，因为我的心中，月牙泉的美是说不出来的，只能静静地体会和感悟，她和热闹无关。所以看月牙泉，因为鸣沙山的热闹，正好为喜欢月牙泉的游客提供了一点安静，也算是因祸得福的那种。

　　面对鸣沙山的热闹，月牙泉像一位安静的少女，静静地坐在胡杨树下，睁着纯净的眸子沉思着……

　　胡杨的叶子还没有黄，是茂盛的绿色，倒映在泉水中，安静而美好，我能想到秋天的时候，她会变成月牙泉的一颗心脏，和月牙泉一起呼吸，一起感受秋天的静美，好像共同呵护着一个梦，不忍心打破和惊醒。

　　静静地待在月牙泉的旁边，依偎着温暖和安静，耳边仿佛响起若有若无的田震的歌声，让人不知不觉中睡去、睡去……

阳光挪过米粮川

太阳出来的时候，最先看到的是米粮川北面阳坡山顶的树们。

树们站在高处，俯视着米粮川，它们是高傲的，也有些威风凛凛的感觉。站在米粮川的川道，距离树们有一些距离，但是，阳光中的树们藏不住它们的那种高傲，只要抬起头，就能看见。暖暖的阳光下，树们在和风交谈，它们传递着一川人的秘密，窃窃私语，一川人在树们和风面前，就没有了秘密。

树们和风交谈得越来越深入的时候，阳光便一寸一寸地向米粮川的川道挪过来，它们一点也不隐藏想要揭开米粮川所有人秘密的想法，挪过来、挪过来，一旦越过流过川道的米粮川的大河，米粮川就彻底苏醒过来。

屋顶的白霜在阳光下闪着星星一样的星光。一股青蓝色的炊烟直直地刺向天空，寒冷中的一丝暖意，在晨光中却显得哆哆嗦嗦、清冷。

等阳光再朝南边挪几步，就照到了阴坡山脚的李家。

李家的老房子已经垮掉好几年了。我最后一次去这里，是送别我的同学。我见到他的时候，他已经直直地躺在棺材盖上，看上去安详而安静。他的儿子，也就是我的学生，一个刚刚十八岁的男孩子，在忙前忙后地准备后事。

我站在他旁边，回想几个月前，他还和我一起喝酒，谈起对未来的想法，还有很多事情等待他去做，没想到，这么快，他就丢下自己的妻子和儿子走了，好像没有商量和准备的告别。

李家弟兄比较多，老房子只剩下这位我的同学老五的时候，他的哥哥姐姐都移民搬迁到了川道，而他和妻子以及一对儿女留守老宅。我回老家的时候，他请我去他家喝酒，谈起上学的时候我和他的趣事，那还好像是昨天。后来他的儿子就跟随我来到城里上学，一直到高中毕业。

我的印象中，李家老五是一个豁达的人，什么都看得很开。生病的时候，和我谈起的都是自己的儿子，于自身的病，看上去是毫不在意。我有时候都很佩服他的这种豁达。就像米粮川的阳光，不论迟早，它总会从阳坡山一寸一寸地爬过来，照到阴坡山，最后又一寸一寸地从西边落下去，不用担心，也不用刻意地去追求。

再回到米粮川，垮掉的李家老宅遗迹还在，到李家老宅的小路已经淹没在荒草之中。不知道李家老宅左边的槐树林是不是依然年年槐花飘香。几十年前，我和哥哥姐姐在这里摘过的槐花，是不是还是那样洁白。李家老宅右边的红眼豆是不是依然红艳艳的晶莹剔透，我的三哥因为饥饿吃红眼豆而呕吐的事情他是不是还能记得。

我是好久都没有去过了。

父亲去世的几天，我在家守灵。想着父亲以前走过这里，就在一个早晨重走了一次这条路。默默地，好像怕踩疼了父亲的脚印或者父亲留在地上的影子。因为我在父亲生前和父亲因为李家的旧事发生过一次不愉快。

父亲说自己死之前，写了一份陈述往事的材料，让我递交组织。我是个闲散的人，根本不知道组织在哪里。我欺骗了父亲，说组织说了，现在搞经济建设，这些陈年旧事因为时间久远，已经过了处理时限。我看见父亲脸上的落寞和失望。

父亲去世了，我陷入深深的自责，但是，这种事情我又怎么能替他解决呢？父亲停灵的日子，我从屋后的老路，一直慢慢地走过荒草中的小路，走过李家老宅，我什么也没有想、我什么也没做，就像一路从阳坡山挪过来的阳光……

一寸、一寸的……

每个人的老屋都有一块菜地

春天说走就走了,就像现在她说来就来的样子一样。来的时候毅然决然,走的时候就不管不顾了,一场春雨后,说走就走了。

我对春天的概念就是老屋旁边的樱花。樱花开的时候,春天就来了,樱花一落,春天也就走了。这种定义,在我内心说来,感觉既有仪式感,又有质感。"春天"这个词啊,在我心里就再也不是虚无缥缈的了,而是很具体的,看得见摸得着的一件东西了。

春天一来,我就想起老屋的菜地来。每当想起老屋的菜地,那叫一个亲啊,是我以前体会不到的。我对艾青的"为什么我的眼里常含泪水?因为我对这土地爱得深沉"记忆尤深,但是上学的时候一直不能领会,只是觉得这是极美的句子,至于那种含泪的深情和依恋,甚至只可意会,不可言传的审美体验,实在是说不上来。三十年后,年近半百后,我才每每读起这用生命体验的含泪诗句,生出万千感慨。好比酒,年轻的时候喝的只是酒和热闹,最后随着年龄和社会经历增加,这喝酒更多的是一个人的事了,喝的不是酒,是故事和心事,是那种"却道天凉好个秋"的心境。这又让我想起"欲将心事付瑶琴。知音少,弦断有谁听"的诗句,慢慢读,时间正好是温一壶酒,吃一口菜,叹一口气,喝一口酒的长度。

回来说菜地。老屋旁边的菜地其实在春天一露头的时候就醒过来了。我能感觉到它的呼吸。泥土在一呼一吸间默默变化着,就像孕妇微微隆起的腹部,奇妙而让人尊敬。春光洒在上面,到处都是生命涌动的气息。只是少了以往劳作的父亲,父亲已经把自己交给了泥土,安静地躺在自己小时候的老屋门前，种了一辈子地的父亲，把自己种在了泥土中……

以往这个时候回家，老屋菜地已经铺满绿色和生机。如今，老屋旁的樱花已经落了，春天就要过去了，老屋的菜地还不见一点绿色，我在城里遥望老家，老家菜地的期盼和渴望穿越几十里来到城里张望，就像第一次进城的农民。我躲在一角，不敢出来见它，我怕我忍不住眼角的泪水。

这种期盼萦绕着我，久久不愿离去。于是，老屋的菜地就显得孤独而失落。有些像水面飘落的花瓣，原是极美的风景，但是静心一想，却是让人想哭的曲子。

我忽然感觉我像风筝一样，而老屋的菜地的期盼恰是风筝的线，牵着我在虚无缥缈的上空无谓地游走，扯不断理还乱。

清明刚过，都说"清明前后，种瓜点豆"。回老家看看菜地吧，说不定父亲还没走远的身影还在老家菜地留有余温，父亲生前遗落的菜籽又发出了新芽呢。即使什么也没有，我总能把希望就着这个春天的尾巴种下去吧。等老屋的樱桃红红的挂在枝头的时候，一菜地的绿色，该是多么让人向往啊。

我在心里默念："为什么我的眼里常含泪水？因为我对这土地爱得深沉……"

冬雨落在米粮川

天开始的时候有些昏暗，好像昏昏欲睡的人，或者是一夜没有睡觉的赌徒，刚刚离开赌桌，兴奋后的沮丧挂在脸上，疲惫而无奈。

风一点也没有，空气好像一团凝固的胶水，到处都是黏糊糊的那种感觉，远处的山也好像蒙上一层黑纱，落寞而孤独。

要下雨了。冬天的雨来之前显得有些寂静，那种很夸张的寂静。

午饭的时候，雨果然落下来，星星点点地打在脸上，却不觉得冷，也许是没有风的缘故吧。

老家米粮川就笼罩在一片雾蒙蒙的冬雨之中了。

冬天，本来就没有什么事。农闲时间，好多人都昏天黑地地窝在床上，连鸡们都待在屋檐或者鸡笼里面，懒得出来。谁家的狗，恣意地在旷地里撒欢，仿佛欢呼雨的到来，它们自顾自地乐着，惹得正在野地里寻食的麻雀意见很大，叽叽喳喳地发出抗议。它们一会儿从地里飞到树上，一会儿又从树上飞到地里，忙碌地来来去去，乐此不疲。

雨零零散散地下着，很不经意，也漫不经心的。不像夏天的雨，猴急猴急的，也不像秋天的雨，如泣如诉的，但也不像春天的雨，下得有情有义。冬天的雨是散淡的，甚至是沉默的，好像一个人自己沉浸在自己的情绪中，一切与外界无关。

雨落在地面，静悄悄的。雨落在光秃秃的树上，只是悄悄地淋湿了树枝。雨落在草上，草一动不动，睡着了一样。雨落在脸上，冰凉的像冬天婴儿的小手。

地面已经有些湿滑了。雨好像也没有停下来的意思，还是那么不紧不慢地下。米粮川的街道安静下来，冬雨没有压住屋顶的青烟，笔直地和雨纠缠着，暗暗较劲。雨大度一些，只是自管自地落。

乡村在雨中更显得悠远而萧索，像一首若有若无的歌声，苍凉而柔弱，朴素而拖沓。

好像有人在冬雨中前行，背影消失在茫茫的水汽之中，若有若无，就像故乡，朦胧成一幅水墨画或者是梦中的一首歌……

木王，没有故事的山

一座山，不管不顾地立在那里，他不说话，经历四季变化，看尽雨雪风霜。你来，还是不来，他都在那里。时间久了，就会有故事的。一座有故事的山，该是怎样的一座山呢？这多少让人有些想法，甚至有些向往。

木王，就是这样一座山。

我去过木王多次。有时候是专门去看杜鹃花，有时候是专门去看四海坪的水，也有时候是去看跑马梁和鹰嘴峰的石头，还有时候仅仅去看看木王的树，当然更多的时候是路过。每经过一次，就会多一些念头，多一些感慨。总在想一座叫木王的山，是不是我看到的样子。我总是怀疑我看到的是不是他的真实面目。因为每次他都是不一样的面容。

我喜欢自由自在地和木王对视。我拒绝杜鹃仙子的故事，也不喜欢什么浴女峰的传说，也不想听双头马的来历，都太过渲染和人工痕迹了。其实木王山就是一座山，春来杜鹃花开，夏来浓荫凉爽，秋到红叶满山，冬来满山寂寥。他沉默着安静着，他的博大就在沉默中走了出来，他不用说话，也不用那些无聊的传说渲染，有什么能比博大更让人迷恋的呢？

都说仁者乐山，智者乐水。木王这座山，你既可以亲近那些壁立千仞的大山，也可以靠近那些潺潺的流水。在心里自得山水之乐，默默感受，向外人是说不出的那种。比如酒，"但得酒中趣，莫为醒者传"是一种境界，这种境界只有自己知道，比如一个人与一座山，就是这个道理。

我到过奇险著称的华山，也到过江西的三清山，还去过政治名山庐山，还有满是传说的太白山，他们都用自己的沉默向世人展示一种魔力，他们都有自己的文化和积淀。而身边的木王山不能跻身其中，于我却觉得他同样让人神往和沉思，他不仅仅是一座山，走近他，你也会走进一种雄浑和厚重，当然，这需要每一位来访者自己感受。

让四海坪的水荡涤你的心灵，让鹰嘴峰的山激发你的壮志，让跑马梁唤醒你英雄的梦想，让千米石瀑给你带来童年的记忆，让那些传说走开，来这里，仅仅看山看水就够了，一切想要注释和解释木王的山水的想法都是那么可笑和多余。

木王山是没有故事的，但是你来了，就有故事。这个故事是关乎每一个来到木王山的人自己的，外人是无法知道的，有时候仅仅是身心的愉悦，连自己都不知道自己在自己的故事之中，这也许就是忘我，当然，忘我也是一种故事呢。

不要来木王山找故事，这里没有故事。请带着你的故事来木王山，你的故事就是木王山的故事，木王山的故事就是你的故事。

汪曾祺先生写泰山这样说过："我是写不了泰山的，因为泰山太大。我对泰山不能认同。我对一切伟大的东西总有点格格不入。我十年间两登泰山，可谓了不相干。泰山既不能进入我的内部，我也不能外化为泰山。山自山，我自我，不能达到物我同一：山即是我，我即是山。"

汪老还说："泰山是强者之山——我自以为这个提法很合适，我不是强者，不论是登山还是处世。我是生长在水边的人，一个平常的、平和的人。我已经过了七十岁，对于高山，只好仰止。"就是一个很好的把自己的故事讲成山的故事的例子。这段话，我觉得很适合在木王山来读，当然，你得读得慢一些，再慢一些，直到慢到你的心灵都睡着了才能体会呢。

春天，总会有一些故事与你有关

春天的时候，总是有希望的，只要你愿意流一些汗水，在这个时候。比如种一块地。

"锄禾日当午，汗滴禾下土"是辛苦的，也许是不种地的士绅的想象。种地的人才不这样想，他们心里美着呢。"种豆南山下，草盛豆苗稀"是散淡的，陶渊明的意思才不在种地这件事情上呢。如果是，为何总是频频抬头"悠然见南山"呢。"茅檐低小，溪上青青草。醉里吴音相媚好，白发谁家翁媪？大儿锄豆溪东，中儿正织鸡笼。最喜小儿无赖，溪头卧剥莲蓬"是辛稼轩的句子，比陶渊明就洒脱得多了。"稻云不雨不多黄，荞麦空花早着霜。已分忍饥度残岁，更堪岁里闰添长"，杨万里就有些闲愁在里面，不值得取了。

春天，可以种一些萝卜、白菜，还可以种一些四季豆和春韭，辣子是少不了的。地边也可以种一些南瓜，若如此，甜玉米就少不了。土豆有些麻烦，种一些也好。其他的西红柿、茄子、蛾眉豆、绿豆就像开在路边的野花一样随意一些。

过些日子，南瓜开出嫩黄的花朵，花朵后面是一个翠绿的球球，每天看着它长大一些，再长大一些，都是一些期盼。玉米叶蹭蹭地长高，绿色的叶子在风中舞蹈，看着它冒出了顶花，再看着它腰间结出了穗子，穗子上粉红的胡须，那心里那种美啊，是有些等不及了。

等南瓜长到小孩子抱不动了，玉米、土豆也该熟了。弄一些回来，就着柴火灶，绿豆、白菜、土豆、玉米粒儿一锅煮了，咕嘟嘟地都在香气里面冒泡，那种久违的妈妈的味道，一直都没有走远呢。

这时候，该翠绿的青辣椒上场了。用石臼子将青辣椒和着大蒜捣碎，一股香味就顺势进入鼻子呢。舀出来放在洁白的瓷盘子上，清清白白等着，等着锅里面那咕咕嘟嘟的土豆玉米粒儿。

这就是乐趣了。好几个月的辛苦，不就是等这个时候么，就不要客气了。

时令随着农事一步一步走着。地里的庄稼也不断地翻新呢。春韭剪了一茬又一茬，紫茄子摘了第二天又奇迹般地冒出一兜噜，每天都有一些惊喜在里面生长，就像变魔术一样。

春天的时候，就谋划着经霜的莲花白醋熘了煮起来吃会有些甜甜的味道。青辣子泡起来下酒或者下饭都是不错的选择，西红柿的营养可好啦，老黄瓜去皮爆炒很有味儿，连枝头因为来得迟而没有顾得长好的辣椒儿子整个摘下来，用清油炝锅后吃起来有一种特别的味道，这些都可以在春天里想见的。

土地是那样的让人亲近，闻起来就有一股亲切的味道。我忽然就想起汪曾祺的"鸡头米老了，新核桃下来了，夏天就快过去了"。这句子读起来得慢一些，最好慢到一顿饭的样子才刚刚好，谁说不是呢？

春天，总会有一些故事与你有关，我是这样想的。

那些与"云"有关的事

烦闷的时候，看到云海总在那里翻腾，不由想起"白云苍狗，云卷云舒"这样的词语来。闭上眼睛，那是多么美妙的词语啊，若没有一定的知识积累和人生阅历，哪里会说出这样的话来呢。

当然，我也会想起"四海翻腾云水怒"这样的语句，但是，总觉得有些触目惊心，是我不喜欢的。

这样想来，"白云苍狗，云卷云舒"，惬意和悠闲中又有些"触目伤怀"的幽怨，好像也不值取了。有些类似于"行到水穷处，坐看云起时"，潇洒中有些颓废，不像是积极进取的样子，用流行的话说，是缺乏"正能量"。

相较而言，"远上寒山石径斜，白云生处有人家"就有些烟火味。

想着一个人，在某一个早晨，骑着毛驴，伴着簌簌的落叶，踏着湿润的山间石板小路，漫无目的地游走在秋天的山间，抬头远望，在云海生处露出几间茅屋，那好像是家的感觉，温暖而温馨了。

画面感有了，像一幅国画，而自己就身处国画之中，那该是多么惬意。

至于"野径云俱黑，江船火独明"，就有些孤寂的感觉了，不如"白云生处有人家"的旷远和大胸怀。

"野径云俱黑，江船火独明"的画面，诗人是不在画里的，他站在远处，远远地观望，用画面来投射内心，而不是用内心来投射画面。站在画的外面观看，总觉得缺少一点什么。

"云淡风轻近午天，傍花随柳过前川"，就有些人在国画中的感觉。

  "云淡风轻"的云好像并不高远，而风就在身边，一切是那样的平和而美好，人和景物完全融合在一起了，这是作诗的最高境界吧。人在文中而不显山露水，是和谐的。

  "大风起兮云飞扬。威加海内兮归故乡。安得猛士兮守四方！"读起来是不是有些"暴发户"的张扬？他是让云来衬托他的威风的，这诗句是排他的。

  我有些怀疑诗人回故乡的目的绝不是因为乡情和亲情，不管有多少人羡慕和追求，我反正是不屑的。

  "曾伴浮云归晚翠，犹陪落日泛秋声"，有些回忆的味道。这是故事胜于画面的诗句。对美好的留恋与追忆，适于在某一个黄昏雨后，捧一杯清茶，坐在四面敞开的亭子里面，看茶杯中袅袅浮起的雾气，娓娓道来这两句，倒也不失为一件趣事。

  远观的画面感诗句属"白云千里万里，明月前溪后溪"较佳，简简单单，如一条清凉的小溪，跳跃在山间，清脆而顽皮。诗人的高远情怀和简单明了的生活追求也就让人羡慕和玩味了。

  说来说去，都是闲愁，关云啥事。诗人对于云的描写，无非是他的无牵无挂，向往自由。"白云一片去悠悠，青枫浦上不胜愁"就准确地描述了这一思想。

  还是回来吧，一切都是"白云苍狗"，我们且看"云卷云舒"吧。至于"威加海内兮归故乡"，那是他们的事情。

  我坐在云端，轻轻一笑，这就够了。

你见过校园东北角的一片竹子吗？

　　起这个标题，显然有些"标题党"的意思。好在你已经打开了这篇文章，不妨读读，反正正好也没事，看啥都是看。

　　"刚出土时便有节，至凌云处尚虚心"，是用竹子来写人的，读起来累。至于"竹外桃花三两枝，春江水暖鸭先知"，读起来或许轻松一些，趣味性也多一点。这正如和人相处，高人只可以远观，太近了就有压迫感，而饮食男女，尽可以率性而为了。古代文人喜欢竹，诗作画卷多有竹的身影，郑板桥画的竹更是出神入化，但总是不能让人亲近。

　　谈起竹，校园里就有一片。常常路过，却不是很在意，想来那该属于黄竹一类观赏品种吧。我固执地认为，校园里有一片竹，应该是最美的绿化了，可惜好像这样的环境有些不适合竹的生长吧，总是那样要死不活的样子，有些败兴。

　　小时候，我总羡慕房前屋后有一大片竹林的人家，住在这样的房子里面，总能感觉一丝凉快。这可能与父亲出生在一个门前是一片竹园的地方有关，竹已经渗透到父亲的血液之中，然后遗传给了我。有些牵强，但我喜欢这样说。

　　喜欢竹子，也可能与我喜欢钓鱼有关系的。小时候，特喜欢钓鱼，用母亲的缝衣针就着煤油灯，烧得通红后弯成鱼钩，再去竹园中寻找一竿合适的竹子，就能做成钓竿，潮湿的淤泥中挖一些蚯蚓，就能给我带来一个下午的乐趣。

　　扯得有些远，记忆中对竹子的震撼还是那次江西井冈山的旅游。我第一次见到漫山遍野的竹海，内心的激动无以复加，可是我不敢激动，因为我要装出见过大世面的样子。那些竹子，粗壮得让人感受到一种精神，这也许是郑板桥的竹吧。

现在，学校的周围大搞景区文化建设，也栽了很多竹子，看上去没感觉。这正如人，一旦被豢养了，就失去了原有的样子，好在它们似乎更好看，更适合大众的审美，我再多嘴多舌就有些不识时务了。

理想的校园，是处在竹海中的几间茅舍，有夹着书本来上课的老师，文起来衣袂飘飘仙风道骨，武起来又是剑拔弩张的侠客。有些理想化，似乎又不和谐，就此打住，免得掌嘴。

校园的东北角有一片竹子，挤在一隅，实在是一片好风景，可惜没人注意，竹子也就长得七零八落的，有时间，大家可以去看看，毕竟我们校园还是有一片竹子的。

那清凌凌的水哟

水是生命之源,任何人对于故乡的记忆多多少少会与故乡的水有关。

读镇安走出去的作家毛甲申的作品,记忆深刻的是他对故乡的一个叫水阁凉亭的地方很难忘。听西口的人说,那地方也叫凉水泉,是一个一年四季往外汩汩冒泉水的石窝子。

毛甲申的故乡在一个叫甘沟的地方,那地方是北阳山的腹地,喀斯特地貌造就了这里对于水的渴望甚于其他的生活所需。这也可能是这样一个冒泉水的石窝子为啥有这么漂亮的名字的原因了。

这地方我去过,以前汩汩冒泉水的地方已经了无痕迹了,但是并不妨碍人们依然将这里叫作凉水泉。正如我离开故乡有些年头,已经有些白头发了,但是回到老家,那些叔伯长辈依然喊着我的小名一样,亲切而温暖。

我也能想得见,那个叫毛甲申的作家,在某一个腊月奔年的时候,走过蜿蜒曲折的山路,走到这个已经干涸的凉水泉,一定会坐下来,目光有些迷离,迷离中会看见有个撅屁股的小孩,正用手捧着凉水泉的泉水,慢慢地喝……

甘沟人对于凉水泉的记忆,于我却换作了一条河,因为我比他们幸运,一出生,就在一条并不缺水的大河旁边,所以,我对故乡的记忆也是一条河。

故乡的河是没有名字的,最初的影像来源于一头牛。那时候,河道是比较宽阔的,也没有现在高高的护岸,河水自然地流淌,愿意流到哪里就流到哪里。三十年河东,三十年河西,说的就是河水冲毁两岸农田的机会均等。

生产队的牛就会蹚过河流，去河中间的滩涂上吃草。有一次，河水忽然暴涨，等到牛回来的时候，水已经很深了，一头牛一脚踏在了河底石缝之中，拔不出来，河水一冲，牛的身子就被冲得歪斜一下，牛腿就断啦。

这于生产队来说是不小的损失，但是对于常年不见肉味的农民却无异于一场节日。生产队便将牛抬回来，就地杀了，每户分得几斤牛肉。那个夏夜的傍晚，整个村子都氤氲在牛肉的香味之中了。这就是我对大河的第一次深切的记忆，也是大河给我关于故乡记忆的开始。

河水对我的记忆其实更多的不是幸福，而是一种苦难。因为它，我第一次意识到生命和生活的不易。家住东胜高山的一对父女，在一个夏天赶集回来的午后，双双顺着滚滚而下的浑浊河水消失得无影无踪。大家对这件事的议论停留了几天，也就再也没有什么新鲜了，因为大河涨水，每年都会有人因此失去生命，在那个食不果腹的年代，这仿佛也算不上什么大事。

再就是我的同桌。一位姓狄的女孩子，学习非常棒，每天安静地坐在座位上，老师和同学们都很喜欢她。在一个放学的午后，忽然就下起大雨，我们狂奔着蹚过大河回家，而她正在过河的时候，上游大水不期而至，眼看着她随着洪水一沉一浮，直到最后竟然如一片树叶消失。接下来，我们全校师生一连顺河寻找了五六天，都不见她的踪迹。渐渐地，就失去了寻找的勇气，结果下游几百公里的地方却传来了她的消息，等学校派人下去，当地村民已经把她就地埋在了河边沙地之中。

她是父母唯一的女儿，我的同桌，十三岁的生命就戛然而止了，但是这个漂亮的女孩子却一直和故乡的河留在我的记忆之中。

现在，故乡的河水已经渐渐干涸，只留下难看的河床和两岸修的整齐石坎，任何人想要亲近故乡的河水，一是要费一番周折，还有就是散发着臭味的河水早已让人退避三舍，小时候捧起河水就喝仿佛是在梦中了。

有一次，我回到故乡的大河边，依稀看见几个光屁股的小孩在清凌凌的河水中自由地嬉戏，好像有一个就是我……

白格生生的腌菜啊

　　腌菜于陕南人来说，就如大白菜与北京人、辣白菜与韩国人一样的关系。冬天来了，腌菜都可以脆生生地开吃了。腌菜这事，技术含量不高，过程却是个美事。讲究的人家会选卷得饱满紧致的莲花白来做，不讲究的也可以选那些比较散漫的散叶子来做，色相上就有些差异，好在萝卜白菜，各有所爱。其余葱白切段、姜切丝、蒜剥瓣，随意取一些，再加一些青辣椒、红辣椒切丝，放在一起，煞是好看。

　　洗净控水的莲花白个赛个的饱满着，滚刀切了，大小合适，形状不拘，与适量盐拌匀，将备用的葱段、姜丝、青红辣椒放上去，活泼得像个小女孩在雪地里顽皮一样，小手冻得通红，脸上却是顽皮的笑。拌匀装坛，洗净的鹅卵石压紧，盖上盖子，安静地放在一边，不要管它。隔几日，有水溢出，用勺子舀走即可。十天半月后，又会缺水，适量添加清水就行了，不必费劲，变化自然发生，就像一个小女孩子，长着长着，就忽然美丽开来，是大自然的神奇，非人力所能左右。

　　开坛，夹一筷子莲花白，对着光亮，发现有些透亮，看上去依然坚挺，就是上好的腌菜。随意拨拉一盘子，菜的白、辣椒的青红、葱段的淡黄，再加上白盘子，颜色合在一起就像一首唐诗，正好甘蔗酒也温热，两件美好的事物聚在一起，事情居然就成了，说不出来的美。莲花白吃起来嚓嚓作响，口感上有些甘甜，如果用没有卷好的散叶子制作，颜色上差一些，却多了一些嚼头，另有一番风味。在老家，前者叫白腌菜，后者叫黑腌菜，按照颜色起的名字，不用费多少心思的。腌菜吃起来爽口，老家的红白喜事，它就成了一盘必不可少的待客菜。谁家有上年纪的老人，就得提前预备一些腌菜（晒干就是盐菜），以防老人离世时好待客。当然黑白不拘，最好都有。

最近有位长者过世，回家相送。人死大家葬，吃饭是个大事，有专人负责，叫内管。内管跑来问女掌柜上席需要的腌菜在哪？女掌柜正在哭灵，拉着唱腔的哭灵，婉转而悠长，调子一时没有变化过来，就带着哭腔，悠然地唱："白腌菜啊——，在——，楼啊，梯——房下啊面啊，黑啊——腌——菜，在——灶啊房——案板——下——面——啊。"哭声抑扬顿挫，很有穿透力，伴着外面的喇叭声，看着白布飘飘的孝子，吃饭喝酒的喧腾，却也有说不出来的喜感。有碗腌菜，人间值得。

远去的中学

米粮中学是我的母校，十几年前在一次尾矿库溃坝事件中被夷为平地了。母校的那些岁月也了无痕迹可寻了。每次回家，目光投向母校所在的地方，感觉就像做梦一样。

20世纪80年代初，那时候母校还是几间土房，每个年级好像也就一个班级，老师也就是五六个人，看上去都是朴朴实实的人，现在想来，好像和母校一样了无生气的样子。教师教得也就随心所欲，学生学得也就可有可无了，那时候流行初中毕业考中专，而全县招生指标也就六七十人的样子，能考上的学生就寥寥无几了，母校年年都是零升学率，被当地百姓称为"光头学校"。

我升入中学的时候，母校的情况也没有改善。加上自己顽劣，学习什么的就很是不好意思。三年弹指一挥间，想想大好的青春年华白白地流失了，现在想来真是悔之晚矣。

从米粮乡政府到米粮中学，中间隔着一条大河，记得每到秋季都会有河水暴涨，上学的路就会被大河隔断。我们都会走一个叫高桥的地方转到学校。说是高桥，其实是水磨坊的一个过水堰渠，远远看去像一条毛线一样拉在大河的上面，我们踩着堰渠两边，晃晃悠悠地走过去，再曲曲折折地走过一些院落，大概有三公里的样子就到了学校。每每光脚踏在脏水横流的黑泥上，我总感觉一阵阵发紧，因此也总是羡慕那时候能穿上雨靴子的同学，但是我家里贫穷是买不起的，也只能硬着头皮去踩踏那些牛粪鸡粪满地的黑泥，想起来都有些恶心了。

不过大多时候，我们是不用去走这条路的。平常大河的水不是很大，我们都可以踩着河中心的石步子一蹦一跳地走过清清的河水，心情愉悦地上学放学。偶尔会在河里捉几条小鱼，夏天的时候还会在放学路上跳到水里面游泳和打闹一阵。大河给了我无尽的回忆，而记忆最深刻的还是我的同桌，大河无情地吞噬了她的生命。

那应该是一个周末，刚好放学的时候，夏天的暴雨说来就来。她为了抢在河水暴涨之前过河回家，一路跑到河边，谁知刚走到河的中心，上游暴涨的河水就来了，一下子将她冲倒在激流之中，一转眼就不见了。等到河水消退后，学校的老师带着我们很多学生顺着河水找寻了一个礼拜都没有结果，还是下游几百公里的地方捎口信上来说在河里发现了无名尸体，衣服里面有米粮中学的饭票，我们学校的老师才伙同家长到下游去把她的遗体接回来。去的时候，下游的好心人已经把她掩埋在河滩沙地里，再次把她扒出来，她的父母哭成泪人，想来实在是恓惶得很。

好长时间，我都是一个人坐。我同桌的书本和文具静静地待在那里。每当看见这些书本和文具，我想她说不定一会儿就会从外面走回来。三十年过去了，如果我的同桌不出意外的话，她应该幸福而快乐地生活着，但是生活谁又能说得清呢？

米粮中学后院子有一棵柿子树，每年秋天火红的柿子挂满枝头。这可能是老师们难得的福利。我看见老师们会选一个午后，将柿子树上的柿子夹下来，堆成一堆，然后，所有的老师都拿着小凳子坐成一圈，轮流着一人拿一个来分配这些柿子，现在想来那场面其实很温馨的。我记得我的班主任将分到的柿子用绳子穿起来挂在办公室兼卧室里面，一串串的喜庆就溢满了整个房间，每当到老师房间，我的目光都会不断地朝柿子们望去。

董老师是我那时候的数学老师，老家是商州的，毕业后就没有了音讯，不知道现在还在不在。那时候，他是我遇见的最严厉的老师，有些严厉得不近人情。数学作业只要你任何地方错一点，那么作业本就会被扣留。那时候一张纸可以裁一个作业本，而八分钱的一张纸我们很多人都是买不起的，但是被老师扣留了作业本却不得不再买一个，实在让我这位马大哈头疼。那时候真是恨死他了，现在想来，虽然我还是不赞成他的做法，但正是他的认真让我的数学成绩还不错。

还记得有一次学鲁迅的文章吧，不知道大师的哪句话触发了语文老师的灵感，说是连续的几个动词用得好，让我们仿写一下，写一篇作文。我对此实在是摸不着头脑，就胡乱写了一段一位马大哈上学时发生的事情，有些搞笑和夸张。谁知我的语文老师大发雷霆，将我的文字全班宣读，嘲讽的语言让我无地自容。现在想来都怪我不认真学习，老师是恨铁不成钢啊。

还有一位同学我忘记姓名了。记得上数学课吧，老师忽然停下来不讲课了，全班同学静悄悄的，只有她咕咕哝哝地在背书呢。原来她不喜欢数学，上数学课她居然用卫生纸把耳朵堵起来背政治。全班同学哄堂大笑，好长时间都成为同学谈论的笑点。

还有一位王姓的同学做历史作业。记得是填空题。问谁领导的金田起义，结果他在答题线上填上毛泽东、朱德、陈毅、贺龙等，说起来真让人捧腹。

母校的旧迹已经无处可寻了，而母校留给我的记忆却越来越清晰。每一个半夜醒来的时候，我都会想起那个叫米粮中学的地方。

高考这件事，我想和你谈谈

很多时候，当结果来临的时刻，总是让人猝不及防。其实，结果只是过程的必然，我们之所以不接受结果，是因为我们可以预见结果，但是没有做好接受结果的准备罢了。说穿了，其实是侥幸心理作怪。

比如说，我们闭着眼睛按电脑键盘，你相信你睁开眼睛能看见你居然打出来一首优美的诗歌吗？你肯定不相信，但是用概率统计学来说，这种可能是存在的。当平时不需要验证结果的时候，我们总抱着侥幸心理，相信这种可能存在结果的出现，当真的需要检验结果的时候，这种情况总不会在我们的想象下出现，所以就有些绝望了。

用统计学观点来说，当某件事的发生概率很小的时候，我们就认为它根本不会发生，所以小概率事件是偶然的，不可复制的。比如你的邻居买彩票中奖了，你说我住在他隔壁，接着来中奖的应该是我。这种可能是存在的，但是你会发现你邻居买彩票中奖与你中奖没有任何关系，但是你无法阻止你这种联系的想法，是因为你太渴望中奖了，你就把所有的可能都朝你想要的方向靠拢。就像赌徒，老认为自己能拿到大牌一样。

还是回来说高考。高考的决定因素并不是高考本身，而是取决于平时的学习。但是不到最后，我们很多学生和家长总是抱有一丝侥幸心理，说不定孩子超常发挥，出现奇迹。这种可能不能说没有，但是它同样是小概率事件，"出的都会，蒙的都对"只是美好的期盼。

其实，对于高考，我作为老师是有一定发言权的。高考的命题绝对不会以偏概全，它都是对考生知识和能力的全面检测，只要考生正常发挥就已经谢天谢地了，奢谈超常发挥。

我并非给有梦想的人泼凉水。梦想的实现需要脚踏实地，一步一个脚印，而不是期盼侥幸和运气。这可能是"运气总是留给有准备的人"的说法的另一种表述，但是，谁又不认为这是真理呢？

做一个有梦想的人很重要，但是做一个脚踏实地、一步一个脚印的追梦人更重要。如果我们能理解这些，我们就会有不问结果、砥砺前行的勇气和底气了！

那年，我也参加高考

人生有时候，我自己都感到很奇怪。

记得我参加高考的那一年，很多同学学习到半夜，早上五点过一点就爬起来。那时候学校不到上学时间，教室是不供电的，所以很多同学都有自己的煤油灯，那些橘黄色的微弱亮光不知道照亮了多少学子的前途。现在回想起来，都觉得那曾是自己人生中最为有意义的一段体验。

我还记得一位同学，插班补习已经是第四年了，座位刚好在我的前面。他每天都埋头书本，偶尔抬一下头，眼光中都是一种茫然的感觉。记得有一次冬天早读，我看见他捧着书，忘我地读着，鼻涕挂在他的鼻子尖上竟然不知道，看着看着要落在书上了，他无意识地一吸，鼻涕又缩了回去，过一会儿又落下来，我看着，内心一阵发凉。等我参加完高考，勉强考上了一所专科院校，而他却再次落榜了。后来他再次补习一年，好在终于考上了大学，我知道这个消息后，也长出了一口气，内心轻松不少，那挂在他鼻子尖的鼻涕也终于在我的心里擦拭干净了。

我的同桌，名字我已经忘记了，是个内向的男同学，高高的个子，学习很是刻苦。记得有个下午，我刚坐在座位上，他却一个人无声地哭泣起来，是那种绝望而伤心的哭泣。我问他为什么这样，他脸上挂着泪水说："我着急呀。为什么你每次做题又对又快，而我咋那么慢。上次模拟考试，我试着和你一样提高速度，但是下来一看，都做错了。你说我该怎么办？"

我知道这位同学是个慢性子，干啥都慢条斯理的，他要是和我一样，准确性肯定就不高。我说："你按你的节奏来，又不是考试时间不够用，你每次慢慢来，不也一样在规定时间完卷了吗？何必跟着别人的节奏跳自己的舞。"他感激地对我笑了笑。而他也教会了我做事放慢速度，也是有很多好处的。

那时候不像现在，高考是家长的事情，早早地上县城无微不至地照顾孩子。我记得我那时候参加高考，家长可能都不知道，反正是不闻不问，也很少有家长在考试期间接送考生。我们那时候一帮人都睡在教室里面，等同学们放学走了，我们拉几张桌子铺上被子，就在教室里面睡了。记得有一次我半睡半醒，有位同学细心地过来帮我拉拉被子，那个感动呀，真是一辈子都忘不了。

第二天要高考了，我们几个却咋都睡不着，眼睛睁得老大，失眠了。不知道谁提议我们去操场转圈吧。于是，大家一伙人来到操场，一圈一圈地走，记忆中那天的月亮特别亮、特别圆，月光透过操场边的白杨树清冷地洒下来，把我们的影子拉得好长。一直转到凌晨四五点，我们才回到教室……

糊里糊涂高考就结束了，感觉自己考得一塌糊涂。但是只有一种淡淡的失落，好像压力也不是很大。只记得第一场考试下来，我们班一个学习不是很好的学生交卷后坐在教室的台阶上失声痛哭，一打听，说是自己的答题卡涂得有问题。当时有同学就小声说，他就是涂得没问题，考大学估计离他也是很远的事情。因为那时候考大学虽然不知道谁能考上，但是谁考不上却是能够很容易看出来的。

高考结束，胡乱填写了自己的高考志愿，就有些失落地离开了我的母校镇安中学，出门的时候回头看了看，想，这一生怕也不会再到这里了。不过世界真的很奇妙，前几年，我差一点回到母校任教，这是我在当时想都不敢想的事情。

回到家，父亲、母亲也没有特别的话，只是问了一句回来了，连我考得咋样、报考的是啥学校都没有兴趣打听。也许在他们心目中，不管儿子考的啥，只要能离开土地，成为一个吃商品粮的公家人，他们就心满意足了。

过去几十年了，这些记忆却越来越清晰……

月光一照三十年

一地的月光呀，白花花地洒在操场上，四周安静得就像浸泡在海水之中。

我和我的几位同学，沿着操场外围，游走在如水的月光之中，谁也不说话。

三十多年过去了，这个夜晚总是在每一个说不清的时候爬上心头，挥之不去，尤其是每年高考来临之前，我总是不由自主地想起这个一生都不能忘记的夜晚。

1993年的7月，是我参加高考的那一年那一月。

那时候，镇安中学还在县城后街，县中的大门还是老旧的砖门，门头上长满了随风飞舞的茅草，看上去既庄严又有些破败。教学楼还是一排土房，每排六间，总共好像是三排，刚好是高一到高三三个年级，每个年级之间有一个石头砌成的高坎。

新教学楼好像是我们毕业后才投入使用的，刚好我们没赶上。随后的镇安中学一年一个样子，等我参加工作再回去，母校已经早就面目全非了。我再也找不到我当初的母校了。

我在镇安中学上学，学习上不能说坏，但是要是说好，那还远远达不到，也就是不好不坏的样子。那时候，由于我走的最远的路也就是从老家到镇安县城，说穿了，就是没见过大世面，心里最大的也就是镇安县城，相当于赵本山小品所说的"大城市铁岭"，镇安县城就是我心目中最大的城市"铁岭"。所以，也没啥远大的志向，唯一知道的就是读高中能考上大学，上大学就能有一份摆脱当农民命运的工作，至于考什么大学、干什么工作，基本上都是糊里糊涂的。

高考还是在糊里糊涂中来了。记得高考前，我们基本上人手一册《建设有中国特色社会主义》的小册子，翻来覆去地读和记，学校也召开了这本册子的专题辅导大会。记得辅导我们的是现在的镇安中学副校长丁仕林，那时候他还是镇安中学的一名政治老师。辅导大会上说了些什么，我都忘记了，只记得有这么个事情，虽说这个辅导有关高考，但我们大部分同学还是不在意，不像现在的学生，一谈起高考有关的，就会全神贯注。

总之，那时候，社会环境对于高考还是宽松和平和的。

高考来临，也没有家长接送，我们依然住在集体宿舍，吃着和平时一样的饭，过着和平时一样的日子。只是高考的前一个夜晚，我们宿舍的几位同学集体失眠了，看着从窗户照进来的月光，我们睁着兴奋的眼睛就是不能入睡。不知道谁提议说去操场转圈走，于是得到了大家的响应，爬起来，不说话，来到操场，一圈一圈地走啊走啊，忘记了时间……

和谁一起走圈我基本上忘记了，记忆最深的一位同学是戴西宁，因为他是我们那帮人中个子最高的。当年他高考成绩不理想，现在做着自己的事业，混得风生水起的，想一想，高考也不是唯一的路啊，从他身上我们就可以看见。我就想起一个不太合适的诗句："我自横刀向天笑，去留肝胆两昆仑。"引用得不是很合适，但是好像也有那么一点意思，就这么着吧。

高考结束了，糊里糊涂填写完志愿，就灰头土脸地回到了老家米粮。母亲见面第一句话就是，考试结束了啊。至于考得咋样，报考的啥学校，她问都不问，而父亲干脆一句话都没过问……

再后来，我就成了一名教师，回顾高考和现在的生活，我真忍不住想来一句，生活，真逗……

三十年前的月光依然照耀大地，而我再也回不到三十年前了，这就是生活……

麦子，已经远离故乡

麦子黄了。

金黄的麦浪一直铺到天边，就像夏天的热浪扑面而来。

好多年前，我的父亲还健在，那时候他身体还可以，我带儿子回去看望父亲和母亲。空闲的时候，我带儿子游走在故乡的麦田旁边，熟悉的味道就像儿时故乡的黑白照片被从陈旧的箱底翻出来，生出许多感慨。我当时写了一点叫《麦子黄了》的文字，至今还记得里面的话："每个人心中的麦子都有黄了的时候。每个人都能在自己的人生旅途中听见时间老人的'算黄算割'的叫声，只不过有些人没有遵循时间老人的教诲，麦子黄了却没及时收割。"

现在回去读这篇文章，想得更多的不是麦子，而是已经永远离开了我的父亲，还有远在新疆求学的儿子以及故乡即将被拆迁的已经去世的岳父和为了家庭辛苦操劳的妻子。我自己面对时间老人的"算黄算割"的规劝也是无动于衷，可见说出来和做到确实是两件不相干的事情了。想起人生的不确定和世事的变化，真是感慨万千。

如今，再回到故乡，已经不见了我的父亲，梦中的麦浪也已经被一地黑黑的太阳能电池板覆盖。麦子已经"背井离乡"，就像当初的我，拼命学习，无非就是想离开故乡，殊不知，麦黄季节，我们却失去了方向。这让人怀疑当初努力的意义或者是人生是不是有些错乱。

麦子离开了故乡，离开了土地。乡亲们也离开了故乡和老屋，进城住上了高楼，他们在城里林立的钢筋混凝土的森林里，是不是能站得高望得远，我就不得而知了。不过离地面越来越远，看地面的人越来越小倒成了事实。我忽然想起诗人王德强先生的一首诗："城里的楼房越修越高，高楼里的人看地面的人，越来越小，地面的人看高楼里的人，也越来越小。"反正就是这个意思，具体来说，诗人写得更具有诗意一些，可惜我忘记了人家的原话。

高楼里的人再也看不见麦子了，而且再也不用在这个麦黄季节从城里赶回老家收割麦子了。麦子已经荒芜在心底好久好久，久到好像童年的第一次醉酒，恍惚中好像从来没有存在过一样。

前不久，在路边忽然遇见了一片金黄的麦子，停车走进麦田，用手抚摸着沉甸甸的麦穗，就像遇见久别的亲人，居然有一种想哭的冲动。

麦田四周是绿油油的玉米，一小块麦地显得孤零零的，就像遭人遗弃的孩子，无依无靠地挤在那里抱团取暖。

"算黄算割"的鸟叫声再也听不见了，它们也远离了农村和麦田，是它们抛弃了麦子，还是麦子远离了它们，不管是哪一种，对于我们人类，都是一场不知不觉的痛苦。就像我的父亲和岳父，终究永远地离开了；就像我的儿子，他一天一天长大，一步一步走出我的视线；就像所有人的故乡，终究都会成为一个让人回忆的词语。回不去的必将成为明天的记忆……

麦子黄了，在这个麦黄的季节，我却看不见我日思夜想的麦子……

乌鲁木齐的第一场雪

乌鲁木齐的第一场雪，来得比我想象的要晚一些。我离开乌鲁木齐的时候，一路心情沉重地坐在侄儿的车上，一路听侄儿讲乌鲁木齐的风景。透过车窗，能看见远处的雪山，我好像看见了冬天的身影，听见了冬天的脚步声。而这个时候的陕西，还是一片秋天的景象。侄儿大学毕业，就一个人留在乌鲁木齐打拼，如今已经安家在乌鲁木齐，成家立业在这个远离家乡的边疆城市。我真佩服他能在这个城市打出一片天空，这需要多大的努力和付出啊。

我在乌鲁木齐的几天，侄儿全程陪同，这让我这个很少出远门的人省去了很多麻烦。而且我发现他无论干什么都很守时守信，给人一种沉稳踏实的感觉，这也许正是他能在人生地不熟的乌鲁木齐打拼出幸福生活的原因吧。

还是回来说乌鲁木齐的雪吧。昨天儿子在家人群里发回一张图片，说是乌鲁木齐下雪了，我在开车的时候又听新闻广播里说，乌鲁木齐迎来了这个冬天的第一场降雪。

我其实很少关注天气预报，但自从儿子去了乌鲁木齐上大学，我忽然对任何有关天气预报的声音就敏感起来，尤其是有关乌鲁木齐的天气预报。没事的时候，如果面对的是地图，我就目光停留在西北角的乌鲁木齐，陷入长久的沉思。我想象我的儿子在这个陌生的城市，是正在路上行走，还是在学校操场运动，或者是在午休，或者是在午餐。而且我对时间的记忆自动后移了两个小时，因为陕西和乌鲁木齐相差两个时区。

送儿子上大学回来的时候，我和妻子坐在飞机上，我透过飞机的窗户，能看见连绵起伏的雪山在阳光下反射出银白色的光芒，从另外一个角度来感觉这个洁白的世界，我内心体会的都是壮观和宽阔，忍不住想起毛主席的"北国风光，千里冰封，万里雪飘"的诗句来。

但是换作在乌鲁木齐，那种硬硬的雪粒砸在衣服上的嗖嗖声和碰在脸上的硬度，不用想，我都能感觉得到的。

纷纷扬扬的大雪，会不会把乌鲁木齐装扮成一个银色的粉妆玉砌的世界，我的儿子是不是有心情欣赏这难得一见的美景。

我能想到天山的终年积雪好像长了脚一样，一点一点地从山顶慢慢地白了下来，乌鲁木齐笼罩在白色之中，那些六边形的花瓣，一路飞舞着，互相嬉闹着，好像奔赴一场盛会一样降落在路边的树上、校园的操场上，忽然就安静下来，等待静谧与温馨的邂逅一样，连悄悄话都不说了。我想起侄儿电话的彩铃，每次拨通电话，我都要听一会儿，是"我们新疆好地方啊，天山南北好牧场……"。我想他已经是个地地道道的新疆人了，我的哥嫂就这一个男孩子，当初让他一个人留在新疆乌鲁木齐打拼，不知道他们可曾纠结过没有。就像自从我儿子接到高考录取通知书以来，我就没有睡过一个安稳觉。天下父母都是一样的吧。好在有我的侄儿在乌鲁木齐，能照看我的儿子，我的内心有一丝安慰。

我其实是渴望一场雪的，在陕西镇安，好久都没见过一场大雪了。那种纷纷扬扬的大雪，鹅毛一样飘飘洒洒，好像已经是久远的记忆了。而远在西北角的边疆乌鲁木齐，一场大雪好像是它本来的样子，我的温室里长大的儿子，学会面对一场大雪，应该是一件重要的事情吧。那雪一直下得悄无声息又惊天动地，在我的梦中，直下得地老天荒。这于刚刚远离我和妻子的儿子，看一看书本上没有，自己也从未见过的一场大雪，也许是人生重要的一课呢。新疆的大雪一直在下，我想侄儿和儿子他们应该穿上暖和的棉衣了吧。

老家陕西的秋色正浓，满山的红叶将老家渲染得五彩斑斓，走在秋色如画的路上，我的心里却是一场远在千里之外的鹅毛大雪，这是一种美好的体验，我给谁都不说的。你好，大雪，请捎去我的问候和祝福！

大风从西域吹来

夕阳从办公室的窗户照进来，暖暖的感觉一下子传遍全身，"温暖"这个词语好像一下子有了质感，看得见摸得着了。

而我心中却刮起了一场大风。

这场风啊，从乌鲁木齐，沿着吐鲁番、哈密、嘉峪关、张掖、武威、兰州、天水、宝鸡，一直吹到西安，然后从北面翻过秦岭，直吹到秦岭南麓的小县城。

而此时的县城，正是风平浪静，艳阳高照。阳光从办公室窗户照进来……

因为疫情关系，在乌鲁木齐上学的儿子暑假没有放，一直被隔离在学校里面。因为焦虑，好几次班主任打电话过来，谈起儿子在学校的情形，让我和妻子都很焦虑。好在儿子的寒假比较早，从去年的十一月一直持续到今年的三月，几乎半年时间都在家里。

也许是在学校的封闭管理，让儿子压抑太久，回来后一下子放纵自己，作息时间一下子乱了。起先，我和妻子还要说一下，但是一点作用也不起，最后只好由他。只是我们一肚子的忧虑没处诉说。

后来，妻子的同学说让儿子去她开的酒店社会实践，我想着这样也好，让他懂得生活的艰难，儿子也很高兴地去了。一直从春节前干到正月十五，过年期间也一直没有放假。

而我，年前查出身体不好，一直都很压抑，妻子一个人承受着很大的压力，我直到后来才体会到。

由于老家还有快九十岁的母亲，我和妻子一心挂两头。大年三十九点多回到老家，贴春联、祭祖，一直到吃完年夜饭后，又开车回到县城，说是等儿子下班了一家人在一起吃个饭，结果，儿子九点下班很晚，他的一帮子同学又要一起玩，这个大年三十只好我们两口子在家，期盼着儿子开门进来，迷迷糊糊到第二天天亮，儿子也没回来。我和妻子都没说话，但是我能感觉妻子和我一样，心里有说不出的落寞，只是我们都不说罢了。

妻子说，既然儿子在酒店忙，那我们还是回老家陪母亲吃饺子吧。于是大年初一一大早，我和妻子又开车回了老家。下午吃完饭，又赶回来，想着儿子还在县城，大过年的，一个人也许很孤单。这是我和妻子的想法，儿子好像没有我们在身边，他感觉更自由一样。

忙忙碌碌的这个新年就过去了，本来正月初三妻子说回娘家看看，晚上回来准备第二天上班。结果妻子的弟弟打来电话，说不在家，等迟几天回去。一开年，妻子就忙起来，这回娘家的事情就无限期地推迟了。

等我上班后，儿子忽然就对我说，学校通知了，过几天就要开学了。我忽然就有些沉默。不听话的儿子也是我的儿子啊，待在身边让人焦虑，真的要离开我们去三千公里外的"西域"求学，让我忽然就揪心起来。

我想起第一次送儿子去乌鲁木齐上学。我和妻子离开的时候，儿子一个人站在陌生的街头，孤零零的样子，我强忍住没让眼泪流下来，一转眼，儿子在这个地方快两年了。

我一直关心乌鲁木齐的天气。昨天忽然就看见新疆大学官方账号发的乌鲁木齐大风吹得人都无法站立，禁不住担心起儿子来，连忙发微信问他。儿子很快发来一段视频，是从他宿舍窗口拍的。我看见他的同学逆风而行，有一位女同学居然被风吹得在地上滚了好远，看着都让人心疼。

于是，这风吹得好远好远，一直从新疆的乌鲁木齐吹到内地的小县城镇安，一个叫象鼻子的地方……

大风从西域吹来

儿子，我们愿意和你一起成长

上届学生高考结束了，我的心却紧张起来，因为这意味着接下来我和娃他妈将成为下一届高三学生的家长了。

其实，高考的前几天，我就有些忧心忡忡的，真的害怕这一天的到来。我不担心我的儿子，我只担心孩子他妈和我自己。比较起来，我更担心孩子他妈，因为她是一位心理比较脆弱的人，加上情绪化严重，有时候在管理自己方面确实有些问题。

作为父亲，都说知子莫若父，我对儿子有我自己的看法。儿子从幼儿园到小学再到中学，我基本上都没有操心，都是娃他妈一手操办。在小学的时候，托人选择班级和老师，我一再阻挡，让她顺其自然，但是作为孩子的妈妈，不管不顾没有听我的。其实最后结果并不理想，不知道她有没有反思过。

其实，我作为教师，教书二十多年了，见过的学生很多了。拿宿命的观念来说，有些学生朝我面前一站，我就能看得出来，是不是在学校里面能学得好，而对于自己的儿子，我一直没有能力让他学会调适自己的情绪。也许在他的心目中，他自己才是家里的中心，家里的气氛是由他掌控的。小时候爷爷奶奶对他的溺爱，使他养成了以自我为中心，这个时候想要改变，估计也很难了。

高考结束的晚上，儿子放学回来，我看着他情绪不错，就随口问他："你们老师是不是上课的时候说，上届高三毕业了，你们现在就是高三了？"儿子点点头说："老师说了。"我就没说啥。其实很多道理，我知道他是懂得的，但是他对于我的说教有一种来自内心的敌对，也许是我平时话多，对他的要求有些苛刻吧。我一直在努力改变自己，但是效果感觉还是不大。

回想我上学的时候，可能也和儿子的理解能力差不多，惹得父母很生气而我自己却不觉得。我有时候真想告诉儿子，父母毕竟经历比你多得多，考虑问题肯定比你全面一些。善于学习的人，都善于借鉴别人失败和成功的经验，避免自己走弯路，这其实应该是成功的捷径。感觉这有些教训人的口气。该采取何种方式让儿子知道这个道理，感觉我在这个问题上任何时候都是力不从心，有时候甚至黔驴技穷了。

上次月考，儿子的成绩不是很理想，儿子吃饭的时候很不好意思地说自己没有考好。我知道，他就是不说，我都能知道他考试的情况。因为我深切地知道任何考试的结果其实都不是考试决定的，而是由平时的努力和汗水决定的。有一段时间，儿子在处理同学之间的关系和学习上都出现了问题，但是由于他对我有成见，而他的妈妈一味地迁就，儿子在及时处理这些问题上，缺乏及时而快捷的心理疏导，一直以来情绪不佳，回到家里，只是拿起手机沉浸其中，我一直揪心而无能为力。儿子上学不在家的时候，妻子和我讨论，说要我拿出办法，我知道要改变一个人，首先要让他从内心深处生发一种自我改变的力量，而怎样做到这个，我的能力在儿子跟前显然是不起作用的，甚至贸然采取一些方法会适得其反。

其实，儿子还是有些变化的。晚上回家基本上准时了，虽然有些拖沓，但和以前比起来要准时多了。我要求晚上十点半睡觉，他基本上也做得到，这在以前是怎么也不可能的。早上的起床闹钟也由原来的六点二十改成了六点，虽然闹铃响了他还是会赖床一会儿，但是我已经欣喜地看见了他的改变。中午放学，儿子回家，情绪又很大，一直吵着不吃饭，说有重要的事情。我知道作为学生，一上午都在上课，能有什么重要的事情发生以至于使他有这么大的情绪，我当时脸色有些不好，儿子敏锐地觉察到了，马上坐下来，说："没事了，我吃饭。"虽然他是气鼓鼓地说的，但是我能看出来他在有意识地克制自己的情绪，而且能考虑到我和他妈的感受，这在以往简直是不可能的，原来儿子一直也在成长，只是我没发现罢了。

　　由于见他情绪不佳，吃饭的时候，我有意识地讲一些学校的趣事，但是儿子和妻子却相互影响了情绪，对我说的好像都不感兴趣。儿子端饭的时候，又不小心烫了手，气鼓鼓地独自回去休息，我回家的时候给我开门，眼睛又撞在了猫眼的卡通挂钩上，真是不顺心的事情一件接着一件。好在儿子的情绪慢慢平复下来，答应我一点一十午睡，而且也很准时地睡了。

　　起床的时候我试探性地说："儿子，你看不好的情绪就会产生接二连三地有不好的事情，烫伤和撞了眼睛可能不是偶然发生的。所以一件事情要是一开始不好，那么坏的事情就会一件跟着一件来。"儿子好像听懂了，没有对我的话表示出以往所表现的那种不屑，我害怕再说引起他的反感，就及时停下来。外面下雨，我叮嘱他带伞，以往他绝对不会打伞的，这次却很听话地带了，我的内心有很大的触动。这些都是细节，儿子的变化，其实就藏在这些细节之中。可惜有时候我和他妈都没能及时体会，所以没有走进儿子的内心，这也许是儿子不被发现的青春期的烦恼吧。他一直在用叛逆来向我和他妈证明他的存在，这个错真的是在我和他妈身上。

　　儿子，我和你妈妈愿意陪一起你长大。学习上只要你尽力了，至于结果真无所谓。用爸爸的经验来说，这世上有比学习和高考更大的事情。那就是开开心心地活着。一家人开开心心地在一起，聊天、看电视、打游戏、出去转一转都是比学习和高考重要的事情。我希望你调整好自己的情绪，安排和管理好自己的时间，快快乐乐读完高中，至于考什么样的大学，我们可以慢慢来，只要你自身充满阳光，你还害怕照不亮前行的路吗？

儿子，今天是你的生日

儿子，今天是你的生日。

二十一年前的今天，你呱呱坠地，而我忽然间就成了父亲，说实话我还真没准备好呢。但是，世上的事情，哪里都有啥都准备好了才开始啊。

爸爸其实不是第一个看见你的亲人，第一个看见你的亲人是你的大姑。记得你的妈妈在产房疼得死去活来的时候，爸爸在医院的楼道里走过来走过去，一点办法都没有，一点忙都帮不上。等到你一声啼哭，趴在产房玻璃门缝处张望的你大姑惊喜地说，生了，是个儿子。

我一直以为你是个女孩子，因为你妈妈怀着你的时候，肚子圆圆的，民间有说法，说孕妇肚子圆圆的，就是女孩，如果是尖尖的，就是个男孩子。

我当时很有些失望，但是，等到你出生的时候，你妈妈痛得满头冒汗，我对于你是男孩还是女孩已经不在乎了，男孩、女孩，不都是我跟妈妈的心头肉吗？

记得妈妈怀你八个月的时候，我陪你妈妈去商州考试，一路颠簸，你不停地用小腿踢你妈妈的肚子，表达你的抗议，爸爸虽然焦急，但是也没有办法安慰你，只是苦了你的妈妈了。

那时候，你的爷爷奶奶已经七十多岁了，你的小姑父给他们谋了一个给工厂看大门的差事，你爷爷为了多赚一点钱贴补家用，又申请当了清洁工，每天起早贪黑打扫现在的南新街一段街道，那个辛苦，不是你能体会的。而现在，你的爷爷已经去世了，奶奶患上了老年痴呆，记忆时好时坏。好在你爷爷去世前，你在西安看病，抽时间回来看了一下，我在上班，你妈妈打电话给我说已经昏迷几天的你爷爷听见你的喊叫，居然睁开了眼睛，微微一笑，你可能不知道你爷爷有多么爱你。这件事，也算是你了却了我的父亲的一个心愿，真的应该感谢你的懂事。因为你要回来我还说你安心看病，不要乱跑啊，也多亏你妈妈同意你回来，不然我现在不知道内心有多么愧疚啊。

忽然谈起你的爷爷奶奶，是因为你出生后和妈妈在医院，半夜，你忽然把包裹你的小棉被踢开了，爸爸妈妈看着你乱动的小胳膊小腿，实在不知道如何收拾，手忙脚乱也弄不好，只好给你奶奶打电话。你奶奶半夜从看大门的门房出来到医院，才把你重新包裹好，现在想来，爸爸真是没用啊。

你爷爷去世了，留下孤单失忆的奶奶，老家里，有你的大伯大妈、三伯三妈照看，真是辛苦他们了。这次开学你要去新疆前，特意回去看看你的奶奶，奶奶虽然不认识你了，但是，你坐在奶奶身边陪伴了她几个小时，也算是尽了一份孝道了。

记得你上小学的时候，妈妈不在家，爸爸有事回家晚了一步，等我回到家，你一个人在阳台上吃着自己油炸的虾圈，而屋子里面已经满是油烟，好在没发生危险。爸爸哭笑不得，这是你第一次做饭，爸爸看着你，心疼得差点流泪了。这次疫情期间，我和你妈妈忙生意上的事情，没顾上照顾你，你自己煮了好多天方便面。有一次，我回家，你特意给我煮了一碗面条，说是没事干，在家自己琢磨出来的。吃着你专为我做的面条，我虽然没有表达，但是你不知道爸爸有多么感动，希望你理解，爸爸这样的老男人怎么能轻易流露出感动呢。

四年前的今天，你的外公还在世，那时候他已经病得瘦骨嶙峋了，但是他专门从西安回来，给你买了生日蛋糕，坐在家里沙发上，看着你一口一口吃完十八岁的生日蛋糕。如今，你外公坐过的沙发还静静地待在客厅，但是他却已经离开我们三年多了，再也不会回来看我们了，现在回想在一起的那些日子，让人格外怀念。

二十一年，弹指一挥间，你在我这个不称职的父亲陪伴下，一步一步长成了一个大小伙子，也可以说长成了一个男人。作为男人，意味着责任和担当。爸爸多么希望你能体会到我的感受，体会到你妈妈的艰辛。

我和你妈妈成为一家人的不容易我曾经给你讲过。而我和你妈妈一路走来，在你最需要陪伴的时候没有陪伴，对你是有些愧疚的。好在你的外公外婆心疼你，让你好像浸在蜜罐中一样。这多少也让你养成了一些不好的习惯。爸爸真的希望你能认识到自己的缺点，努力改变一下，心中一定要装得下别人，要知道，这个世界，除了自己，还有很多不一样的人和我们生活在一起，他们对你并不都像亲人，尤其是像父母一样宽容，要学会共处和双赢。

二十一年前，我手忙脚乱地成了你的爸爸。我和你一起跌跌撞撞地成长到现在。爸爸和妈妈明显地感觉年龄不饶人了，未来的日子，你必须学会独自面对。

高考结束，你远赴新疆求学。我跟你妈妈离开乌鲁木齐的时候，真是一步三回头。我们坐上公交车的时候，你一个人站在乌鲁木齐人民医院门口，我没敢回头看你，你妈妈说你孤零零地看着我们，眼里好像充满了泪水。我差点也流下了泪水，但是爸爸却不得不离开你。有位名人说，所谓父子一场，其实是一生别离的伤痛。我和你妈妈希望你能像雄鹰一样飞得更高更远，这是美好的期盼。如果不能，也希望你能有勇气看着我和你妈放心地远离。

二十一年前，上天安排我们走在一起，想一想，都是几辈子修来的福气。

儿子，今天是你的生日，我和你妈妈在遥远的陕西祝福你。希望你开开心心，健健康康，学业有成。

岁月静好，一辆滑板车在儿子的脚下呢

儿子的滑板车安静地躺在一楼门口的拐角，每次上下楼我都要仔细看看，仿佛看见儿子在滑板车上的样子。我也仿佛看见了我这个平凡而平庸的父亲，以及我忙碌的妻子的身影。芸芸众生中，我们一家平凡而幸福地生活在一起，不知道是上天怎样的恩赐。

这辆滑板车买回来有好几年了。

记得儿子想买一辆滑板车的时候和我商量，是吃饭的时间，他说要和我商量个事。我很奇怪，就问啥事？儿子说："你同意不？"我说："你不说啥事我咋同意？"他说："你同意了我再说。"

我说："那你说吧！"他说："我想买一辆滑板车。"我一笑，说："滑板车嘛，能值多少钱。你买去。"儿子说："那你给我钱。"我说："几十块，我就给你。"儿子诡异地一笑，说："八百。"我一惊，说："滑板车这么贵。"儿子很不屑地说："这还是便宜的。"

我就有些不乐意，觉得有些乱花钱了。但是经不住儿子的纠缠，我回头一想，买辆回来锻炼身体总比玩手机强吧。正好我收到一笔稿费，儿子就在网上买回来了这辆滑板车。

我们出生在20世纪70年代的人，尤其是农村人，那个物资匮乏、缺吃少穿的年代，造就了我们省吃俭用的习惯，而这种习惯放到现在儿子这一代，他就觉得我吝啬，不大方，舍不得花钱。但是我没有办法告诉他那些还没有远去的故事，他也没有耐心听完这些絮叨，往往用一句"现在是啥时代了"来打断我的啰唆。

滑板车买回来了，每晚上九点多下晚自习，儿子总会出去玩一阵子，回来满头大汗。我虽然担心他的学习，但想到我那没有童年的童年，也舍不得说他一两句，只是偶尔提醒一两句，儿子的回答很简洁，就两个字"知道"。

人往往接受自己的平庸，却很难接受子女的平庸。我以前老觉得必须让儿子成为一个优秀的人，看着他一步步走向平凡而平庸，我内心的焦虑越来越重。不知道滑板车上的儿子能不能体会到。前几天看一个摄友在朋友圈回复一个学生的一篇考场作文说："这是不会飞的鸟写给未来的蛋。"我忽然一笑，我这篇文章也许正如这个评语所说的吧。

随着年龄的增长，我越来越觉得我本身就是一个平庸的人，为什么不能接受儿子的平庸呢？难道平凡而快乐地活着，不也是一件幸福的事情吗？我忽然想起汪曾祺文章中的句子："鸡头米老了，新核桃下来了，夏天就快过去了。"明年的日子还是会不以人的意志而来，人生很长，何不放慢脚步，走一段平凡而平庸的路又有谁说不是人生呢？

这样子想，我真庆幸我为儿子买回了滑板车，能给他的童年带来一些快乐和乐趣。这种快乐和乐趣比起他的学习成绩来说，也许是更重要的，至于他能考什么样的大学，成为什么样的人，那好像还是很遥远的事情，我尽可以不想。

平凡而安静地做一个阳光健康的人，也许是很容易的，但它也许是很多人一生都没实现的梦想。一辆滑板车做到了，这也许就是我这个做父亲的幸福了。

忍不住再读读汪曾祺《夏天》中的句子："搬一张大竹床放在天井里，横七竖八一躺，浑身爽利，暑气全消。看月华。月华五色晶莹，变幻不定，非常好看。月亮周围有一个模模糊糊的大圆圈，谓之'风圈'，近几天会刮风。'乌猪子过江了'——黑云漫过天河，要下大雨。"

岁月静好，花好月圆，一辆滑板车在儿子的脚下呢。

西去，西去

儿子去新疆上学，给我汇报行程说路过甘肃武威的凉州，我忍不住想起王之涣的《凉州词》："黄河远上白云间，一片孤城万仞山。羌笛何须怨杨柳，春风不度玉门关。""凉州词"是一种曲调名。《晋书·地理志》载："汉改雍州为凉州。"《乐苑》载："凉州宫词曲，开元中，西凉都督郭知运所进。"古代所指的凉州就是现在的甘肃省武威市凉州区。开元年间，陇右节度使郭知运搜集了一批西域的曲谱，进献给唐玄宗。玄宗交给教坊翻成中国曲谱，并配上新的歌词演唱，以这些曲谱产生的地名为曲调名。后来许多诗人都喜欢这个曲调，为它填写新词，因此唐代许多诗人都写有《凉州词》，如王之涣、王翰、张籍，其中最有名的是王之涣的《凉州词》，又名《出塞》。玉门关我是去过的。当地为开发旅游资源，古诗词中的玉门关和阳关都成了旅游景点。听导游讲，玉门关其实和阳关是对应的，原来叫阴关。阳关大道原来是当官的出关入关的路，而阴关，也就是玉门关，则是商人出关入关之路。一阳一阴，也可以看出古时候商人的地位。

说起去阳关、玉门关游玩，还是前年暑假的时候了。和我们一起自驾游的有张鹏老师，那时候，他带领我们玩得不亦乐乎，看上去没啥问题，谁知回来不久就查出有病，短短一年不足，居然就永远离开了，想起来让人唏嘘不已。

还记得在阳关的时候，我的儿子非要骑骆驼上山。那时候，儿子无忧无虑，玩得也很高兴，转眼他已经是二十岁的大学生了，谁也没想到，一年后，他居然跑到几千公里外的乌鲁木齐上学，人的一生又怎么说得清呢。

想起第一次送儿子去乌鲁木齐上学,路过一个叫瓜州的地方。我听见列车报站说是瓜州,忽然就想起王安石的"京口瓜洲一水间,钟山只隔数重山。春风又绿江南岸,明月何时照我还"的诗句。

诗句中的瓜洲说的是扬州瓜洲,和这个瓜州相隔数千公里吧。但是我却一直认为王安石说的瓜洲就是这里,也许诗句和我心情相符合吧。

陕西和乌鲁木齐相隔三千多公里,人常说儿行千里母担忧,我这个做父亲的也有些儿女情长,是不是有些让人笑话。

说起王安石的这首诗,我查了一下资料,说王安石十七岁随父王益离开老家临川定居江宁,五年后进士及第,出仕为官,江宁之钟山,于他而言,有着深厚的感情。王安石四十九岁被任命为参知政事(副宰相);次年被任命为同平章事(宰相),开始推行变法。由于反对派施压,他被迫去职还乡。这首诗作于1075年的早春二月,五十五岁的王安石第二次拜相,再扛改革大旗。从江宁沿水路赴京,夜宿瓜洲(今扬州,古运河由此入),举目眺望。长江对岸即是京口(今镇江),夜色掩映下远处的钟山藏着多少青春的记忆。王安石不禁感慨:改革坎坷,九死一生,壮士暮年,何日归乡?再伟大的人,思念故乡、思念亲人的情感是共通的。我的儿子一个人远在异乡求学,生活上必须学会独立,作为从来没有离开过我和他妈的儿子,我们做父母的怎么能不担心呢?

一路西行,儿子离我越来越远,但愿那个叫乌鲁木齐的城市,能留下儿子快乐成长的记忆。

李白的诗词:"明月出天山,苍茫云海间。长风几万里,吹度玉门关。汉下白登道,胡窥青海湾。由来征战地,不见有人还。戍客望边邑,思归多苦颜。高楼当此夜,叹息未应闲。"描写的时代已经过去了,西疆再也不是荒凉的代名词了。李白的诗词作为艺术是一种美的享受,我想如果他现在还活着,又会写出怎样的篇章呢?

扳着指头数日子

自从儿子接到录取通知书，我的手指在地图上，不止一次地沿着铁道线从陕西出发，一路向西、向西划过去。

宝鸡—天水—甘谷—陇西—定西—兰州—武威—金昌—山丹—张掖—清水—酒泉—嘉峪关—低窝铺—疏勒河—柳园—哈密—鄯善—吐鲁番。一路向西，越来越陌生的地名，地图上颜色越来越黄，横跨大半个中国。乌鲁木齐，这个地方忽然就和我建立起了某种联系。

记得儿子高考结束，在惴惴不安中等到查询成绩。我对于儿子的高考基本不太抱希望，因为儿子比较顽皮，性格毛病也比较多，所以高考结果我基本上是可以预见到的，只是不到最后有些不甘心罢了。他的妈妈却更相信奇迹的出现。看着他妈整天信心满满，高考前，我有些担忧，怕结果出来他妈会接受不了，或者没有做好心理准备，所以我就躺在床上用手机写了一篇文章《高考这件事，我想和你谈谈》，意图是让他妈看见，提前打个预防针，但是我没敢明说，以和学生谈高考的口气，提醒他妈做好心理准备。

不知道他妈读懂我的意思没有，倒是刑警出身的一位朋友在后面留言说："你老婆有病，让我们吃药。"我一笑，这朋友不愧是刑警出身，看出了我的意图，也算是我的知音了。

后来，成绩出来那天，我紧张得要命，孩子他妈反倒显得很平常，但是我看得出来，她的内心其实还是很紧张的。这于我来说更显得紧张，因为我知道她的平静是装出来的，还不如一开始就紧张呢。

儿子出门查询成绩，我对他妈说你打个电话问一下，他妈却说我懒得问，我只好电话打过去。开始的时候，儿子说网络繁忙查不到，等查到了第一时间打电话给我说。我们两口子在家沉默地坐着，谁也不说话，等到儿子电话打过来，说了一下分数，妻子显得很失望，而我却长出一口气。因为我知道儿子的这个成绩已经超出了我的预期，也超出了他的努力的回报，虽然说不怎么样，但是想想他平时的学习情况，我觉得已经是万幸了。

后来填写志愿，我寻找了我西安的朋友帮忙参谋。侄儿媳妇在一所培训机构上班，她的领导是填报志愿的行家，在侄儿媳妇的联系下，人家也热心地和我通了半个多小时的电话，专门讨论儿子的志愿填报。老婆也是东找西找，忙得不亦乐乎，倒是儿子悠闲得跟没事人一样。

后来我一狠心，自己坐下来翻看填报志愿指南，自己摸索。关于本地一所学校我认为儿子是稳妥的，但是我大学上的这所学校，儿子说啥也不愿意，估计是看我上这所学校，教书大半辈子也是个穷酸样子，不想走我的路吧。而民办的学校儿子又不愿意去上，我遵循了他的想法，尽量朝偏远的西藏、新疆、青海等地方填报。老婆看我填得离家太远，颇有怨言，但是她又不懂这个，只好由我了。等我在电脑上把志愿填写完，老婆说我们猜猜儿子最后会被哪所学校录取。我笑着说，最有可能的是乌鲁木齐。

投档结果出来的那天，我们一家三口在柞水汇贤书院学习古琴。汇贤书院是柞水一个偏僻的地方，偏僻得你问当地人都可能不知道，是一个没有网络的山沟。那天，我从山沟十几里的路走出来，跑到有网络信号的地方查找儿子的投档信息，在一大堆表格中，我看投档线，确定儿子投档乌鲁木齐了。我又走回书院，把这个消息告诉儿子和老婆，一时我们都没说话。

从汇贤书院回来，通知书来的那一天，我们带着儿子回了一趟老家。那时候父亲还在世，我们带着通知书，让父亲看，父亲不知道大学和大学的区别，只要是考上大学，他就高兴，并让二姐从给他保管的钱里面拿出一千元给儿子。我不要，二姐说这是父亲的一点心意，不要父亲更要伤心的。母亲已经脑萎缩到不知道什么了，老问谁考上大学了，我们一遍一遍说是她的孙子，她又问她的孙子是谁。当时谁能知道父亲不到一年后居然永远地离开了我们。

儿子开学的时候，我和老婆一起送他去乌鲁木齐。老婆说坐飞机过去，我说儿子第一次上学，飞机一下子过去了，他感受不到从陕西去往乌鲁木齐的变化，所以我决定坐火车去，后来看，这一决定是对的。

到学校后，我的侄儿在乌鲁木齐工作，他特意请了假陪我们。走之前，老婆说儿子的皮肤病去乌鲁木齐人民医院检查一下，结果人家医生说必须马上住院，所以我们只好留下来陪儿子看病。儿子看我们焦急的样子，催促我们回家，说他自己能照顾自己。于是，他还没出院我们就买了返程的机票，依依不舍地离开了儿子。

儿子很快地融入了大学生活是我没想到的。从微信上儿子发过来的消息看，我和妻子越来越放心他了，毕竟他已经长大了。

疫情以来，儿子学校始终处于封校状态，学校一直没有放暑假。他前不久发来消息，说大概十月下旬会放假回来，我和他妈就扳着指头算日子。我想着儿子乘坐的列车从乌鲁木齐出发，一路走过大漠戈壁，听着列车上越来越熟悉的地名，看着列车窗外越来越多的绿色，又是怎样一种心情呢。

西去离家越来越远，那么东归，一定是家的方向！

母校商洛师专回忆点滴

商洛师专也可以勉强说是我的母校了。因为我觉得一所大学更多的是一个人自我人生开始的地方，同时也是梦想起航或者结束的地方。将大学称为母校，一定是这所大学是这个人的骄傲，于我，甚至于更多的商洛师专的学生来说，这个骄傲就有些勉强了，所以，我说商洛师专勉强称得上是我的母校，更何况现在这所学校已经无迹可寻了。

每次去州城办事，我总是心心念念地要去商洛学院看看，因为商洛师专是它的前身，也是我们这些商洛师专毕业的学生的前世。现在的商洛学院已经是一所综合性大学了，旧时立足于黄土坡上的商洛师专的旧迹已经面目全非了，只有情人路和老旧的学生公寓还能看出当年的影子。

说起情人路，还是我们九三级上学的时候刚刚修建起来的盘绕在学校西边的一条看起来幽静而宽阔的路，那时候还很少有私家车，所以这条路基本上没什么车辆。下午的时候，夕阳的余晖从州城东龙山师范的古塔照耀过来，像一张金黄的大网，温暖而多情。我们这些所谓的大学生走在夕阳中，看起来青春而落寞，情人路再朝西就是砖厂了，凌乱而破败，我们就很少涉足了。只记得有一个下午，我们宿舍的八位同学在这条路上合影一张，意气风发的样子，大家都穿了皮鞋，唯有我穿的是布鞋，照片上我指着我的布鞋，看上去很有喜感。这张有意思的照片在我毕业多年后寄给了《小小说选刊》，居然惊喜地被刊登出来。现在想来，我为了一时的虚荣，丢失了这么珍贵的照片原件，实在是罪过，后悔已经迟了。

再说学生公寓。那所三层小楼还能寻到旧迹，我记得当时我们住在319

房间。有爱好文学的刘跃军，有外号"疯子"的张雪峰，还有戴着眼镜的张参军和陈建红，好像还有山阳的吴克来，另外两位好像是苏军山和李书政，不知道我记得还准确不。这些同学，除了刘跃军、张雪峰和我偶尔通个电话外，其余的好久都没消息了，只记得那些迷茫的青春已经远远地去了，剩下现在的千疮百孔，不说也罢。

那时候无聊的生活让我们整天无所事事，学校就流行"诈金花"游戏，学校保卫科外号叫"钢锭"的最擅长抓赌了。记得有一次，熄灯铃刚响没多久，疯子和韩鹏点着蜡烛两个人"单挑"，宿舍门被一脚蹬开，"钢锭"带着一位保卫科干事冲了进来，将他二人从床上提溜下去。不知道最后咋处理的，好像是罚钱啥的，后来我问疯子咋办的，疯子笑呵呵地说，"钢锭"就会"诈底"。"诈底"是"诈金花"的行话，意思是牌小装牌大把对方吓得放弃投降的意思。我想他说的是对的，因为那时候老见保卫科抓赌，最后也没见处理过。因这件事我们也知道了他抓赌的秘诀，就是宿舍熄灯了在下面看哪间房子还有蜡烛光亮。后来有一次疯子来镇安，我们一起喝酒，玩牌霸王金花喝酒的时候，我再次说起"钢锭"，疯子还是那句，"钢锭""诈底"他都不怕，还怕我喝酒玩牌"诈底"啊。说是说，笑是笑，那次疯子被我们玩牌弄得酩酊大醉，酒醒后说再也不和镇安同学"诈金花"了，并邀约我们去洛南再战，但是人到中年事情多，洛南之行一直提不上日程。

爱好文学的刘跃军毕业后好像除了物理教案再也没有写过文学作品了，只不过爱上了马拉松，每天在同学群里发自己跑马拉松的信息。看着他每天跑几十公里，已经胖得像猪一样的我很是羡慕。刘跃军参加了很多城市的马拉松比赛，健康的生活方式不正是快乐的源泉么，这比爱好苦逼的文学要好得多，祝福他。

三年的商洛师专生活，我都是浑浑噩噩的，不知道在这里学到了什么，失去了什么。毕业的时候，我看着有些学生泪流满面，觉得他们有些煽情，现在想来是我太过榆木，不懂得珍惜同学的友谊，也不太了解青春散场的疼痛。

商洛师专已经无迹可寻了，再回到母校，已经找不见熟悉的背影了。我们这些无家可归的孩子，不知道商洛学院还是不是我们的母校。夕阳西下的情人路游走着别人的梦想，而我们的梦想却早已或者正在凋零。

　　这就是我对母校的记忆，算是迟到的作别青春的挥手吧！

你以为张疯子真是疯子吗？

张疯子其实一点都不疯，"张疯子"是大家送给他的外号，一部分得益于他有些故弄玄虚，还有一部分得益于他名字中有个"峰"字，大家就谐音喊他张疯子，其实他的名字叫张雪峰。

张疯子和我大学的时候在一个宿舍，由于面相上显得老一些，平时又显得很严肃的样子，说话腔调有些慢，拿文作武的样子，就显得很有特点了。说他面相比较老，还有一个笑话。

他大学报到比我们迟一些，来的时候我们军训好几天了。记得他来的那天，我们正在军训，他来报到，我们班长问他，你是送孩子来上学的吧？张疯子脸上就有些红，密密的串脸胡里面露出一些粉红，看上去有些滑稽，场面也有些尴尬，但是张疯子还是扭捏地说自己是来报到的。大家听了，哄堂大笑起来，这时候尴尬的换成了班长。这是张疯子的第一次亮相。

后来，张疯子就和我一个宿舍了。记得宿舍洛南的同学比较多，刘跃军、李书政、苏军山和他就是四个人了，丹凤两个是陈建红和张参军，其余就是山阳吴克来一个和镇安我一个，也算是一个大家庭了。

张疯子基本上算是一个性情中人，由于说话比较慢，经常成为大家开玩笑的对象。那时候镇安"诈金花"游戏搞得很火，洛南人却不知道这种游戏，我就免费成为培训老师，教他们"诈金花"，张疯子学会以后入了迷，没事就想来两把。

有一次张疯子和其他宿舍的韩鹏正搞得欢腾，被学校保卫科外号叫"钢锭"的抓了个正着。我看着他们两个被提溜出去，半小时后蔫蔫地回来。后来他才给我说，两条烟搞定了"钢锭"。这事，后来成为我们同学取笑他的把柄。我们嬉笑说这事，他绯红了脸说，不就是两条烟么，你们也不是没有被抓过。这事搞得刘跃军就不好说，因为他也被抓过。

说起"诈金花"，张疯子的故事还有续文。张疯子毕业后，好像没有教书，直接改行去了广电单位，那时候大家都没有电话，所以联系比较少，只是听说。后来张疯子就下海弄起了医药，我们同学说，这家伙卖药，不知道能不能有药治好他的疯病。这当然是玩笑，还是说"诈金花"吧。

去年的时候，张疯子来镇安，他和韦国权关系比较铁，国权打电话喊我上去陪他，正好还有数学系的汤正平，老同学见面喝酒是必须的。当然还要打扑克牌。张疯子可能这几年忙生意手生，汤正平和他玩他就吃了大亏，噘嘴笨舌的他咋可能弄得过外号"汤片子"的正平老师啊。人家拿着一大把牌，说是什么震荡玩法，一下子把他喝了个够呛。接下来他又接我的"霸王金花"，牌不行，他咬死不喝，结果可想而知，几十盅子酒下肚，他最后被我和国权架到酒店，然后我满大街给他买葡萄糖醒酒呢。

这事后来传到洛南，洛南同学大哗，说是张疯子丢了洛南同学的脸，让镇安同学整得酩酊大醉，并扬言要替他"复仇"。害得张疯子在同学群里好久不敢说话，我都替他难过。这件事成了他永久的疼，"霸王金花"也成为洛南同学的噩梦。我说了，我真替张疯子冤枉，他是被韦国权招待的热情陶醉了，并不是我把他整醉的，但是洛南同学都不信，我也没有办法。

昨天张参军发了自己闺女的军训照，说是让我们投票。看着参军"小棉袄"的照片，真替参军高兴，一转眼我们的下一代都上大学了，真是时光如梭啊。我开玩笑说要和他拉亲家，张疯子一看有酒喝，就露头说话，结果大家一家伙就把"霸王金花"抬出来说事，吓得他又缩回去了。最后成了我和张参军约战"霸王金花"，我开玩笑说，"霸王金花"即将成为丹凤人的噩梦。

玩笑归玩笑，说真的我还真有些想念张疯子和张参军的。他们的耿直在现在这个年龄看来，是多么难能可贵啊。有机会去丹凤和洛南一定要见见他们，至于"霸王金花"就免了，拿他们拿手的来对付我，让他们也出一口气。当然，我更欢迎他们来镇安游玩，一定让他们喝好，但是不能喝醉。

快三十年了，我的同学，你们都好吗？我在这里向你们问一声好吧。

刘跃军和他那块叫"商殃"的奖牌

刘跃军是我的大学同学，我们曾经在一个宿舍里面待了三年，也一起为大学里面的丹江文学社努力服务过，一起编辑印刷社刊《星星草》，那是一段快乐的日子，虽然短暂却很难忘怀。毕业后我们就各奔东西，我回到了镇安，待在乡下的一所中学里面，他回到了洛南一所中学，据说是家门口的永丰中学教物理。

永丰我是知道的，因为大学期间，我曾经和化学系的一位朋友去洛南石坡玩过一次，那位同学又带我去了永丰刘跃军家，从他家又去了洛南县城一位蔺姓同学家里玩了半天。这是我对洛南的第一次印象，感觉有些乱乱的，民风和民俗与我们陕南镇安相差很大，但是很快也就过去了，至于经历了什么都忘得一干二净了，记忆中也就是有这么一回事罢了。

随着时间的推移，洛南的同学都有些记不起来的时候，刘跃军却再次闯入我的视线。他放弃了那时候爱写一些文章的爱好，居然爱上了跑马拉松。在朋友圈和微信群，经常看见他参加很多城市的马拉松比赛，人看上去也比以前结实多了。

我开玩笑说，马拉松这个爱好很高大上，实在比爱好文学要好得多。他好像默认了一样，没说啥，搞得一直爱好文学的我郁闷了好久，因为我说这话是想让他表扬我一直坚持爱好文学，不忘初心呢，没想到他没领会到我的意思，这让我多少有些失落。好在也不是啥大不了的事情，我就原谅了他。

几年前，我心血来潮，约了毛亮去天竺山，顺道去洛南玩，走之前就给他打电话说要过去，他便早早在县城路边等我。我一下车，便看见原来弱不禁风的他变得胖了，便说你怎么和我一样成胖子了，然后无非是谈谈现在的工作情况，还有妻子、儿女等。后来，他和妻子陪同我去谢弯水库玩了半天，又让刘亚丽同学和我们去了农家乐。酒自然少不了，可惜他们都不喝酒，刘跃军喝一点就不行了，实在是陪不住我，让我有些扫兴，没喝好，但是又不敢说。不像张疯子过镇安来，我一副扑克牌来个"霸王金花"直接弄得他张胡子认不得李胡子的，后来发誓说不来镇安了，来了也不喝酒。一时让洛南的同学传为美谈，说是他在镇安丢了洛南同学的脸。我其实是替他喊冤的，不是他丢脸了，其实是镇安人的热情让他陶醉了啊。

再后来张疯子有些"报仇"的意思，约我去洛南，要在主场复仇。由于人到中年，事情多，一直就没给他这个机会。不过我会时刻提醒他把这个账记下，迟早我要在洛南客场大战他的。

刘跃军跑了很多场马拉松，我有一次说，你把你跑马拉松的体会和故事写一点文章出来。其实我是想再次拉他"下水"，勾起他爱好文学的那一点记忆，他好像也写了一点，我看了看，大不如从前，也许跑马拉松让他不擅长弄文字了。我在羡慕他能奔跑的同时又为这个有一些遗憾，好在世间的事情哪有十全十美的，有舍才有得。

这次商洛市举办国际马拉松比赛，他报名参加了全马，比赛结束后在微信群晒自己的成绩，我真替他高兴。没料到高兴了个半截子，人家完赛奖牌上的"商洛"成了"商殃"，真是让"秦岭最美是商洛"一下子在国际上出了名。我倒不关心什么"商鞅"遭了"殃"，我只是为我的同学刘跃军汗流浃背得跑了一个"遭殃"的马拉松而遗憾。

据说人家组委会说重新换发奖牌呢。我不知道刘跃军想不想换发，不换吧，总觉得这是个假的，换发了总觉得缺少点什么。我看如果大家都换了，建议他还是不要换，说不定若干年后拿出来拍卖还能卖个好价钱，就好像错版的人民币。

不管是爱好文学的刘跃军，还是爱好马拉松的刘跃军，他都是我的同学，这样热爱生活的同学，值得我一辈子拥有，我为有这样的同学感到骄傲。唯一提醒的是我下次去洛南，这酒可要让我喝好啊。当然，我也一定要亲手摸一摸他那块"遭殃"的奖牌。

忽然想起栀子花

忽然，就想起一盆栀子花来。

洁白的花盆，一朵栀子花安安静静地开在枝头，有微微的暗香飘过来。黄色的花蕊像米粒一样安详地待在洁白的花瓣中央，叶子肆无忌惮地青翠着，一点也不害怕自己抢了栀子花的风头。

三年前，我带过的毕业班，有一个叫韦娣的女孩子，在毕业离校的时候，将自己在宿舍精心养的一盆栀子花捧到我的面前，说是要送给我留作纪念。我很感动，她走的时候，一再提醒我要记得浇水，还有，这个花容易生虫子，要注意定期给它逮虫子。我能感觉她对这盆花的感情，送给我，有她的情意，但是也有她的不舍。可惜我忘记告诉她或者我不忍心告诉她，其实，我向来是个懒散的人，于养花这样的细致活，是无缘的，将花送给我，也许是花的不幸。

等她走后，我看着这盆水灵灵的鲜花，想起和这个女孩子一起拼搏的高三的那些寒来暑往的日子，眼里有些朦胧。

我捧起这盆花，仿佛捧着一句嘱托一样。

这盆花在接下来的一段日子里，很有些骄傲地开在我的阳台上。没事的时候，我看着洁白的花、绿绿的叶子，想起我带过的那些学生，各种各样的都有，说实在的，有我喜欢的，也有我讨厌的，当然，也有喜欢我的，也有讨厌我的，这期间纠缠着普通的师生情感，实在是五味俱全。

实在话，作为老师，面对学生，说是公平对待，我不知道别的老师是不是做到了，反正我没做到，也许我的心胸还不够宽广，我的包容心还不够。

回想起那些事情,真的想对那些我带过的学生说一声"对不起",我终究是个普通的老师,有自己的好恶,希望同学们能够原谅我作为老师做错的一切。这些也许会为我今后的教学打开一扇别样的窗子,让我看见更广阔的天地。

栀子花依然开在我的阳台上,我的生活忽然就有些诗意的感觉,是小小的栀子花带给我的一份快乐和感动,还有一些反思。我想起我上大学的时候,有一位文友在校刊发表的一篇文章,叫《栀子花开》,写得浪漫而多情。二十年后,我没想到,在我带的学生中,会有一位学生送我这么诗意的一盆栀子花,真让人感慨世事的多变和不可预知了,生活总是在不经意的时候,给我们带来一些意外的惊喜。

我终究不是一个养花的人,这盆花在一个暑假过后,就在不知不觉中死去了。面对枯枝,我有时候想不起来它是不是曾经活在我的阳台上过,有些梦一样的感觉。好在我是个随意随缘的人,有些伤感,也就是一会儿的事情。

前段时间,忽然接到一个电话,是韦娣打来的,她问起那盆栀子花,我很不好意思地告诉她,已经被我养死了,很是对不起她。结果她说,没事老师,有机会的话,我再送你一盆。

我忽然就想起一盆栀子花来,淡淡地素净地开在我的阳台。

十几年前的一只燕子

最近，我忽然想起我以前在二中带过的一位学生。不知道这位学生现在怎么样了，我想，也许她的孩子都到了该上学的年龄了吧。人生啊，谁又能说得清呢。

我陷入了回忆之中——

那是一次课间，微信上忽然收到一位学生的消息，只是一个微笑的表情，正如这个学生以往低调的样子。我就有些奇怪，正是上自习的时候，这个听话的学生咋能玩手机？我便问你咋不上自习呢？她回答，老师，我在江苏。

我一惊，才想起好几天上课都不见这个学生了。

学业水平考试结束，很多学生因为可以拿到高中毕业证而离开了学校，只等这一届学生毕业的时候来领取毕业证，但是我还真没想到这个学生也会是这样的，因为我觉得这个学生应该是上大学的料子。

这个学生叫燕子，燕子名字叫赵炎，"燕子"是我对她的爱称。写到这，你知道赵炎是个女孩子了吧，看名字，还真不知道她是个女孩子。

高一的第一学期后半学期，学校调整班主任，一些学生重新分班，这个女孩子就分在了我的班上。普通而安静的样子，第一感觉是朴素，像一只躲在草丛里面向外窥望的小狐狸，说的是眼睛。又像一只担惊受怕的小白兔，说的是心理。因此，她在我心里也不是很在意的一个学生，因为普通中学这样的学生太多了。

第一次期中考试，这个女孩子一下子成为班级第一名，年级前八十来名。我才特意关注起这个学生来。

有一次，因为贫困补助的事情，我看她填写的家庭情况比较特殊，我把她叫到办公室，她才给我说，她到现在还不知道自己的身世。我很吃惊，因为她现在生活的家庭监护人应该是养父母。她说养父母对自己很不错，但是自己总觉得缺少什么。这一点，我是相信的，因为我和她养父通电话的时候，她的养父也直言不讳地谈到这一点，说明在这个家庭，她的身世不是什么秘密了，这点也说明他们家庭对这个女孩子也是很看重的，不然，养父母也不会让她上高中呢。

高一的时候，我把她的座位换到中间靠前的位置，没想到她却跑来说要求坐在教室的角落。我没问为什么，在我的猜想中，我们学校是普通中学，而我带的班级也是普通班，班级里面真正学习的学生不是很多，那么想学习的受到的干扰特别多，她愿意坐在角落，可能是害怕打扰吧，我就同意了。

记得后来，我还把她喊到办公室和她谈如何与同学交往的事情，她没说什么，低着头答应着，但是，这种不愿意过多与同学交往的个性一直都没得到改善。高二分班了，她分在别的班级，我当时还有一种失落感，好在我还给她带着物理，也就是从这时候起，我才称呼她"燕子"的。我对我不当班主任的班级的学生是轻松的，尽量以一种平易近人的态度对他们，因为我只在意课堂上的和谐，而不必全天候地担心。她按文科成绩应该分在重点班的，她却报了理科，而我一直以为她准备学文科。因为高一的时候我带的物理，她学起来确实很吃力，成绩都不是很好，甚至是很差，而文科成绩却遥遥领先，真没想到她选择了理科。

我现在很后悔当初分科的时候我没有给她参谋一下。如果她学文科的话，也许她现在正信心十足地冲刺大学呢。

高二分科后，我也一直关心她的学习，上课的时候，她的目光是专注而茫然的，这并不矛盾。但是因学科特点，我对这样的学生只能叹息，而改变这种状态却无能为力，因为理科的学习真得靠一种悟性，而不是记忆。尤其是物理，很多学生上课听一下就会了，下来疯玩也能得高分，而有些同学整天埋头书本却还是不会。对于这样的学生，我常劝他们，与其这样，还不如玩一玩，放松一下自己，说不定一下子就学会了。我所说的"玩一玩"，当然不是没意识地玩，而是一种思考，以另一种思考来缓解学习上的思考的焦虑，而不是没心没肺的那种，至于学生能不能理解，我就不得而知了。

学业水平考试结束了，燕子悄无声息地划过校园，远远地飞到了江苏。今天她就要上班了，在那条无情的流水线上消磨自己的青春，我看着她视频里的图像，一副活泼愉快的样子，心里默默地祝福着这个曾经的学生。无论你面对什么，我希望你都能坚强，愉快幸福。

十几年弹指一挥，物是人非。

祝福你，我的燕子，赵炎同学。

刘俊，幸福会来敲你的门

"如果你连自己是聋子都不敢直面，那就说明你还不接受自己，更不够喜欢自己。"刘俊在微信上这样对我说。我忽然就信了，说："有时间我会写写你，我的学生刘俊。"

刘俊是我的学生。高二分班前，我是不认识这个学生的。分班后，刚好我给他们班代课。也许是工作时间长了，或者是一些其他因素，我现在代课基本上和学生交流得不是很多，也没有刻意地去记学生的名字，都是上课的时候进教室，下课铃一响就出教室。之所以这样，是因为现在的孩子和我们20世纪70年代出生的老师几乎是两个世界的人物。和他们说话，我能感觉到他们满口的不耐烦和厌恶，有时候我想，也许他们厌恶的不是我这个人，而是我的职业，但这也许又是错觉。总之，我们的交流断掉了，他们喜欢和手机交流，那就由他们去吧。

课堂上的了无生气让我特别煎熬，直到刘俊这个学生的出现。我都忘记那是一个什么契机，课堂上，她有些奇特的说话声音引起了我对她的注意。她的笑是那样灿烂，好像迎着太阳的向日葵。我细心地发现，她的耳朵后面戴着助听器，但是我不好意思过多地注意，就笑笑说："这个女娃听课还认真，我很喜欢。"

其实，我就是说一说，说过我也就忘记了，但是她记住了。

国庆放假的时候，她发来微信祝我节日快乐，说："老师，你说过的一句话我到现在都记着。"我一头雾水，说："我说的啥？"她说："你说我上课听课认真，你喜欢我这样的学生呀。"我才依稀记得那次在课堂上对她的表扬。

后来，她在课间不断地来询问我一些问题，都是那种开朗大方的样子，我们就慢慢熟悉起来。她告诉我，每次放假，她会在家里自己买菜做饭，把自己的生活安排得井井有条。学习上她的天赋不是很高，但是她有一股特别的钻劲，我相信只要一步一步地走好，学习一定会为她打开一扇幸福的大门。

她有一次忽然问我："老师你知不知道我是个聋子？"我忽然就不知道怎么回答她。她说初中的时候，有些学生欺负她听力障碍，喊她"聋子"，她特别委屈和生气。后来慢慢地认识到，拿别人的缺陷嘲笑别人那是别人的错误，自己何必生气，再说他们说的也是事实，自己有什么不能接受的呢？我回答她："你其实真不必在乎，比起心灵上的残疾，身体上的缺陷又算得了什么。而你恰恰是一个心里充满阳光的学生，这比啥都难能可贵。"

我能感觉她在手机的那一边开心地笑了。

目前，刘俊的学习成绩在班级算是个中游。我私下也和她的班主任毛老师谈起过她。毛老师说他也很喜欢这个阳光朴素的学生，由于听力问题，毛老师特意把她安排在第一排，作为刘俊，能遇见毛老师这样的班主任真是她的幸福，我要祝福她。

刘俊无疑也是喜欢自己的，她用平静的心灵接受大自然所赋予的一切。当上帝关闭了她听力大门的时候，又为她打开了一扇心灵阳光的大门。有时候，接受自己的一切，哪怕别人看起来是缺点的一切，也许缺点也会变成优点的，这一点，我在刘俊身上看得很清楚。

我也要感谢刘俊，在我枯燥的教学生活中，能有这样一位阳光的学生，照亮我的道路，让我有勇气继续前行。

祝福你，刘俊。

我的学生会唱歌

张小毛不读书了。

张小毛是我的学生,一个不错的学生,和我一起走过初中的两年半时间,在初中毕业的前夕忽然就不读书了,走的时候连招呼也没有给我打一个。等我上课时候看着他空空的座位询问同学时,他已经坐上回家的班车了。我才想起前几天张小毛老在我办公室外徘徊的身影,一种孤独和无助的感觉忽然爬上心头。

张小毛的辍学对于我来说,总觉得有一种深深的内疚。

张小毛是个不错的小伙子,人长得很英俊的,就是学习不怎么上心,老是在班级的后几名。找他谈过几次话效果却不大,我在心里就有些放弃他的意思,因此管理上和言语上对他就有些冷漠了。可是张小毛的歌唱得不错,也爱唱歌。记得有一次,他好像给我说他以后要考个艺术班什么的。由于初中升学不在乎艺术成绩,教师的评比也没有培养艺术人才的考核项目,我对他的这个理想就没有发表什么意见,在他看来也就是不冷不热的样子。现在想来,也许他为这伤心了。

孩子的理想有时候真的需要大人去呵护,我却没有尽到一个老师的责任。

后来,张小毛在班级里越来越不爱说话了,有时候一个人坐在座位上就是半天,没有人去搭理他,他也不主动搭理别人,日子就这样过去了。忽然,张小毛不读书了,我才想起班上还有个张小毛。

我决定礼拜天去看看这个孩子。

张小毛老远看见我就跑过来了，说："老师，你来了。"

我说："小毛，我来看看你。"

张小毛就有些忸怩的样子，红着脸让我进屋。我环顾了一下张小毛的家，不是那种经济条件优越的家庭，可以用贫穷来形容。一个小山沟里的穷人的孩子。

张小毛的爹躺在床上，张小毛说："爹，老师来看我了。"

看见这个苍老得和年龄不太相称的男人挣扎着起身的样子，我赶快过去说："不用起来。"

老人就流泪了。

"我这个该死的东西拖累了孩子，小毛妈去得早，前几年我在山西挖煤还能赚几个钱，这次出事了，这腿就算没有了，小毛苦呀！"老人捶打着炕沿激动地说。

老人泣不成声，张小毛说："爹，你说这些干什么，我已经长大了，能养活你了。"

我本来是让张小毛复读的，可是见这个样子，我就什么也没有说，拿出几百元钱对张小毛说："你走了，我们班同学挺想念你的，他们让我给你买一些东西，可是我走得急，就没有买什么，你看你爹需要什么就买点什么吧。"

张小毛推辞了半天，就忽然落泪了。我说："张小毛，你别哭，一切都会好起来的。"

张小毛说："老师，还记得我爱唱歌吗？"

我说："记得。"

张小毛说："那我为你唱首歌吧。"

张小毛唱的是郑智化的《水手》，一首我熟悉的老歌。唱得投入的张小毛让我感动，也有一丝悲凉。

我第一次认真地听一个学生为我唱一首歌，歌声中，我想："以后，我一定要认真地听我所教过的和正在教的学生唱每一首歌。"

这是我的一个叫张小毛的学生教会我的。

你知道黄浦江的水有多冷

黄浦江是一条我没去过的江。

人生其实有时候很奇怪，黄浦江是那样的有名，而我却没去过。我没去过的地方很多，而唯独黄浦江，我虽然没去过，但是却让我陷入一种深深的内疚，每一次梦中醒来的时候，我都感觉这样一江水，冰冷地划过我的肌肤，让我对一个我不认识的学生表达一种无法说出的歉意。

一年过去了，我还记得高一开学的时候，迎来了一批新生，而这些新进入二中的学生中，有一个叫黄蓉的将成为我的学生，而正是她，让我和黄浦江这个我没去过的地方产生了联系。

黄蓉是一个学习成绩很普通的女孩子，但是她的大方与随性，很快地让我在课堂上认识了她。第一次看见点名册上她的名字，我笑着问学生："我们班有郭靖吗？"结果所有的学生一起回头看着一个女孩子哄堂大笑，这个女孩子一下子羞红了脸。我说："你叫黄蓉？"她害羞地点点头。

这个和金庸武侠小说《射雕英雄传》里精灵古怪的黄蓉同名的女孩子在接下来的日子也显示出了她的精灵古怪。在物理学习上，黄蓉无疑是努力的，但是学习成绩却很一般，我作为一名高中物理老师也很无奈。很多学生凭借自己的聪明，在物理学习上一点就通而无需付出表面上的努力，而又有一大部分学生，却无论如何努力，在物理这门课程上却不得其门。黄蓉无疑是后者。

但是这并不妨碍她和我比较亲密的师生关系。每当一节课讲完，有剩余时间，她就会和我谈一些我喜欢的事情。谈谈钓鱼、文学、摄影等彼此感兴趣的事情，我想："这个学生竟然也喜欢这些看起来和她有些遥远的事情呢。"

有一次，学校要举行文艺汇演，她们班出一个节目。她找到我借用电脑，说下载一个视频以便照着排练节目，我就让她在我的电脑上自己下载，刚好我的QQ挂在电脑上，她可能顺手加了我为好友，这是我后来才知道的。

日子就在不知不觉间溜走了。有一次晚自习结束，我回到家里刚躺在床上，手机提示音就响起来，我一看，是她发来的信息。她说："老师，在网上寻人有什么比QQ空间发消息让网友转发更快捷的方法吗？"我说："这个我还不知道，你忽然问这个干啥？你要寻谁？"我脑子中是一连串的疑问。

黄蓉说，她要寻的是她的同学，在上海黄浦江附近和家里人吵架离家出走了。

我有些不信，说："你的同学怎么能跑到上海去了？"

她说，她的初中毕业就辍学了，父母都在上海打工，所以跟了过去。和父母也没有什么矛盾，就是在上海认识了一个网友，两人确定了恋爱关系，不知道什么原因，忽然就失恋了，父母批评了他几句，他在QQ空间留言，是很不好的那种，家人都在焦急地寻找。所以同学们看见了都很着急，苦于上海距离陕西太远，所以只能在QQ留言劝他，但是一直不见回复。

我根据以往的经验说："不要操心吧，一定是小孩子一时想不开，离家出走，自己转一会儿，想通了就会自己回来的，再说你在这么远的地方，操心也是白操心，不会有事的。"

黄蓉说自己还是很担心，我说没事的，她好长时间没有再发消息过来，我就关机睡觉了。

第二天一大早，我和往常一样上班。当走进教室的时候，我看见几个同学眼睛都红红的，尤其是黄蓉。我说："黄蓉，是不是昨晚没休息好？"她一下子眼泪流下来，说："昨天说的那位同学跳了黄浦江，尸体已经打捞上来了。"

我忽然觉得自己好像被掏空了一样，失去了所有的应变，脑子一片空白。

这孩子、这孩子……

一条我不认识的年轻生命在遥远的异乡走到了尽头，而这多多少少和我有一些责任，我陷入深深的内疚之中。

黄蓉在接下来的日子里好久都不太说话了，而我每次见到她，都为我当初在她极力寻人救人的时候所表现出来的冷漠感觉内疚。

再后来，黄蓉忽然就不来上学了，我望着她空出来的座位好几次都没回过神来。

有一次，她忽然在QQ里给我留言说："老师，我不上学了。"我问她："为啥？"她说："情感问题，老师你就不要多问。"以前遇见学生说这些，我都是笑一笑，想小孩子过家家，何必认真，这次，我却没有笑出来……

再后来，她偶尔在我的QQ空间点点赞，留点言，我就再也没有见过这个精灵古怪的名字叫黄蓉的姑娘了。

李老师的烤红薯摊儿

下班时间,李老师竟然在校门口卖烤红薯了。

这样的新闻不到十几分钟就传遍了整个校园,一大帮学生都拥到学校门口,都想看看那位平时站在讲台上既严厉又慈祥的李老师卖起烤红薯又会是什么样子。

李老师的烤红薯炉子放在学校校门口划定的安全线之外。她不像其他摊贩,不管学校划定的安全界限,总是抢着把自己的摊子挤在学校门口通道上,让本来上下学就拥挤的道路更加拥挤,门房的保安劝了几次根本没有效果。李老师的烤红薯炉子不这样,她甚至有意远远地放着。

有几个李老师的学生绕过几个摊子跑到李老师的烤红薯炉子前,特意要买李老师的烤红薯。李老师笑着说,你们也来照顾老师的生意啊。几个学生不好意思地笑了。

李老师在学校是教学骨干,教两个班的语文和担任班主任工作,爱人在县医院上班,家里只有一个上中学的女儿,虽说不上是大富大贵之家,但是日子也是过得风生水起的。她教学上兢兢业业,每年都是学校的模范教师、优秀班主任,女儿学习也非常优秀,按理说李老师怎么能缺几个卖烤红薯的钱呢?这让很多老师不理解,就是李老师的学生也觉得不可思议。

有几个李老师班上的学生,当然也是李老师的粉丝,挤在李老师的烤红薯炉子前,叽叽喳喳地问李老师,李老师只是笑而不答。就像她上课一样,将一个个洗得干干净净的红薯放在炉子里面,细心地看着被炉火映得红红的红薯,满脸的微笑,就像课堂上她看学生的眼神,慈祥而安静。

一连好多天，李老师一下班就守在自己的烤红薯摊子前，把烤红薯生意做得风生水起。很多老师也由疑问转而司空见惯了，虽然都觉得这简直太不可思议了。

　　李老师带的班级里面有个学生叫王小宝。王小宝学习很刻苦，一天到晚就看见他待在教室里面，很少出去玩，看人的眼神都有些畏畏缩缩的感觉，但是仔细看你就能看见他的眼神之中有一股倔强和坚毅，但是他把这深深地掩藏起来，很难发现。

　　学校开展教育扶贫大家访，王小宝就是李老师帮扶的对象。记得那次家访，李老师陪着王小宝走了很长一段山路，才到王小宝的家。李老师就问王小宝，移民搬迁政策他们家咋没享受。王小宝说家里只有自己和妈妈两个人，早些年爸爸还在的时候，日子还有个盼头，不料大前年爸爸得病没多久就去了，丢下自己和妈妈相依为命。虽说移民搬迁国家有补助，但是自己也要出一部分，像他这样的家庭自己出的那部分虽说不多，但也是天文数字了，所以全村人都搬走了，就剩下他一家还在不通车的山上。每次上学走了，山上就剩下妈妈一个人，说实在的自己都有些不放心，好几次说不上学了，但是看着妈妈期盼的眼神，这话也实在是说不出口。

　　走访中李老师和王小宝的妈妈谈了很久，也很无奈。这孤儿寡母的也真需要人来帮扶一把，但是怎样帮扶呢，李老师的眉头不禁皱了起来。

　　回到学校，李老师就没安生过，老为王小宝的事情揪心。李老师想："怎样才能让王小宝母子在一起并解决生活来源问题呢？"

　　有一次放学，李老师忽然紧锁的眉头舒展开来了。第二天，李老师就利用下班时间卖起了烤红薯，于是就有了本文开头的那一幕。

　　没过多久，李老师的烤红薯炉子前就换成了王小宝的妈妈。王小宝也开朗起来了，一放学就跑到妈妈的烤红薯炉子前忙前忙后，王小宝的同学没事的时候，也过来帮王小宝的妈妈打理打理。

　　李老师再路过烤红薯炉子的时候，心里也有了在教学上从来没有过的成就感……

李老师的烤红薯摊儿

李玉萌，我要给你一个元旦节

"不就是放个元旦假，有什么值得这样高兴的。"

当班主任在教室宣布元旦放假的时候，李玉萌正百无聊赖地玩着自己的手指甲，嘴里咕咕哝哝地叨咕着，好像对于放假这样的事情，于他来说是可有可无的。

李玉萌从很远的地方来这所学校上学，在我的记忆中，他几乎每次放假都没有和其他同学一样回去过，这对于一个十几岁的高中学生来说，有些不正常。

刚刚离开温暖的家，来到这么远的城里求学，难得的假期是很多学生扳着指头算来的，李玉萌却毫不在意。

记得开学的时候，班主任为了班级纪律，将学生的手机收起来统一管理，每到周末再发给学生，这个李玉萌就是不上缴自己的手机。

班主任很生气，但是李玉萌就是不上缴，搞得班主任班级工作很被动。

李玉萌说："要我上缴手机，那我宁愿不上学。"

我看班主任下不来台，就对班主任说："这个孩子只要保证上课不玩手机，可以让他不上缴，你看行不？"

班主任就说："那就这样先观察一段时间吧，如果上课玩手机，那李玉萌的手机就不是上缴不上缴的问题，而是没收了喊家长来谈话。"

李玉萌感激地看着我，含着眼泪说自己保证上课不玩手机。

这样，我就认识了李玉萌。

印象中李玉萌是个倔强的男孩子，眼睛大大的，看上去有些玩世不恭的样子，好在听班主任说，李玉萌学习上还是很懂事的。我在上课的时候，就对他多了一分注意。

后来交往得多了，李玉萌对我还是抱有一丝信任。但这信任也只是一丝，里面警觉的成分还是很多，是那种一旦有风吹草动，就远远地逃离的那种。我能感觉到他内心的柔弱和无助。他对我的信任也只是建立在班主任收手机的时候，我帮他说了一句话。于我来说，这其实是帮助班主任的。但是在他看来，这对他也是很大的理解。

李玉萌放假都不回家，我很好奇的。因为开学的时候我见过他的爸爸妈妈，很朴实的一对农村夫妻，把李玉萌送到这所城区的学校，他们脸上都挂着骄傲和希望，他们对李玉萌的爱都写在脸上。

有一次，我问李玉萌的同学为什么李玉萌每次放假都住校？他的同学说："老师你不知道吧，李玉萌放假即使回家，家里也是他一个人。他的父母常年都在西安打工，每年过春节能不能回来都说不清，那还不如待在学校，还能和同学聊天。"

正是长期一个人待在家里，所以李玉萌很早就学会了自己做饭，李玉萌的同学说去年野炊的时候，大家都喜欢李玉萌做的菜呢。

我忽然有点心疼，是那种发自内心的一点点爬上来的那种。我也忽然知道李玉萌为什么那样坚决不上缴手机，手机是他和父母联系的唯一通道呀。这个孤独的孩子，他原来一直在掩藏着自己那份骄傲的坚强。

我忽然决定，这个元旦，我要亲手包一回饺子，团团圆圆的饺子，和李玉萌一起，还有我的儿子以及妻子。

我还要听一听，这个元旦，李玉萌的爸爸妈妈会给他打来怎样的电话，那一定是一件温馨而感人的事情……

来办公室接开水的学生

我打开电脑，想写点文字，但文字就像一颗颗星星一样在我眼前飞舞，咋也不能排成一句完整的文字。

李晓雨请假了。没有到校，电话也不能打通，礼拜五走的时候，只是觉得他很匆忙，礼拜日的下午该到校了，却迟迟不见。

等到快要上自习了，和李晓雨同村的同学终于带来了李晓雨的消息，李晓雨他爸出事了，我忽然就担心起来。

李晓雨的家离学校很远的，所以李晓雨一直住校，每两个礼拜回家一次，带来两周简单的生活用品。我第一次记得李晓雨好像是一个下午，放学了，我由于有点事，还在办公室，门口就传来一声小得像蚊子声音的"报告"。我想："都放学啦，哪个学生会到办公室来？"回头就看见李晓雨畏畏缩缩地进来了。

李晓雨说："老师，我来接点开水好吗？"我说："你自己去饮水机接吧。"他便安静地接了一杯水说声"谢谢"就走啦。我看着他的背影，很奇怪这个学生这个时候会来办公室接水。

因为我们学校每个教室都安装了自动饮水机，学生只要去充值的地方买一张水卡，就可以在教室方便地喝上开水了。这个学生是不是生活上有什么问题？我便偷偷跟着他走到教室，透过窗户，看见李晓雨正就着白开水吃冷馒头。

我偷偷地离开了，心里就暗暗地记住了这个学生。

我知道我的学生很多来自偏远的山区，有一些家庭困难的学生。至于每位学生困难到什么程度，由于学生比较多，作为老师，我也没能力去了解得很详细，除非有学生主动来和我谈家庭的困难，但李晓雨却从来没有和我说过。

李晓雨的学习很一般的，是那种不能说差但也绝不能说好的那种，说穿了，就是在班上最容易被老师遗忘的那种学生。

后来，我通过侧面打听了一下，同学们说李晓雨每天早点都没有吃过，只能中午的时候一杯白开水就着家里带来的冷馒头，晚饭的时候也是有一顿没一顿的。我的眼睛就有些潮湿，急忙背过身，假装思考问题的样子。

此后，我对李晓雨慢慢关注起来。有一次，我把李晓雨喊到办公室，问问李晓雨的学习情况，然后说："李晓雨，你爸给你捎了两百元钱，说看你缺点啥就自己买点。"我看见李晓雨眼里有些迟疑的样子，但是他还是接过了这两百元钱。走的时候我说："晓雨，有啥困难的话可以来找我。"他点点头，我看见他眼角好像亮亮的。

李晓雨的学习有一些起色，我暗暗高兴。有一次，我批改作业，李晓雨的作业中却夹着一张纸条。李晓雨说："老师，我知道您对我的帮助，其实我爸爸是不会给我捎钱的，不是他不爱我，而是我知道我的家庭情况。但是老师您那样说，我却不能不接您的钱，我不知道为什么，但是我却想不到拒绝的办法和理由，但是老师您让我感到了作为贫困学生的尊严，谢谢您维护了我一颗柔弱的心。"我才知道，作为李晓雨，他的自尊心是多么的强烈。最后，李晓雨说虽然自己天分不是很好，但是只要自己努力，明天的自己一定会超过今天的自己。

我想："李晓雨说的是对的。"

没想到，李晓雨家还是出事了。礼拜五放假的时候，李晓雨的爸爸想着李晓雨要回家，有些心疼儿子步行几个小时的路，就骑了摩托车来接他，谁知道，半路上出了车祸，李晓雨的爸爸当时就没了。

李晓雨看见自己的爸爸的时候，他的有些疯病的妈妈正围着他爸爸的尸体傻笑。我听李晓雨同村的同学捎来的消息，忽然就心疼起来，想起那个畏畏缩缩来办公室接开水的李晓雨，有些想抱抱他的感觉。我下意识地做了个搂抱的动作，感觉心里空落落的，却什么也没有。

　　我想："明天去看看李晓雨吧，我今天晚上要好好想一想，我见到李晓雨，对他说些什么？他继续读书的可能性就目前情况来看，是有些渺茫，那么，我有没有必要劝他继续读书？不读书的李晓雨又能干些什么？"

　　这个晚上，我有些失眠……

赵小可，我陪你隔着栅栏看外面

"越来越不听话啦，越来越不听话啦，赵小可这样的学生怎么说变就变啦。"

早上第一节课刚刚上完，一贯被学生称为"妈妈老师"的张老师一边走回办公室，一边嘴里不住地念叨，脸上还有一些愤愤的感觉。

赵小可是高一（1）班的学生，这在学校里面可以说没有人不知道，除非你不是我们这所学校的老师和学生。因为橱窗里挂着他的照片。每次颁奖典礼第一个上去领奖的学生就是赵小可。他的优秀有时候不仅仅表现在学习上，课余时间，他的文艺才能也是顶呱呱的。赵小可简直好得让人嫉妒不起来。可以说在老师的心目中，赵小可是一个各方面都很突出的学生。

那么，是什么让他的班主任——"妈妈老师"张老师这么生气呢？

赵小可来自很偏远的农村，家里居住条件很是不好，同村的人都借助移民搬迁的政策搬到条件好的河道居住了，但是赵小可的家还孤零零地立在一个大山的山窝里面。

赵小可的妈妈有些疯病，不知道啥时候就发作起来，倒也不会打人，只是嘴里不停地念叨一些谁都听不懂的话。前几年，他的爷爷奶奶相继过世。爷爷奶奶在世的时候，因为看病花光了家里所有积蓄，并且欠了很多外债。家里就只有赵小可的爸爸支撑着。

移民搬迁的时候，村主任说他们家符合政策，国家也有补助，可以到条件好的河道盖楼房居住。虽然国家补助好几万元，但是自己也要出很大一笔钱，这于赵小可的爸爸来说无疑是天文数字。其余村民都搬迁走了，赵小可一家却留了下来。这样，赵小可每次礼拜天放学从城里回来，还要走两个多小时的山路才能到家。

赵小可的爸爸把赵小可送到学校，就出门到陕西铜川的照金煤矿打工去了。由于他的妈妈没人照料，这个男人就带着自己的妻子，犯病的时候也有个照料。"把她一个人丢在家里，谁能忍心和放心呢？"这是赵小可的爸爸说的。

回来说"妈妈老师"张老师。赵小可可是她的骄傲，她知道赵小可的情况，一直对赵小可有一份格外的关照，这与赵小可学习无关，因为张老师对他的学生有爱心在全校都是出了名的，不然一个男老师也不会有"妈妈老师"这样的称谓。

张老师说："赵小可不知道最近咋了，一下课就朝校门口跑，跑到学校大门口也不要求出去，就隔着安全门的栅栏默默地看着，好像在等什么人一样，一连有好几天了。"

学校门房的保安劝了好几次，他说不来了，但是一下课他还是会准时出现。

张老师把他喊来做了一些工作，他当面说得好好的，但是一下课，还是老样子。等到下一节上课铃声响起来，他又会气喘吁吁地跑回来。这种状况很是让人担心。

前段时间，由于天气不好，一连下了好几天的雨。礼拜五，很多家长来接孩子，看着一个个雨伞下面亲密的家长和学生，赵小可站在雨中，脸上不知道是雨水还是泪水。我想肯定是雨水，因为赵小可是一个多么坚强而倔强的孩子。

赵小可趴在学校大门的栅栏上，眼神看上去很空洞，但是能够看出来很有内容。他这几天也有些沉默，沉默得让人担心。

"妈妈老师"张老师一直想知道赵小可这几天为什么这样，但是赵小可就是不说，问急了，他说他就是闷得慌，搞得张老师只是摇头。

我是赵小可的代课老师，对赵小可有些了解，也很郁闷这个学生咋就这样了。我回家把这个情况说给孩子他妈听，孩子他妈说："你这个学生是不是有些想妈妈了？"我一笑，说："赵小可可没你想得那么脆弱。"

吃完饭，我刚想躺一会儿，这是我的习惯，中午不休息一下下午上课就有些晕。这个时候，孩子他妈却在客厅喊我，说："快来快来，你看电视里面说啥。"我赶快跑到客厅，电视里的主持人正一字一句地播报："4月25日8时，陕西省铜川市耀州区照金煤矿发生透水溃泥事故，目前已经确定11人死亡，失踪人员正在搜救之中。"

我忽然就想起了赵小可和赵小可的爸爸……

到校的时候，我将这一消息告诉张老师，张老师忧心忡忡地拍着脑门说："你看我这老师，你看我这老师，失职，严重失职。收拾一下，明天带赵小可去铜川看看，看来他是真的想他的爸爸妈妈……"

我的同学李晓磊

用生命注释生命，本非我愿。

——题记

李晓磊是我的同学，我感觉我都有些忘记他了。

我和李晓磊做同学的时候，我到现在还能记起学校的形体教室总是弥漫着一种暧昧的气息。从形体教室外面走过的时候，李晓磊总是有意无意地透过门缝朝里面望。虽然什么也看不见，但他能感觉一种温度从门缝里探头探脑地挤出来，带着一丝甜甜的味道，让李晓磊有一刻感觉有些恍惚。

李晓磊细心地研究了形体教室那扇似闭非闭的大门，感觉它就像一个多情的女人，虽然遮遮掩掩，但总是在那里发出青春的呼唤，好像春天的鸟叫声从窗户外面挤进来，把有些黑暗的房间唤醒过来。

这个时候，我就得进一步介绍一下李晓磊了。

李晓磊初中毕业，没考上重点高中，其实说没考上重点高中是一个好一点的折中说法。因为李晓磊的成绩连上他现在上的这所普通中学都有些勉强，如果不是李晓磊他爸死乞白赖地好话说了一箩筐，李晓磊这样的学生，估计早流落社会成为闲散劳动力或者社会不安定因素之一了。按有一部分老师的说法，李晓磊也说不定混成成功人士了，当然，如果衡量成功的指标只有金钱的话。

这些话要是在那时候上学的时候说出来，我是有危险的，因为李晓磊是那种用拳头说话的人。我作为他的同学，如果贸然揭了李晓磊的伤疤，我都有些怀疑我在说这些话的当天晚自习结束后能不能安全回家。我曾亲眼看见李晓磊如何挥舞着钢棍打破别人的头，然后扬长而去的。好在李晓磊他爸有的是钱，他爸的教育就是："我的儿子可以欺负别人，但是别人不能欺负我的儿子，有种的就去打，打坏了大不了赔钱。"这些话是李晓磊他爸当着李晓磊的班主任说的，我刚好也被老师喊到办公室谈话听见了。李晓磊他爸说这些话时，胸脯挺得很高，骄傲得像只喝了酒的公鸡。李晓磊的班主任很无幸地看着这个男人，嘴张了张，却啥都没说出来。再后来，李晓磊他爸就走了，留下一办公室的沉默。

李晓磊说自己研究过这所学校，形体教室是自己最关心的，因为那里面有自己的女朋友。我们都知道，形体教室里上课的都是学校里面的文体生，由于是体育表演专业，那么身材、长相不好的谁也不会去凑热闹，能去走这条路的起码对自己的身材、长相是有一定把握和自信的，所以这里集中了学校的美丽故事。而李晓磊居然说里面有自己的女朋友，我觉得他有些吹牛。凭他的德行和学习成绩，我不相信那些经常婀娜多姿地走过校园的女生会倾心他这样一个人，所以很多同学对他的说辞都嗤之以鼻，好在也没人敢当面反驳他，就当他放了一个屁。

其实，后来我发现李晓磊说的不一定不对。因为有一个文体班的很漂亮的女生和李晓磊走得还是比较近的。我好几次看见他们两个人肆无忌惮地亲昵地走在校园里面，也有好几次看见他们在外面一起吃饭和说笑，也有好几个晚自习结束后，他们两个暧昧地走过灯光昏暗的小巷……

李晓磊上课的时候不管不顾地睡觉，就差打鼾了。老师对李晓磊的睡觉好像也没看见，同学们也见怪不怪的，一下课，李晓磊就清醒过来了。清醒过来的李晓磊就跑到形体教室外面张望，李晓磊的日子就在这样的重复下一天一天地过去，感觉暗无天日，又让人期盼柳暗花明。

李晓磊有一批狐朋狗友，基本上和李晓磊是一丘之貉。作为李晓磊的同学，我们远远地看着李晓磊。因为我们都知道李晓磊的家长是个什么样子，连班主任都是无可奈何，更何况我们这些学生。

李晓磊还是出事了。后来我们才知道，整天和李晓磊在一起的那个文体班的学生根本就不是李晓磊的女朋友。李晓磊对外说她是自己的女朋友纯粹是李晓磊的一厢情愿，李晓磊最多算是她的众多追求者之一。

有一段时间，李晓磊看上去有些狂躁，经常自己一个人说："敢抢老子的人，走着瞧。"那时候，我看见李晓磊的眼睛里都是红红的，有些吓人。李晓磊终于约齐了人，说："老子就干最后一架，这一架结束，老子就安心学习，考大学。"李晓磊的那帮朋友都说好。我们也觉得没啥不妥，反正李晓磊经常这样。

记得那是一个周末，夜晚来临前，李晓磊雄赳赳地奔赴约定的地方，一路上都有些"风萧萧兮易水寒，壮士一去兮不复还"的样子，当然这是我听说的，并未亲眼所见，所以不作数，大家可以略去不读的。

双方见面了，没说话。对方只有一个人，看见李晓磊这一帮子，有些慌神，随手从裤兜里掏出一把美工刀。那种非常锋利的闪着寒光的刀片在胡乱挥舞中，划破了李晓磊的脖子……

李晓磊忽然就想起学校形体教室的似闭非闭的大门，里面伸出一只无形的大手，紧紧地卡住了他的喉咙，让他无法呼吸。李晓磊想拼命看清门缝里的情景，但是他的眼前一片黑暗……

后来，我就再也没见过李晓磊了。李晓磊是我的同学，我感觉我都有些忘记他了……

李翠花，我见过你的妈妈

好几天了，李翠花都没来上学啦。我看着她空荡荡的座位，有些黯然，想："好好的一个人，咋说没就没了。"

有时候，我觉得她就坐在座位上，黑白分明的眼睛还在活灵活现地转动呢。但是有时候，我却分明无奈地看着她的背影，一步一步隐入不远的薄雾之中，直到啥也看不见，而我的视线却还被她牵着。

李翠花是我带的一个学生，记忆并不是很深刻，因为我不是她的班主任，加上懒散，记住学生的名字有些困难。开学的时候，一个看上去有些臃肿的中年妇女，牵着一个有些害羞的女孩子来报到。我就记住了李翠花。"这名字很土的"，我想。但说心里话，李翠花在一大堆学生中还是一眼就能挑出来的，因为她看上去是那样乖巧可人。

给新生上第一节课的时候，我发现，李翠花成了我的学生。学生也就学生吧，没有什么特别的地方，只不过我提前认识了这样一个学生。

乖巧可人的李翠花在学习上并不和她的长相一样，每讲一个知识点，我看看她的表情自己都觉得吃力，好在这样的学生多了，我也就没在意这些。

大概开学一个月吧，有一次我晚饭后在操场上散步，忽然觉得绿化树后面有影子一闪而过，我抬头看见匆匆躲闪的李翠花和一个我不认识的男孩子红着脸远远地跑开了，我一笑，想："现在的孩子，呵呵。"

显然，李翠花恋爱啦。我的课堂上她再也没有吃力的表情了，换作了心不在焉的那种。有时候还偷偷发笑，是那种自个对自个的笑，内心藏有小秘密的那种。有些时候，她陷入长时间的沉默，眼睛空洞得有些怕人。我想："这小女孩，谁能解开她心中的千千结，可惜我不行。"

教书二十多年了，什么样的学生都见过，但是每一年还是有一些新奇的学生和新奇的事情发生。

我看着李翠花，就想起那个臃肿的中年妇女来。显然，李翠花的班主任也发现了李翠花的变化，因为我在办公室看见她的班主任和李翠花的妈妈，也就是那个臃肿的中年妇女嘀咕着什么。虽然我不知道他们说些什么，但是我知道那是涉及李翠花的教育问题，也不好让别的老师知道的话题。我暗暗希望李翠花的班主任能解开这个女孩子的心结。

李翠花的妈妈看上去很疲惫，也很无奈。她对李翠花的班主任说自己离婚后一直单身，再婚又害怕对李翠花不好，所以一颗心都操在李翠花身上。李翠花显然不领这位母亲的情，母女之间总有些隔阂。我看见这个中年妇女眼角的泪花，那是心中的黄连挤出来的汁液。

班主任的谈话，对于李翠花来说，显然没有作用。我有好几次看见李翠花，她再也不躲避我们老师了，可能她知道我们老师拿她也没办法，我每次都摇头叹息，同时眼中就浮现出李翠花的妈妈臃肿的身影。

日子就这样一天一天地溜走了，有些灰沓沓的感觉。好几次，我的课上，我看见李翠花一个人趴在座位上抽泣，很伤心的样子。年轻人的烦恼吧，我们都懂，但是我没法和她交流，只好去拍拍她的肩膀，安慰她要是有啥伤心的事情就哭一会儿吧，这也是我作为一个老师唯一能做的了。

再后来，我都忘记日子了，好几天不见李翠花了。看着李翠花空落落的座位，我有些担心。我问李翠花的班主任，班主任脸色很不好，说是她请假了。我也就没多问。

等到李翠花的妈妈来学校取李翠花的东西的时候，我才知道李翠花还是出事啦，我的担心落地了，但是我的内心却有些歉疚。

看着一言不发收拾李翠花的东西的妈妈，我忽然觉得我作为老师很失职，对李翠花的今天，实在有些惋惜。

看着李翠花的座位，我再次看见那个乖巧的眼睛黑白分明的女孩子依然静静地坐在那里。不知道她的心里有没有她的妈妈，这一直是我的疑问。

我想走过去对她说："李翠花，我见过你的妈妈。"

我说的话，她能听见吗？

张小毛，我见过你的爸爸

我遇见张小毛的爸爸了。就在学校门口，放学的时候。

张小毛现在有些恍恍惚惚，遇见很多事情，还有很多人，好多张嘴一开一合，都抢着发出声音。张小毛在课堂上，一边打瞌睡，一边胡思乱想。至于老师讲的什么，他一句也没听进去。下课的铃声，可能是这节课他唯一听见的东西啦。

"张小毛是个'坏学生'。"很多老师在办公室议论学生的时候都这样说。但这并不妨碍张小毛其实长得很帅。但是，谁又能说长得帅的学生就不是坏学生，"坏学生"又一定长得不帅？课间的时候，张小毛一扫课堂上的萎靡，满脸都是阳光灿烂。

张小毛的爸爸是一位农民，我在他班主任那里见过，如果不是知道张小毛在课堂上的表现，我还真不敢说这是张小毛的爸爸。因为一个看上去畏畏缩缩的男人，是怎样养出张小毛这样一个有些潇洒的学生，当然，咱们能不能不谈学习？这样说，也并不妨碍我将张小毛也定义为一个"坏学生"。

班主任喊了几次张小毛的爸爸，双方都显得很无奈。

没过几天，我就在校门口看见了张小毛的爸爸。一个新做的烤红薯的炉子静静地待在这个老男人的旁边，和他一样沉默。

张小毛的爸爸是认得我的。记得有一次，我路过校门口的时候想给儿子买一个烤红薯。他看我来了，有些手足无措的样子，在一些烤好的红薯中挑出一个大大的给我，说是送我的，这个不要钱。我说："不要钱我就不买了。"他不好意思地挤出一点笑容，说："老师教育学生辛苦，能吃个我的烤红薯，都是我们应该的。"我才知道他是认识我的，知道我给他家小毛代课。这之前，我以为他只认识张小毛的班主任呢。

张小毛依然还是以前的样子，并不因为他的爸爸陪读而有所改变。有时候，我能感觉他对这个卖烤红薯的爸爸很有些不屑。生活的艰难在张小毛这里，好像死海的湖面，一点动静也没有。当然，这是我的想象，我没见过死海，所以想当然地认为被称为死海的湖面，也许就是张小毛这个样子。这有些本体和喻体的混乱，好在我不是语文老师，犯点错误还能有个借口。

我每次路过校门口，都要看看张小毛的爸爸。有时候，他的生意还不错，一大群学生围在烤炉边，我暗暗替他高兴，但也有些忧伤，没有原因。有时候，是他孤零零的一个人，将双手放在烤红薯的炉子上暖和着。张小毛却一次也没有在这里出现过，我有些感觉，张小毛其实是在回避自己的爸爸在这里烤红薯的。

有一次，张小毛的爸爸主动和我说话了，说过几天，张小毛的妈妈就回来了，张小毛好久都没看见他妈妈了。我才知道，张小毛的妈妈一直在外地打工，由于张小毛的爸爸身体不是很好，在学校陪读的任务就成这个无奈的老男人的任务了。我想一个女人挑起家庭担子的艰辛，这与张小毛无关。张小毛的爸爸也许是想找个人说说话，所以就找上我，我说："小毛妈妈回来了你也暖和些。"张小毛的爸爸憨憨地笑了，有些阳光的影子。这时，我看见了张小毛的样子。

张小毛不学习，我有些难过。作为老师，我有些无奈，见到张小毛的爸爸就有些愧疚的样子，觉得这样一位家长，把孩子交给我们，而我们却显得那样无能。

有一次，我对张小毛说："小毛，我认识你的爸爸。"我没看见张小毛脸上有任何表情。我的背心一阵阵发凉。

其实，在这个学校，我认识很多学生的爸爸妈妈。我也见过很多学生的爸爸妈妈。很多爸爸妈妈也见过我这个按部就班上班下班的老师。这看起来好像没有任何联系，但是，就有那么一个孩子，将我们联系起来，想起来有时候很温暖，有时候却凉凉的，好像秋天来的时候吹了阵风。

我长出一口气，说："张小毛还真是个'坏学生'。"

李桂花，我们都欠你一个拥抱

新生军训的操场上，忽然炸开了锅，大家都跑过去，围成一个圈。

李桂花像一只猫一样蜷在圈儿的中间，脸色苍白苍白的。

李桂花觉得那个时候，天空忽然离她越来越远，远得她的心里忽然就空落落的没了着落，人就像面条一样倒了下去，只看见很多惊讶的脸围在她的身边，她听不见一点声音，只看见很多人影在晃动着。

新生入学军训的操场上，李桂花忽然就晕倒了。

教官还有同学们急忙把她送到校医务室，等我赶到的时候，她正安静地躺在学校医务室的长条椅上，安静得像一只宠物猫，看上去小巧而可怜。

李桂花的名字我是很熟悉的，见到人还是第一次。因为李桂花是我班级名册上的第一个名字。

上级主管部门和学校说不能按成绩为学生排队，其实大家都知道，学校报到名册上的学生顺序就是学生成绩由高到低排列的，而李桂花的名字赫然就是我当班主任的班级的第一个，所以对这个名字我是再熟悉不过了。但是见到她我还是第一次，军训的时候，由于教官负责，我一直寻思着这个叫李桂花的学生长什么样儿，但是我没有主动询问过，我想等军训结束，她不就坐在我的班级教室里么，迟早不就知道了？

没想到，军训还没结束，她就出事了，竟然晕倒在操场上。

我在医务室，看着点滴一滴一滴流入这个女孩子有些苍白的手臂，她的脸色渐渐地有了一些红润。

她睁大黑葡萄般的眼睛看着我，不好意思地笑了一下，说："老师，我好多了。"

我有些担忧地看着消瘦的她，微笑地点点头。

医生说："这个孩子有些低血糖，打点点滴静养一会儿就会好的，以后早上军训前一定要提醒她吃早点哦。"我点点头对医生表达了谢意，安排几位学生照顾她安静地在医务室躺一会儿。

操场上，其他同学正热火朝天地训练着。几个学生看见我，就围了过来。我叮嘱他们以后注意让李桂花同学吃了早点再来军训，不然军训时体能跟不上。

几个李桂花的同宿舍的同学就叽叽喳喳地说上了。

她们告诉我："李桂花同学别说吃早点，每天午餐也就是买几个馒头，晚餐和早餐根本就没吃。我们听她的同乡说，李桂花的父亲母亲一直在外地打工，平常就是她一个人在家照顾生病的爷爷奶奶，家里的钱全部都花在爷爷奶奶的疾病上了，听说这次上学报名的钱还是他爸东挪西借的，报名钱除了，生活费就没了着落，只好省吃俭用。"

我的心忽然就沉了下去。深深的自责包围了我。作为班主任，我竟然没有了解我的学生的困难情况……

我立马让其他同学不要说了，要是李桂花知道了我们知道她的情况，可能对她也不太好，我们暂时也不要议论，学校对于家庭困难的学生是有一定的救助方法的，我会向学校汇报这个情况，事情总会解决的，李桂花上学的路还很长……

下午训练的时候，李桂花又一次倔强地站在了操场上，她说："军训结束了，全校要会操比赛，我不能拉了班级的后腿。"我拍拍她的肩膀，说："你真是好样的。"李桂花羞涩地笑了。

接下来，我对李桂花就多了一分注意。她虽然看起来瘦弱单薄，但是每当军训间隙，大家休息的时候，她总是不停地给这个接水，给那个同学整理整理衣服，热情而大方，一看就是个大方而讨人喜欢的女孩子。

李桂花的爸爸妈妈我还不认识，这一对在外打拼的中年人，我能想到他们生活的艰难和无奈，好在有李桂花这样懂事的女儿。我忽然又觉得我能有李桂花这样的学生,真是我的幸运,也许她用她的行动,诠释了一种我所缺少的精神,这方面来说,她是来给我当老师的。

我知道,在接下来的三年,我会认识很多这样的学生,他们每个人背后都有一段故事,或悲或喜,但都会让人成长和感动。李桂花只是我认识的第一个学生,看着单薄的她,有时候我真想抱抱她,像一个父亲一样,抱抱自己宠爱的女儿。

我决定等两天,也许是一个周末,陪李桂花回一次家,去看看她卧病在床的爷爷奶奶,然后再陪她去她爸妈打工的城市,给她买一串火红的糖葫芦,再看看她的爸爸妈妈,并且一定要告诉她的爸爸妈妈,当着我的面,抱抱自己的女儿,对于李桂花来说,那该是久违的多么温暖的怀抱……

留在枝头的三个红柿子

　　李小毛夹完柿子树上倒数第四个柿子的时候，准确地说是夹完自己要夹的最后一个柿子，就出事了。其余三个柿子是不夹的，他的奶奶说，那是留下来看树的。

　　所谓看树，其实是一种古老的说法，人总不能贪心到将所有的收获都一网打尽吧。冬天来了，各种鸟儿总要寻食吧，所以留几个柿子在树上，也算是对柿子树的奉献的一种感恩，同时也为过冬的鸟儿留一点口粮，这种古老的对生命的尊重如今已经荡然无存了。

　　李小毛夹完自己要夹的最后一个柿子，出了一口气，想着等会儿休息一下就该返校了，接着他感觉眼前一黑，忽然就失去了知觉，直直地从柿子树上掉下来了。等他醒来的时候，已经躺在医院的病床上，记忆一片空白。

　　李小毛在县城读书。重点中学不是每个人都能考上的，李小毛以优异的成绩考上了重点中学。李小毛的三十几位同学却没有这么幸运，重点高中用自己的残酷回报了李小毛的努力和聪慧。九月一开学，李小毛就在爸爸妈妈的陪伴下来到这个小城最高的学府报到学习，李小毛的爸爸妈妈别提多骄傲了。李小毛成为爸爸妈妈的骄傲，更何况像李小毛这样的学生考入这样的重点中学，如果不出意外的话，算是一只腿都迈进了重点大学的门了。

　　开学来，李小毛努力学习，在这个新的学校崭露头角，很快成为老师关注的对象。新学校的第一次放假，安排的一件事让李小毛陷入了长久的沉默。开学报名费都是父母东拉西借凑起来的，这次放假又要收不少的资料费，这于李小毛来说，如何向爸爸妈妈张得开口。更何况爷爷奶奶的病已经压得爸爸妈妈喘不过气来呢。李小毛过早地懂事，也与这个家庭有关。毕竟贫困户的帽子戴在他们家的头上呢。

　　李小毛对于贫困户的帽子是很有意见的，他觉得自己家虽说困难一些，但是只要自己努力一下，也没有过不去的日子，被人张嘴闭嘴地说贫困户，总觉得面子上过不去。李小毛还不理解的是村里有些人明明日子过得好好的，有车有房的，却非要争当贫困户，莫非贫困户的那一点优惠政策和补助就能让人坏了心？不过，那仿佛是别人的事情，李小毛操心的是自己这资料费从何而来。

　　秋天的柿子树黑黝黝地立在光麻麻的山间地头，一盏盏红灯笼一样的柿子挂在枝头，李小毛一边走在回家的路上，一边盘算着资料费的问题。同行的胡小薇显然知道李小毛的困扰。胡小薇是李小毛的同学，家里经济条件不错，但是她喜欢和李小毛待在一起，她觉得李小毛身上有一种别的同学没有的倔强和好强，但是这种倔强和好强却深深地掩藏在自卑的外表之下。胡小薇很想帮助李小毛，但是她不知道怎样帮助会不伤了李小毛的自尊。胡小薇偷偷地把李小毛的家庭情况告诉了老师，老师说："没事的，我们一起来帮助他。"

　　放学的时候，老师把李小毛叫到办公室，和李小毛谈了谈学习和生活上的事情，然后说："这次资料费你就不用交了，学校有政策减免贫困学生的费用的，你只管用心学习就行了。"然后老师又说了许多鼓励的话。李小毛忽然觉得眼前一亮，感激的眼泪在眼眶里差点流了出来。胡小薇以为只有自己知道资料费是老师替他交的。其实，聪明的李小毛早都猜到了，只是李小毛自己不说罢了，李小毛知道感恩呢，奶奶说夹柿子都要留几个在树上看树呢！李小毛要回家夹一些柿子，收假的时候，要把它带给老师尝尝。结果就出事了，醒来的时候李小毛就躺在了医院里。

　　李小毛看见很多同学围在病床边，还有老师，他们都紧张地看着李小毛，当李小毛睁开眼睛的时候，他们每个人都和李小毛夹完最后一个柿子一样，长出一口气，有什么东西从心口落下去的感觉。

　　胡小薇说："李小毛，老师和同学来看你了。"李小毛就看见了自己留在柿子树枝头的那三个柿子，红彤彤的，就像三盏光芒四射的灯笼，把每个人的脸都照得红彤彤的。

留在枝头的三个红柿子

男孩姜晓磊的"眼睛"

海伦·凯勒的自传《假如给我三天光明》里写道:"如果我有三天光明,首先我要长久地盯着我的老师——安妮。"让我陷入了久久的思考。我盯着教材上《假如给我三天光明》,思考着明天的这节课如何在我的班级开讲。我从来没有因为一节课这样纠结过,但这次我有些拿捏不住。

是因为姜晓磊让我不知道这节课怎么开场,又会以怎样的结果收场。因为姜晓磊虽然不是双目失明,但是他能看见这个世界,或者说得煽情一些,是能看见春天的时日扳着指头都能数过来了。这种倒计时的残酷像一把利剑时刻悬在姜晓磊的头上,所以我不知道我在课堂上讲这篇课文,姜晓磊是一种什么样的感受。

姜晓磊是我带的学生。有一次我上课的时候,看见他把书本拿起来,贴着眼睛在书本上看着,书本几乎挨着眼睛的睫毛了。我以为他在搞怪,走过去笑着说:"姜晓磊,你这是在亲吻课本吗?"其他同学"轰"地一声笑了,姜晓磊也涨红了脸,抬起头眯着眼睛看我,我才发现他的视力有问题,眼珠浑浊而泛白。看着这样子,我一下子有些发蒙,不知道该怎样收场。姜晓磊却笑着说:"老师,我的视力有些问题,医生说是白内障。"我点点头,在心里说了声不好意思,就离开了。之所以在心里说而没有出声,是因为我觉得我要是出声说出来,我怕他觉得我更是把他没当成正常的学生,反而更加伤害到他。

后来,我就特别注意这个学生。发现他学习非常刻苦,性格也非常乐观,不由得在心中佩服起他来。有一次我看报,发现有个爱心医院的光明行动要在我们县寻找白内障患者实行救助,我大喜过望。

我拿着报纸,把他喊出教室,给他看这个消息。他却平静地对我说:

"老师，没用的，医生说我这是先天性白内障，眼睛缺乏光感，是无法治疗的，而且会越来越厉害，所以我能看见世界的日子不会太长。"

我的心忽然就有些发凉。我也终于理解他为什么整日拿着书本吃力而勤奋地看着，这是在和时间赛跑啊。后来，这个学生也经常拿着练习题来请教一些问题，我用手指一点一点地指着让他阅读，他都要把书本拿起来挨着自己的鼻子尖阅读。我多么想替他阅读，但是我知道，学习这件事情必须自己体验，任何人想替代别人的体验都起不到效果，也是不人道的一种善意，所以看着他吃力地阅读，我从来没有想过要去打断他或者替他读出来。对于这样的学生，我愿意耐心地等待，我也希望有一天，他的倒计时的光明能得到打破，让他不至于整天活在即将失明的恐惧之中。

我有时候闭上眼睛想："如果我的眼睛不再能够睁开看见这个世界，我能不能像他一样处之泰然和平和地接受？"我摇摇头，就感觉到了我的内心是多么脆弱不堪一击啊。在这一点上，我不如我的学生。他争分夺秒地学习，和时间赛跑，也许是他想在他失明之前，尽可能多地学到一些知识。我想："他在这一过程中，也学到了一种东西，它的名字就是'坚强'"。

面对如此坚强的学生，我还有什么可以纠结的呢？但是我还是决定在上课之前找他谈谈，我要和他谈谈坚强、理想、梦想……

我推开门，姜晓磊居然就在我的门口。他很坚定地对我说："老师，你让我们预习的《假如给我三天光明》的课文，明天课堂上朗诵能不能让我第一个？"他看我有些犹豫，便接着说，"老师你放心，我一定能朗诵得很好。"我看着他，心里忽然就有一丝阳光爬了上来。

我看见他在我的课堂上，声情并茂地朗读："如果你双目失明，看不见灿烂的阳光，看不见雨后的彩虹，你会伤心吗？如果你双耳失聪，听不见鸟儿的欢唱，听不见泉水的叮咚，你会痛苦吗？如果你心里有很多想说的话却连一个音都发不出来，你会绝望吗？而海伦·凯勒身患这三种疾病却微笑地生活着……"

我忽然想起一句话："上帝给你关上一扇门的同时一定会为你再打开一扇窗，请用感恩的心去面对生活，所有失去的，都会以另一种方式归来！"

祝福你，姜晓磊。

迷茫原来是懒惰的借口

胡小薇有些迷茫，就像《谁的青春不迷茫》中的迷茫一样。

紫藤花落了，叶子就茂盛地长了出来，覆盖了整个花架，看上去像一条绿色的通道，显得幽静而狭长，让午后的校园变得格外阴凉。这个时候，六月的高考已经如约而至了。

高考对于胡小薇来说，有些迷茫，就像夏天空中的太阳，明明在那里，但是你不敢抬眼去看，即使忍不住放眼看去，也看不清，同时还把人刺得满眼的泪水，眼睛也好像有些疼。

胡小薇感觉自己糊里糊涂地来到这个学校，又糊里糊涂地过去了三年，现在糊里糊涂地要走进高考考场了，这好像听起来有些漫长，但是三年是如何糊里糊涂地走过，于胡小薇来说，仿佛是糊里糊涂地弹指一挥，只记得校园的樱花花开花落了三次，紫藤花风铃一样垂下来了三遍，上课的教室从一楼换到了五楼，至于代课的老师究竟是张三还是李四，胡小薇都没有在乎过。校园西角的红叶李年年开放得最早，于胡小薇来说这都是见怪不怪的了。唯独这一时刻，胡小薇漫步在校园的紫藤花架下，想着即将到来的高考，感觉校园是那样的熟悉而又陌生，熟悉得她闭着眼睛都能说出校园的一草一木，陌生得又好像自己第一次来到这个地方。

那一刻，胡小薇真想抱住校园紫藤花架旁的那棵银杏树美美地哭上一场。但是她没有。

三年了，这所学校让胡小薇从一个懵懂的小女孩长成了一个多愁善感的大姑娘。回想起那些洒在操场上的汗水和沉睡在课堂上的梦想，胡小薇为自己的选择有些懊悔，但这懊悔也是转瞬即逝，就像手臂被蚂蚁蜇了一口，等感觉到疼，那疼已经过去了，只留下一点若有若无的痕迹还在诉说着那些伤感的故事。

记得自己刚刚走进这所校园，梦想离自己是那样近，近得触手可及，可是现在，梦想好像远处淡淡的影子，若有若无，努力看清的时候，却发现满眼的泪水已经忍不住流过脸庞，肆无忌惮，奔流如河。

青春总是那样让人迷茫，而迷茫其实是懒惰的借口。胡小薇有些恼恨，至于恼恨谁，她自己也说不清，只是一遍又一遍地踢着小路上的石子，看着它们从自己的脚下飞出去，又有些憋屈地停在路边的某个角落，显得有些委屈和无辜。胡小薇忽然就清醒地认识到，谁说青春是迷茫的啊，这只不过是为自己不上进的懒惰找一个借口罢了，这个时候想起来，是不是有些迟了，胡小薇怔怔地想着，禁不住咬紧了嘴唇，看上去就有些幽怨的样子。

回想起自己在校园挥霍的青春，胡小薇忽然觉得没有任何意义。那些毫无意义的拥抱、那些甜言蜜语的窃窃私语，甚至那些莫可名状的爱恨情仇以及难以说出口的激情，都在这高考的前夕，化作无尽的烦恼，就如校园的樱花一样绚烂而短暂，绚烂得那样不真实，短暂得让人怀疑它的存在。繁花落尽，才知道最后的结果并不是自己当初想要的那样，这好像不以人的意志为转移。

已经有同学开始三三两两地在校园里拍照留念了，胡小薇却提不起兴趣。胡小薇静静地坐在紫藤花架下，回顾着自己三年来的故事，忽然觉得那仿佛是别人的故事，与自己无关，但故事的主角却明显是一个叫胡小薇的女孩子，这就有些荒谬的感觉了。

午后的阳光从紫藤花叶子的缝隙中网一样洒下来，罩在胡小薇的身上，胡小薇像一个睡着了的孩子，但是她的眼里却满含泪水……

你以为我不敢打你

李小毛的耳朵忽然就聋了。

李小毛的父亲带着李小毛站在校长办公室,李小毛躲在他爸背后,很无辜的样子。李小毛的爸爸声音很大地和校长理论,说:"不当着全校师生的面向我儿子道歉,这事我就没完。"

校长说:"我们问问李小毛的意见看看。"李小毛刚想插嘴,李小毛他爸眼睛一瞪,说:"我儿子耳朵聋了,你说啥他都听不见。"李小毛就畏畏缩缩地把要说的话强行收回去了,脸上一种很古怪的神情。

李小毛在学校属于那种聪明而顽皮的学生。当初从外地转来的时候,他爸带着他找到学校领导,说自己做生意忙,这个儿子也没顾上,学习上有些跟不上,让领导帮忙找一个好一点的班级和厉害一点的班主任,好好管教一下这个浑小子。

校长第一个想到的就是张老师。

张老师对学生宽严有度,生活上的关怀和学习上的严厉,让张老师在学生心目中成为一个既尊敬又害怕的老师。李小毛的爸爸说:"那就让小毛跟着张老师吧。"

李小毛忽闪忽闪的大眼睛,张老师第一眼看见就有些喜欢。张老师教书二十多年了,学生朝他面前一站,他就知道这个学生是个啥样子。这个李小毛一看就是聪明而不好好学习的学生,在家娇惯了造成的,只要耐心调教,一定会变成一个优秀的学生的,张老师带着李小毛进班的时候,很有信心。

张老师指着一个好久都没有调整学生坐的空座位让李小毛坐那里。当同学们看见李小毛坐在那个座位的时候，都有些惊奇和不解。有些同学禁不住小声议论起来，张老师用目光制止了他们的议论。

没想到李小毛进班没待几天，就出事了。

上课的时候，李小毛不是呼呼大睡，就是做小动作，或者东张西望做鬼脸，惹得其他同学哈哈大笑，课堂纪律都保证不了。张老师耐心说服教育几次，教育效果都不是很大。有一次自习，大家都在认真温习功课，李小毛又管不住自己，趴在座位上呼呼大睡。

张老师进来喊他起来，他迷迷糊糊说："老子睡觉管你啥事。"张老师一下子脸涨得通红，很难受的样子，强忍住眼睛中即将流出的泪水，伸出手掌，扬得很高，却颤抖地落下来，轻轻地落在了李小毛的脸上。

李小毛说："老师你还打人呀，走着瞧。"就冲出了教室。

第二天，李小毛的爸爸就带着李小毛来到学校，李小毛的耳朵就聋了。李小毛的爸爸说："老师打学生是不对的，这次李小毛让张老师打了耳光，耳朵就聋了。先不谈医疗费和精神损失，我的要求就是张老师必须在全校师生大会上向我儿子检讨，不然就没完。"

校长无奈地看了看张老师，张老师也无奈地苦笑了一下，说："你的条件我答应。"

全校师生都静静地站在操场上，等张老师向李小毛道歉。大家心里都有些悲凉的感觉。李小毛和他的爸爸也来到会场，趾高气扬的那种。

张老师走到前面，很真诚地开始了道歉。张老师说："作为教师，打学生是不对的，在这里我真诚地向李小毛道歉。李小毛来到我们学校，说心里话，这么机灵聪明的学生，我打心眼里喜欢。但是作为学生，李小毛还是有一些顽皮。也许大家不都知道，李小毛的座位为什么一直都空着没人坐，直到李小毛来。"

"原来坐在这个座位上的女孩子，她其实是我的女儿。我来这所学校教书，女儿就带在我的身边。我的妻子，也就是我的女儿的妈妈由于生病，很早就离开了我们，是我一个人带着她，我害怕她在我的班级大家知道是我的女儿而特殊对待她，就没有让她当着大家的面喊过我爸爸。就在几个月前，

你以为我不敢打你

她得了白血病去了。这个座位我一直没安排其他学生坐，我是想一直给她留着，也许有一天她就回来了……

"请原谅我的私心。李小毛来的那一天，我看着他忽闪忽闪的大眼睛，忽然就感觉我的女儿回来了，我就安排他坐在那个空了很久的座位。说穿了，我对这个座位是有感情的，那么坐在这个座位上的学生，我有什么理由放任不管呢？"

大家听到这里，都把头低下去，很多学生开始无声地哭泣……

忽然，大家听见一声清脆的声音，是李小毛他爸一巴掌打在李小毛脸上的声音。李小毛他爸说："李小毛，你不好好学习，听老师的话，你别以为我不敢打你！"

李小毛忽然就大哭起来，跑上前台，一把抱住张老师。张老师摸着李小毛的头，脸上挂满泪珠……

你们为什么要生下我

田小翠在国庆放假前的时候接到班主任的提前通知,说是趁国庆假期的时间去她家里家访一下,了解一下她的家庭情况。

这消息一下子把田小翠吓蒙了。

田小翠说:"老师你能不能不去?我家离学校太远啦,我怕你走不了。"老师坚定地摇摇头说:"我能走。"田小翠一下子就有些绝望,像一条被抛在岸上的鱼,张大嘴却无法呼吸,眼睁睁看着水离自己而去。

田小翠的家在离学校很远的北阳山腹地。据说那里有媲美宝鸡关山牧场的高山草甸风光,也盛产优质黄牛肉。经常有外地游客徒步穿越北阳山迷路的新闻。这里有成群的牛羊,田小翠家却没有一只,田小翠家只有几间风雨飘摇的土屋和年迈的爷爷奶奶,以及两个年幼的妹妹。

田小翠的爸爸妈妈在三年前就不知所终了。这于田小翠来说,是一种说不出的疼,田小翠在学校里面藏着掖着不愿意让别人知道。她希望自己和别的学生一样,健康阳光地成长,成长成爷爷奶奶、爸爸妈妈眼中的一枝盛开在爱的阳光下的向日葵,而不是现在这样孤独而忧伤。

老师要去家里家访,自己的外衣就会被无情地剥去,一切伪装就会大白于天下,这太残忍了,田小翠能想到老师、同学们知道自己的情况后的样子,让敏感而脆弱的她如何面对。

从县城出发,公路越来越"瘦",最后钻进山里,"瘦"成了一根牛尾巴,就到了田小翠的家。这些田小翠再熟悉不过了。

小时候,她用自己的小脚丫,一步一个脚印走三十余里山路去镇里上学，虽然有些辛苦，但在心里无疑是快乐的。那时候，爸爸妈妈都在身边，只要她一喊，就能听见爸爸妈妈的声音，让自己柔软的心灵有一种无比温暖的安全。土屋里总有爷爷奶奶的笑声，田小翠想，这样的生活虽然比不上别人，但是自己和别人比啥都不缺，心里很满足的。

后来，爸爸妈妈去省城打工了，抛下爷爷奶奶和无助的自己，还有两个少不更事的妹妹。田小翠就有些落寞和孤独。面对大山，她一个人没事的时候会游荡在外面，久久不愿意回家。有时候会爬上高高的山顶，望望山间彩带一样的公路，公路的尽头，没有爸爸妈妈归来的身影，这些都让她幼小的心灵有些失望，她一遍又一遍地想："大山的外面是什么？"田小翠说，大山之外估计还是山，不知道自己的爸爸妈妈咋就那么迷恋大山之外。

中考前夕，学习优秀的田小翠很有信心的，城里的重点中学在向她招手，她多么想让爸爸妈妈分享自己的希望。她用颤抖的手拨通了爸爸的电话。她才知道三年都没有回来的爸爸在外面有了别的女人了，而妈妈也因此离开了爸爸。田小翠恨死了电话，她觉得是电话让她一下子失去了爸爸，接着又没了妈妈……

田小翠的成绩在中考前一落千丈，连老师也无法理解这个往日虽说有些忧伤但乖巧懂事的女孩子为何一下子有些叛逆和孤僻了，在老师的揪心中，田小翠的初中学习就结束了，而重点高中的希望也在那一次和爸爸的通话中无情地再见了。

来到这所普通中学，对于田小翠来说既没有什么伤心，更谈不上高兴。本来初中毕业自己的求学之路就中断了，看着日益衰老的爷爷奶奶，田小翠实在不想上学了。但是，爷爷奶奶却在艰难的抉择后，坚决拒绝了田小翠不上学的想法，说就是腰累断，也要供她读书。田小翠开学报到那天是流着泪离家的。

老师要来家访了，田小翠多想给爸爸妈妈打个电话，谈一谈老师要来家访的事情，她希望爸爸能在村口迎接老师，妈妈能为老师烧一杯开水，最好是做一顿可口的饭菜，但是田小翠深深地叹了口气，泪水就接着下来了……

李老师和李小毛

　　李老师有些生气,生气的李老师就从来没有的提前下班了。反正学校规定十一点后就可以打卡下班了,虽然正式下班还是十二点整。当班主任的李老师从来没有提前下过班,今天,李老师生气了,生气的李老师就想:"这些娃,教和不教都是一个样子,反正上课要么就是睡觉,要么就是玩手机,真正听课的就没有几个。"

　　早上李老师就觉得心情不是很好,昨晚班会说得好好的不要迟到,没想到早上李老师班上就有十几个学生迟到了。迟到就迟到吧,李老师看见一个个迟到的学生手上提着大包小包的早点,一路嘻嘻哈哈地走过校园,完全没有意识到迟到是不应该的,甚至是一种很明显的错误,他们好像觉得不迟到才是一种错误。嘻嘻哈哈走过校园的迟到学生看见李老师,好像没看见一样,还是不紧不慢地朝教室走,有几个甚至朝李老师扬了扬手中的早点,好像老朋友打招呼一样。李老师想:"你是我的学生,你是我的朋友吗?"李老师这样想,但是克制住了没有说,反正学生迟到在这个学校也是司空见惯的。

　　李老师心情就很郁闷,上课的时候走进教室,就见学生东倒西歪地趴在课桌上,还有几个稀稀拉拉的空座位,心情就有些不爽。这个时候,几个吊儿郎当的学生从教室门口直直地闯进来,仿佛没看见李老师一样。李老师想:"我就是上大学的时候上课迟到了还要喊个'报告'吧,这些学生还是高中生就这个样子,没有规矩可言了。"李老师本来想忍一忍,但是没忍住,就说:"你们没看见我在教室吗?你们不会喊个'报告'再进来吗?你们上课也迟到,难道不能给老师一个满意的解释吗?哪怕你骗骗老师也算是你心目中还有老师啊！"

几个迟到的学生理都没理李老师的问话，牛气哄哄地走到自己的座位上，把凳子弄得山响，以示对李老师的抗议。坐下之后还不安静，李小毛居然旁若无人地玩起了手机。李老师的课就没法上了。李老师说："李小毛，迟到就算了，能不能不玩手机？"李小毛说："我玩你的手机了吗？我玩我自己的手机，这与你有啥关系？"李老师的脖子就有些梗，胸腔起伏得就有些厉害，李老师想了想一些师生矛盾的案例，就忍住了，说："那好，我们上课。"这课讲得也就索然无味的，好在大部分学生都在睡觉和玩手机，也不在意李老师讲的到底是什么。

下课了，李老师逃跑似的出了教室，觉得有些失望，想："反正十一点了，还不如回家做饭算了，免得生些闲气。"李老师就破天荒地提前下班了。快放学的时候，李老师的饭就端在了手上，正准备吃一口，忽然就想起下班走的时候忘记打指纹卡了。学校规定上下班指纹打卡，缺一次不管你实际上班没上班，都算缺一次考勤，会影响一些收入的。所以很多老师只是上班下班来打卡一次，苦了很多代课教师。尤其早上最后一节课的老师，上完了就随着同学一起下班，忘记打卡是经常的事情。李老师很认真，从来不缺勤，这次生气忘记了打卡真是少有。李老师就放下饭碗，起身朝学校走去。

路过十字路口的时候，李老师看见放学回家的李小毛。李小毛嘴里叼着烟，手里拿着手机正玩得起劲。李老师就有些生气，但是却无可奈何，想："这李小毛到底怎样才能自己醒过来？"李老师有些沉闷地走着，故意和李小毛错开一段距离，免得双方看见了有些尴尬。

李小毛只顾一边走一边看着手机，并没有发现李老师，更不会发现那辆疾驰而来的小车。李老师却看见了，就在小车即将撞上李小毛的时候，李老师纵身一扑，推开了李小毛，李老师看见李小毛的手机摔出去好远好远，远得自己都看不见了……

李小毛得救了。

得救的李小毛看着浑身鲜血的李老师，忽然就想起课堂上自己的话："我玩你的手机了吗？我玩我自己的手机，这与你有啥关系？"李小毛的眼泪就流下来了……

春天路过马小跳

马小跳在课堂上睁开了睡眼，朝窗户外看了看，忽然就清醒过来，在心里说："哦，春天来了。"

马小跳上课的时候总是睡觉，老师对他见怪不怪，马小跳也就睡得肆无忌惮，至于老师讲的什么，马小跳从来没有想过。在老师心中，马小跳是个永远长不大的孩子。同学们称他睡不醒。即使老师讲课声音再大，他依然趴在桌子上，同桌碰碰他的手肘，他翻起白眼无神地看看，如果老师正在看他，他的眼中会露出厌恶的光芒，接着将脑袋换个方向，又深深地趴了下去，老师悠长的讲课声在他听来，比催眠曲还要催眠。

这次，马小跳忽然自己醒过来了。醒过来的马小跳睁开眼睛，看着窗外忽然一夜间怒放的樱花和红叶李，像一张张笑脸朝向马小跳，马小跳脸上忽然就有了少有的笑容，想："春天来了。"

春天仿佛一个顽皮的孩子，一蹦一跳地走过来。走过草坪，草就绿了；走过花圃，花就开了；走过树梢，树就绿了。春天走过马小跳，马小跳就醒了。醒过来的马小跳就看见自己的爸爸和妈妈正从春天深处走来，虽然一脸的疲惫，但是在春天的空气中走过来，爸爸妈妈依然生气勃勃的样子，直到看见马小跳，他们如沐春风的脸忽然就结冰了一样冻结起来。马小跳正是这个时候醒来的。窗外花开得正艳，老师的讲课声依然悠长而深邃。

过完春节，马小跳的爸爸妈妈就出门打工去了，马小跳就一天一天地盼望开学，不管到学校学习不学习，起码不会像现在一样一个人在家，寂寞如影随形，有些冰冷的感觉从双腿慢慢爬上来。等马小跳到学校的时候，接到爸爸妈妈打来的电话，问吃问穿的，马小跳觉得有些烦，只是在电话里有一搭没一搭地"嗯"着，马小跳其实知道自己爸爸妈妈的不容易，但是也觉得自己很委屈，这种委屈他一直说不出来，不知道哪里出了问题。马小跳和爸爸妈妈总是隔着一点什么，仔细一想，又好像空气一样了无痕迹。马小跳想说，我上课一直睡觉没学习，不知道爸爸妈妈你们知道不？但是马小跳又想自己的爸爸妈妈会不会问自己他们在外面吃苦受累自己知道不知道？胸中憋闷的感觉让马小跳每个夜晚都沉浸在王者荣耀的战斗之中，在每个起床铃响的早晨，马小跳的夜晚才真正来临。周而复始，年复一年，马小跳忘记了季节，直到这个春天的早晨，他睡眼惺忪地醒过来。

　　醒过来的马小跳忽然就有些轻松的感觉，好像春风吹过发梢，每一个毛孔都有呼吸的欲望。马小跳第一次把目光投向黑板，认真地看了一遍老师的板书，老师讲课的声音也不再显得悠远，马小跳想："春天来了呢。"

　　马小跳看见爸爸妈妈结冰的脸开始解冻，爸爸妈妈的面容也逐渐清晰起来，马小跳甚至可以看见他们脸上的汗珠和眉毛上的灰尘。那种慈爱的目光，马小跳以前一直都没有看见过，但马小跳知道那目光其实一直都在，只是他自己一直不敢接受罢了，因为他觉得自己不配这种目光，所以他一直在逃避甚至抗拒，直到这次醒来，马小跳忽然就看见春天来了。

　　马小跳看见了明天，幸福的未来在向他招手，马小跳渐渐地露出坚定的目光，深深地望去，满眼的春花灿烂。

　　马小跳想："春天来了。"

不就下了一场雪嘛

　　一场雪忽然就纷纷扬扬地飘下来,有些猝不及防,但好像又在期盼之中。

　　起先,星星点点的雪籽,窸窸窣窣地打在校园小路的枯叶上,发出叮叮当当的声音。当然不是这个声音,但是艺术班学音乐的贾欣雨非要说是这种声音,马小洁就没有争辩了。是啊,一个学理科的女生面对一个文科艺术生,还有什么道理可以讲啊。

　　贾欣雨和马小洁在学校里不是那么亲密,但也不是很疏远,她们的关系若即若离的,就像地上的落叶,看着它们好像在一起,但是一旦有个风吹草动,它们就会四散而去。但是在这个校园里,只要你见到马小洁,那么贾欣雨就不会太远,同样,只要你看到贾欣雨,那么马小洁一定在附近。

　　校园的小路上,雪窸窸窣窣地落着,马小洁没说话,贾欣雨也没说话,她们就这样走着,有雪籽顽皮地钻进马小洁的脖子里去,马小洁感觉脖子有些凉凉的,好像谁对着脖子吹了一口冷气。而贾欣雨却围着火红的围巾,洁白的雪籽落在一团火焰上,若隐若现的,很是好看。

　　马小洁忍不住了,说:"下雪了。"

　　贾欣雨说:"不就是下雪了嘛。"有些怪马小洁大惊小怪的意思。

　　雪越下越大,落在地面不再窸窸窣窣了。雪像羽毛一样飘荡在空中,有时候翻卷着,迟迟不肯落下来。落下来的一片一片松松的,好像面包上洁白的肉松,让人恨不得去舔一舔。马小洁想:"那一定是甜的。"她抬头看看贾欣雨,贾欣雨却不管不顾地捧着双手,追逐着飘落的雪花,让这些洁白的精灵落在自己的手上，然后眯着眼睛，看着它们一点点化作一滴水。贾欣雨想："雪花是不是天上落下的泪珠？"

地面已经被白雪覆盖住了，怕冷的学生都站在阳台上指指点点。有几个跑到院子里抓一把雪忽然塞进同学的脖子里，引起一阵阵尖叫和欢笑。贾欣雨和马小洁觉得那无趣极了，她们都喜欢安静，热闹那是别人的。这也许是她们经常在一起又若即若离的原因吧。

因为她们都喜欢安静。安静有时候是一种心态，她们在一起有一种默契，那就是都不说话，即使说话，也是极简单的一句，说出去也不一定需要对方回答。她们就像冬天里挂在树上的两片叶子，随时都会飘落下来，但是都那么顽强地挂在那里，互相倔强地比，看谁能坚持到最后。

树枝上已经落了一层，晶莹剔透的感觉。冬天的树这时候就有了生命，显得精神起来。

贾欣雨忽然就站住了，马小洁轻轻地走过去，忽然就看见贾欣雨眼角的泪珠。马小洁轻轻拭去落在贾欣雨刘海上的雪花，从旁边搂着贾欣雨，看雪花一片一片地在眼前飞舞，她不说话，贾欣雨也不说。

她们都在心里想："下雪真美。"

马小洁其实也有些忧伤。作为理科生的她面对繁杂的理化生，大学就如眼前的大雪一样，美丽而缥缈，让人摸不着头绪，但是马小洁不说。贾欣雨的烦恼在于她的一些故事，作为文科艺术的女生没有故事那是说不过去的，但具体是什么，她自己估计也很不清楚。马小洁不会给贾欣雨说自己的烦恼，贾欣雨也不会给马小洁讲自己的故事，她们都有自己的秘密，好像这洁白的雪，看着平静地覆盖在地上，但是白雪下面是什么，谁也不知道。

马小洁和贾欣雨就这样不说话，互相搂着，站在雪地里。看着校园里大呼小叫的同学们，她们心里都想着一句话：

不就是下了一场雪嘛！

穿白T恤的江小雪

校园里的T恤式样越来越多的时候，江小雪却依然固执地穿着纯白色的T恤衫顾影自怜地走在校园的小路上，像一只白鹤，孤独而骄傲。

江小雪是个固执的人。

在一个热闹的校园里，江小雪的固执显得格格不入。一大群穿着花花绿绿的T恤的学生，每一件T恤上都张牙舞爪地写着爱和青春的姑娘小伙子中，忽然就走出一个穿着洁白纯色T恤的江小雪，多少是有些让人惊艳的，但是江小雪却水波不兴、风轻云淡的，仿佛这些与他无关。

江小雪总是用自己的那种若有若无的高傲把洁白的T恤穿得惊天动地。

江小雪的父母都是城里人。据说江小雪出生的时候，外面正飘着小雪。江小雪的父亲正诗意地在心里默念"孤舟蓑笠翁，独钓寒江雪"呢，江小雪一声啼哭，就来到这个世界。他爸说，那个时候，漫天的白雪已经把大地覆盖得洁白一片。于是江小雪有了现成的名字，叫江雪。江小雪的妈妈却有些不喜欢这个名字，说是太冷了。虽说是这样，江小雪的妈妈却抵不过他爸爸的坚持，最后折中说在江雪的中间加一个"小"字。你还别说，这个"小"字一加，那种漫天飞雪的感觉就忽然变成了雪花飘飘的诗意了，也不至于让人冷得不由自主，于是他就成了江小雪。

江小雪长大后，嫌这个名字女性化，有意和父母商量着把名字改一改。但是改来改去，还不如叫江小雪。改名字的想法就在别人"江小雪江小雪"的喊叫下没有了意义。

等到江小雪上中学，不知道从什么时候，就养成了穿纯白T恤的习惯，而且好像是一种病态的坚持。一旦T恤上有一个字母或者是其他色彩的商标，江小雪就会不管不顾地扔掉。他觉得纯白的T恤清清爽爽，穿着才舒服贴身。好在这也不是什么病，父母就由他去了。

江小雪是个安静的人。你可以想一想，一个人穿着洁白T恤，安安静静走过校园，孤独而高傲，而且风轻云淡，就像一片洁白的云的那种感觉。这就是江小雪。

江小雪的孤独和高傲是从骨头里面渗出来的，绝没有做作的成分。在一个热闹而乱纷纷的校园里面，江小雪把自己活成了一道风景，而且并不是刻意的那种，是自然而随性的风景，这对于这个校园是不可多得的。

我认识江小雪的时候，江小雪正在学校的紫藤花下看书。洁白的T恤安详静谧地包裹着江小雪，让人有些像面对远方的风景一样不真实。那时候，紫藤花正一串一串地从花架上瀑布一样倒挂下来，有几朵花瓣落在江小雪洁白的T恤上，仿佛绣上去的花朵，江小雪正微笑着埋头书本，像沉浸在故事中的孩子那样专注而宁静。江小雪成了紫藤花架的一部分，忧伤而恬静。

江小雪是有心事的。有心事的江小雪有时候显得很沉默。沉默的江小雪看上去安静而忧伤。江小雪和他洁白的T恤就像风中的云朵一样，远远地飘在天边，好像谁没有醒来的梦一样。是啊，少年的心事和烦恼谁又能说得清呢。

老师正在讲《林教头风雪山神庙》，江小雪就幻想着天空忽然飘下一场大雪，那洁白的雪花就像自己的T恤一样无瑕，也像《林教头风雪山神庙》中的那场大雪，他要像林冲一样，在大雪中大声高唱："大雪飘飞扑人面，朔风阵阵透骨寒。彤云低锁山河暗，疏林冷落尽凋残。往事萦怀难排遣，荒村沽酒慰愁烦。"

江小雪放声读着："正是严冬天气，彤云密布，朔风渐起，却早纷纷扬扬，卷下一天大雪来。"就有些莫名的兴奋。兴奋过了，忽然又有些落寞。环顾一下周围的环境，江小雪感觉心里凉凉的，就像真的下了一场"正紧"的雪。

江小雪孤独骄傲地走过校园，风轻云淡。那个爱穿洁白T恤的江小雪啊，忽然就莫名地让人心疼起来。

李红叶，将秘密埋在红叶李中的女孩子

红叶李是一种花，李红叶却是一个人。

校园的红叶李开得正旺，略带一点粉红的红叶李细看却是洁白的，一瓣一瓣透着春天的阳光，花瓣上毛细血管一样的红色脉络看上去吹弹可破。满眼望去，满树都是，热闹得像幼儿园里叽叽喳喳的孩子。李红叶一个人走在红叶李盛开的校园小道上，目光有些散漫，脚步有些拖沓，细密的阳光透过白色的花瓣散落在李红叶的脸上和身上，李红叶看上去就有些诗意了。

李红叶今年高二了，一个上高二的女孩子应该到了有故事的年龄了，何况李红叶这样漂亮的女孩子。这几天李红叶就有些烦恼，是因为她收到了一封信。李红叶没有打开，但是知道里面写的是啥，忽然就不知道自己该怎么办了。

高中的学习说紧张也不紧张，紧张和不紧张完全取决于个人。李红叶身边的同学对于学习，好像上心的人也不多，有时候上课就是睡觉，下课就是玩手机，李红叶都有些看不起，但是也有极个别的同学却特别卖力，能在乱哄哄的地方旁若无人地看书学习。

李红叶是那种随意的人，学习上也没有过多的想法，反正老师上课她也认真地听，笔记也认真地做，考试的时候也认真地作答，但是李红叶的成绩却并不突出。李红叶心里知道，这一方面与自己努力不够有关系，另一方面与成绩的可信度也有关系，但是这些与李红叶都没有关系，李红叶就是李红叶，她依然无忧无虑地走过校园，安静地坐在教室里，或者一个人孤独地走在校园的小径上，李红叶心里装着一个自己的世界呢。

李红叶抬头望望密密麻麻开满小花的红叶李，脸上有些忧伤。李红叶想起爸爸妈妈送自己来这里上学的事情来。

中考的时候，李红叶的成绩很不理想，当然梦想中的重点高中离自己就有些距离了。思前想后，总不能不上学吧。李红叶的爸爸说："世上的路有千万条，但是读书无疑是最好的一条，上不了重点高中，我们还可以选择普通高中，只要你好好学习，在哪里上学都是一样的。"李红叶当时听了，觉得很有道理，于是，开学的时候就来到了普通中学。

那天爸爸妈妈都来送她，忙前忙后地帮她报名和拾掇住宿房间，李红叶仿佛成了局外人。李红叶心里酸酸的，想一定要好好学习，要对得起爸爸妈妈。

李红叶这样想了，但是高中的课程却不这样想。它们老是和李红叶作对，李红叶想把它们搞清，结果往往是它们把李红叶搞晕，李红叶就有些无奈。一个人的时候，李红叶就有些落寞，常常一个人走过学校里的无人小径，去默默地想一些心事，这些心事有些是女孩子的小秘密，有些是女孩子的小烦恼。李红叶想和爸爸妈妈说一说，但是，总觉得自己刚要张开的嘴碰上爸爸妈妈的眼神就没了说下去的勇气。

有烦恼的李红叶就喜欢上了校园里的这片红叶李。有风的时候落英缤纷，正和了她的心事。用手接一捧花瓣，送到嘴边，轻轻地一哈气，洁白的花瓣轻飘飘地飞出去，感觉心情就轻松很多，压在心里的秘密也像花瓣一样轻飘飘地落在地上，像顽皮的孩子在眨眼睛呢。

李红叶收到一封信，李红叶知道这封信里有一个秘密，李红叶想把这个秘密说给爸爸妈妈听，但是又不敢肯定。一个有秘密的女孩子，有时候特别让人心疼，李红叶自己都这么想。李红叶不知道自己是高兴还是难过，有时候想，生活刚刚开始呢，谁知道后面还会遇见啥，李红叶就有些释然了。

李红叶收集了很多洁白的红叶李花瓣，将那封信细心地折成一只千纸鹤，小心地埋在泥地里面，上面轻轻地盖上红叶李的花瓣，看上去就像一朵盛开的大红叶李花，李红叶吃吃地笑了……

李红叶有些轻松的感觉，忽然就想起爸爸妈妈来，想，放假回家，好好地和爸爸妈妈说一些学校的事情，再讲一讲校园的红叶李开得是多么美丽……

大牛生命中的最后一个夏天

那个夏天在我的记忆中显得那么悠长而百无聊赖。

街中心的皂荚树在刺目的太阳中泛着白光，叶子也了无生气、一动不动，以往待在树下闭目养神的老头老太太不知道跑到哪里去了，只有知了没死命地喊叫，热死了、热死了……我趴在炕席上，正沉浸在《天龙八部》的丐帮大会上，马夫人从一大群叫花子中走过来，通过书中的文字，我忽然闻见了一种特有的香气，我的眼睛都鼓得圆圆的，马夫人的纤纤玉手划过我的面前，而乔峰却视而不见，这该死的。我狠狠地想。

马大元的夫人这么美，为什么他还要当乞丐？当了乞丐的马大元如何找到这么漂亮的媳妇？一个乞丐娶了这么漂亮的女人是不是喻示着更大的危险？我用一个少年少有的思维思考着这件事情。我不需要答案，我之所以思考，是因为马夫人实在是太漂亮了。我们村的大牛就说，漂亮的女人有一种神奇的味道。我进一步追问的时候，大牛就看着远方若有所思。我知道大牛心中一定想的是二丫……

大牛的父亲在我们镇上算是个能人，话语不多，整天骑个摩托走村串户倒腾小生意，在那个普遍贫穷的时候，大牛家的日子过得风生水起的。大牛由于读书不上进，早早地初中毕业就辍学了。我们经常能吃到大牛分给我们的东西，有时候是几块饼干，有时候是几颗水果糖，于是大牛就成了我们的娃娃头。二丫在城里读高中，住在村西头，大牛说谁都不许打二丫的主意，因为二丫是他的媳妇。我们就"轰"地一下散了。其实，二丫咋可能成为大牛的媳妇啊，就凭大牛的那个样子，也只有大牛自己信，二丫都不信的。

二丫的妈妈是个贤惠的女人，精明能干的样子你一走进她的小院就能感觉到。因此，二丫在我们一群穿着破烂的孩子中有些鹤立鸡群的感觉。二丫身上的衣服总好像刚刚洗过一样，穿在身上合体而合身，把二丫苗条丰满的身体衬托得凹凸有致，而且从二丫身边走过，你总能闻到一股充满阳光气味的香味，让人忍不住深呼吸一口。因此，我们有时候故意从二丫身边走过来走过去，就为闻一下这个令人着迷的气息。

大牛后来发现了这个秘密，私下里对我们吼叫了很长时间，说以后看见谁围着二丫狗一样地吸气，就让谁头破血流，这让我们好久都不太开心，觉得大牛就是个混蛋，是《天龙八部》中的全冠清，歹毒而猥琐。

夏天的热一天比一天厉害，大牛的霸道在这热浪中显得微不足道了。我们一天到晚就泡在穿镇而过的河水之中，远远地可以看见二丫走过岸边，袅袅婷婷又惊心动魄。我忽然就想起《天龙八部》中的马夫人走过丐帮大会的样子。大牛就会停下划水的动作，眼睛随着二丫移动，直到二丫消失在路的尽头。

接下来，游泳就显得有些乏味。我们一溜烟地爬上岸，光着屁股钻到河边的芦苇荡中，找一块干爽的地方躺上去，看着天空白亮亮的云朵浮在那里一动不动，有时候想："如果能坐在云朵上，那该是怎样一种感觉。"大牛说："我才不愿意，我恐高。"我们都"轰"地一笑，说："二丫以后就在云朵上，你恐高，怎么能娶二丫呢。"大牛好像忽然醒悟过来，恼怒地说："孙子才恐高。"我们又都笑了，有一搭没一搭地说着，直到老远看见每家屋顶升起做饭的炊烟，就都悻悻地穿上衣服回家了。

大牛不回家，或者说大牛回家的时候故意走一段弯路，要绕到二丫的家门口去看二丫。二丫这个时候总会安静地坐在家里小凳子上，手拿一本厚厚的书，安安静静地读着。大牛故意把脚步弄得很响，而且嘴里吹着口哨，二丫有时候就抬起头，浅浅地笑一下，若有若无的，就像鸟儿飞过天空留下的影子。大牛就像得了什么宝贝一样，一溜烟地跑回家，能高兴一个下午。

乔峰追寻自己的杀父仇人到了最关键的时候。马夫人说："你看天上的月亮像什么？"化装成白世镜的阿朱就是再聪明，也不知道原来这是马夫人在和白世镜调情。歹毒的马夫人终于把乔峰引上了一条不归路，阿朱的命运也在这一刻注定成为悲剧。塞外牧羊的幻想即将戛然而止，我看得惊心动魄，恨不得把手伸进书里揪出马夫人这个歹毒的女人……

寂静的街道忽然传来了一个女人的号叫声，皂荚树上的知了的叫声也趁机涌了进来，塞满了整个房间。我的小伙伴狗蛋跑进来，结结巴巴地说："不好了，不好了。"我说："你倒是说话呀，你大死了，还是你妈死了，看把你急的。"狗蛋说："大牛死了。"

我一惊，丢掉手里的《天龙八部》，一骨碌从炕席上爬起来，说："你说的是真的？"狗蛋说："真的，大牛自己跳到河里淹死了，你没听见他妈在外面号叫吗？"我惊出了一身冷汗。

夏天就这样过去了……

我后来才知道，其实大牛是在二丫接到大学录取通知书的那天跳到河里淹死的。等到夏天过去，二丫要到大学报到的时候，大牛的坟头已经有一些绿绿的草芽爬出来，二丫上学的时候路过这里，我看见二丫连头也没回一下……

在天上种一块地

在天上种一块地，是一种什么样的感觉？

是不是累了可以躺在白云上睡一会儿觉？渴了，可以接一捧天上的雨水，那些长在天上的庄稼，是不是看起来特别清新而葳蕤。

从典史沟进山，沿着盘山路一股脑地上，接着又一股脑地下，直到听得见淙淙的流水声，然后一掉头，又一股脑地上山，几乎要上到山的尽头了，来到一个叫碾盘沟的地方，忽然就遇见了一块天上的土地。

风大把大把吹过来，把土地吹得像白色的带子一样，弯成一张弓，忽而过来、忽而过去。周围是一色的绿，山水田园画也没有这个样子，比起来，无非是缺少生气，而这里，却充满了生气或者生活的气息。

鸡们在散落在山间的房子周围游走，它们不怕人，和人是朋友，老远看见人走过来，它们热情地打招呼，仔细看，热情的脸都有些涨红的感觉，山是它们的家么。

房前总会有一架葡萄。叶子爬满竹子搭成的葡萄架，有阳光从叶子的缝隙溜过来，照在葡萄架下安静的椅子上或者是石凳上，椅子和石凳上就有了光阴的足迹。它们都不说话，悄悄的，害怕惊扰了谁的梦。恍惚中，仿佛有奶奶夏日夜晚的蒲扇和那有些遥远的牛郎织女的故事传过来，抬起头，可以看见隔断有情人相会的银河……

土地在房子的四周。房子好像土地拖起来在掌心的积木，所有的人事忽然就变小了，小到可以用手掌托起整个乡村。

夕阳穿过来，山们半边便渐渐暗了下去，另一半却亮得让人想哭，而土地便被夕阳网住，柔和而安详，仿佛孕妇微微隆起的肚皮，圣洁而美丽。在土地上劳作，整个人都是透亮的，衣服、帽子和人都镶上了金色的轮廓，人就飘起来了，忘记了劳动的辛苦，仿佛是在作一首诗，一首只有自己能读懂的诗……

屋顶的炊烟袅袅地升起来，田野中弥漫出一种久违的母亲的味道，可以坐下来，看看刚刚露出土地的禾苗，说几句话，谈谈心，看一眼整齐的庄稼，一种成就感便油然而生。

晚饭端在了葡萄架下，习习的凉风穿过山川河谷，爬过刚刚劳作的土地，再穿过密密的葡萄树叶子，轻飘飘地过来了，晚餐的香味便氤氲在清新的山野气息之中……

夕阳还没有落下去，月亮已经爬上来了，岁月的更替不知不觉进行着，就像父亲的衰老和母亲的皱纹，都是不知不觉发生的，一转眼，一切都又像风一样消失。其实它们没有消失，它们只是凝固了的空气，一旦有风吹草动，它们又会活过来，在山野和房前屋后游走，我们以为逝去的东西，其实从未走远，它们一直就在身边。没有风的时候，谁又能说空气死了呢？

山里的夜晚静悄悄的，山风也安静下来，月光像牛奶一样倾泻在绿色的叶子上，仿佛沐浴着谁的梦……

在天上种一块地，这感觉对极了……

窗外，是一片天地

有时候抬起头，只是期盼看见几只鸟儿，看它们轻盈地跳跃在枝头，或者是听它们欢快地鸣叫，这些都是我的福利。坐在规规矩矩的办公单元里面，我的心却可以因为一扇窗户而和偌大的自然相通，不禁有些小得意。

窗户的外面其实是一条小径。热闹的校园有了这条曲曲折折的小径，似乎一切都慢了下来。时光在这里一缕一缕穿过紫藤花架，斑驳的岁月印记像长长短短的诗句一样，散落在碎石铺就的小路，这里，是安静的。

有时候有些烦闷，一个人走过这条小径。几只受惊的小鸟从草坪飞上枝头，用黑黝黝的眼睛看着我，好像在责问我这不速之客为什么要打扰它们的宁静，我的脸微微发烧，因为我觉得不好意思，仿佛未经主人同意，贸然踏进了人家的房子。

来得正是时候，就可以看见繁茂的红叶李开满米粒一样的花儿，从枝头一串串地挂下来，风儿吹过，散落一身花瓣，这气氛渲染得像一位侠客，白衣飘飘地走过落英缤纷的通道，去约会自己的梦中情人。

也许是一对逃课的小情侣吧，匆匆地跑过墙角，穿校服的背影把青春渲染得有声有色，让人禁不住想起自己的学生时代。笑一下，我忽然忘记了我的老师身份。

午后，大把的阳光像金线一样从树叶的缝隙穿过来，一本书或者一杯茶都是这种环境下的标配。我看见几位叽叽喳喳的小女孩，在这里互相低声说着各自心里的小秘密，咯咯的笑声在故意压低的喉咙里抑制不住地窜了出来，她们互相看着，但是却又警惕地环顾着周围，一有风吹草动，她们像兔子一样，准备逃跑。

也有安安静静坐在石凳上看书的女孩，远远地有男孩子看着，但是女孩却无视这些存在，独自捧着一本书，很投入的，那可能是一本教材，但是我宁愿相信那是张爱玲的书。这时候，作为老师，我也不想这样的环境下，她还在为繁重的课业苦读。我希望她是闲适的，可以梦见自己白马王子的那种阅读。

秋天的时候，有蝴蝶一样的银杏叶。课间，几位爱美的女孩子叽叽喳喳跑过来捡拾黄得透亮的叶子，我能想到她们将树叶夹在笔记本里的样子，树叶安详而静谧地分享着她的秘密。我去一个班上课，竟然发现她们将金黄的银杏叶一片片地镶嵌在黑板的四周，这节课我讲得很特别，也许特别的是这些银杏叶吧。

当然，春天的时候，是紫藤花的世界。一串串像葡萄一样透亮，蜜蜂不知疲倦地飞来。这很有诗意的情景，我却不是很喜欢。我嫌紫藤开得太热闹了，大把大把的，花期也好像特别短，几天过后，就显得有些衰败。

处于校园的西南角的这块地方，永远是热闹的校园里最安静的地方，幸好它在我坐的窗口，一抬头，就可看见很多风景。学生上课的时候，我一次次独自走过这片地方，仿佛在喧闹的校园找到了一块安放灵魂的地方。

窗外，是一片天地

一条路上的寻寻觅觅

上班路上,看着镇云大道的银杏树叶子由绿绿的芽儿渐渐变成葱茏的那种绿色,仿佛听见春天的脚步一步一步走过来,又一步一步走过去,面对一件事物,春天就是具体而形象的了,而时间,就像流水一样,也有了具体的参照,日子就匆匆忙忙地过去了。

几年前,镇云大道刚刚修建的时候,我看着新栽的银杏树,想着秋天蝴蝶一样挂满枝头的叶子,行走其间,那种诗意的美和惬意的秋高气爽,简直就是人间仙境。当然,我没好意思说,我怕人家说我没见过世面,只是一条新修的马路,至于这样么。后来,不知不觉间,镇云大道修建成功通车好几年了,年年银杏树绿了又黄,黄了又绿,于我好像没有了那种想象的美,心中失落了好久好久。

好在这条路我走得不是很多,伤感只是短暂的一种心情,更多的时候沉浸在生活的琐碎之中,哪里有心情去关心这些树、这条路呢。

不料世事谁也说不准。一夜间,不知道谁的手一挥,学校的撤并就大张旗鼓地进行了。我们被无形的手放在了一个叫象鼻子的地方。说是镇安中学,但是在老百姓和当地人的口中,这地方永远叫第三中学。有人问,没有了第一中学,哪来的第二中学和第三中学?有老师幽默地说,第一中学和第二中学老师撤并,你说一加二等于几?这就是第三中学的由来吧。当然这只是笑谈,我由第二中学到镇安中学,也就是第三中学工作,镇云大道就是每天都要走过的上班路了。

去年九月开学,镇云大道金黄的银杏叶好像一夜之间在秋雨中飘落,我并未感受到秋天的美，只是凄风苦雨的匆忙与无奈。今年三月开学，开车走在镇云大道，看着车窗外一点一点变绿的银杏树，我也没有什么感觉，只是觉得季节变换好像脚步匆匆得多了，以往不在意的一些东西忽然就塞满了生活，死死地将人按在地上，让人爬不起来，也不能呼吸。想要挣脱这无形的束缚，却又时时感觉无能为力，困顿而又彷徨。

学校、家庭，两点一线，中间就是镇云大道。每天重复着一样的动作、一样的想法，今天就知道明天是个什么样子，甚至明年是个什么样子，这是怎样一种生活和心情，我自己都难以说清了。

银杏树年年都在生长，笔直而旺盛。向东是家，向西是学校，一群人每天就这么东西奔走，这就是生活。

我想找一个没人的地方，坐下来抽一支烟，看每一丝烟雾如何在我面前变化升腾直到消失。我也想变成一棵银杏树，春天发芽、夏天浓绿、秋天金黄、冬天肃立，一年一年就这样，不管不顾。我也想化作一丝空气，在无形中游走，穿越所有的人群和树木、河水、山林……

镇云大道的银杏树绿得不管不顾了，时间像流水一样过去了，我已经能看见秋天这些叶子的金黄了，而我却看不见自己……

寻寻觅觅，寻寻觅觅……

是谁踩痛了季节的尾巴

春天已经过去，夏天还没有到来，天空看起来好像有些远。

四月马上就要结束了，一场持续了一个礼拜的春雨，结束了这春天，站在春天的尾巴，校园夏天的热烈已经爬上了学生的T恤衫，而我仿佛置身秋天之中，感觉一阵阵寒冷和心疼。

游走在灰色的教学楼间隙，教学楼巨大的阴影像巨兽一样一下子吞噬了我，阳光似乎离我有点远，我迈不开脚步，也看不见阳光。

这个时候，红叶却格外招摇，我疑心它们弄错了季节，或者是我感觉错了，红叶只是默默跑出来配合我，一丝秋意爬上心头，凉凉地疼。

我忽然想起几十年前上小学学的一篇课文。讲的是老山羊种的大白菜丰收了，把自己的劳动成果和别的动物分享的寓言。小兔子不要大白菜，问老山羊要白菜种子。那时候学过的文章很多，唯独这篇文章在这个时候爬上来，我都有些恍惚……

游走在校园的红叶旁边，阳光像网一样铺在红叶上，又像针一样穿过叶脉，把红叶照得透亮，不知道红叶是不是被网住，或者被刺疼，我的眼睛就有些刺疼，感觉有凉凉的东西，我疑心是蚊虫跑进了我的眼睛。

好多好多的红叶热闹地挤在一起，叽叽喳喳地说着什么。它们怪异的眼神看着我，仿佛我是动物园新来的一只动物，我看着陌生的感觉，仿佛自己离开了地面，身不由己地不断地上升，化作了空气或者云彩，随风而去……

五角枫红得怪异。但是它在高处，和灰色的教学楼正好一明一暗，是一张纸的两面。风过来了，灰色的教学楼开始躁动起来，五角枫红着脸静静地看着，不说话，不说话就很美好了。

几个学生在教学楼的阴影下打羽毛球。他们怕阳光刺伤了眼睛。青春的样子让人心疼，纯洁的校服宽松地套在他们略显单薄的身上，让我想起三十年前的青春，模糊得就像雾一样……

我忽然又想起朱自清的文章：热闹是他们的。

荷叶已经开始露出水面了吧？可惜湖已经消失了，一些要死不活的草替代了清澈见底的湖水，而记忆中盛开的莲花已经无迹可寻，让人禁不住惆怅而茫然若失……

是时间错乱了季节，还是季节打乱了时间，这不得而知。季节这只无形的手已经安排了所有的时间，天空的云彩无辜而无所事事，游走在高处，是谁放的风筝一样。我是一个看别人放风筝的孩子，就这样抬头望着，忘记了时间，忘记了季节，也忘记了自己……

桃花依旧笑春风

校园里，最先开的是桃花。课间，不经意地走过校园东边的花园小径，一树树开得如火如荼的桃花，在微寒的春风中摇动，让人禁不住想起"桃花灼灼"这个词语来。

崔护的"去年今日此门中，人面桃花相映红。人面不知何处去，桃花依旧笑春风"估计是流传最广的写桃花的古诗了。其实这古诗写的不是桃花，而是人事，只不过寄托在桃花上罢了。

桃花的花期很短，桃花的粉嫩又是那样惹人爱怜，所以桃花像极了青春或者是美女，总是给人无穷的遐想。看着开得热烈的桃花，总是有一丝伤感在这种热烈的背后探头探脑，我想，作诗的崔护最能体会了。

对于桃花，我更喜欢的是开在山坡上的山桃花，其实我也说不清原因。也许是它距离观赏者有一段距离，看得不是那么真切，也许是它开得更加自由和奔放，少了一些脂粉气。

就这一点来说，白居易《大林寺桃花》的"人间四月芳菲尽，山寺桃花始盛开"于我倒有些相通之处。开在山寺的桃花，开得幽静，开得热情，开得不管不顾而又不招摇，就像河边浣衣的西子倒映在清清河水中的倩影，也像极了揉碎在心底的心事，更像是恍如前世的故事，让人惆怅而静谧，向往而遥不可及。远离人事，像内心的独白。

刘希夷《代悲白头翁》就看似写的桃花，但是更侧重的是人事的叹惋。"洛阳城东桃李花，飞来飞去落谁家？"和崔护比起来，诗人刘希夷是人事的旁观者，更冷静一些，格调更高一些。崔护是故事的参与者，身在其中，有些意乱情迷的成分在里面。刘希夷有一些"坐看云卷云舒"的洒脱，比起"旧时王谢堂前燕，飞入寻常百姓家"，刘希夷更能让人产生共鸣，文字也显得轻盈和有画面感一些。

至于黄庭坚《清明》里的"佳节清明桃李笑，野田荒冢只生愁"，就有些直白了。野田荒冢，几树独自开在春风中的桃花，是生与死的最好的对比。于我来说，我觉得中国的节日中，唯独清明节是一个让人感觉轻松的节日，比起祭祀逝去的亲人，其实这个节日更是踏青释放心情的时候。这一过程，它会让人更加贴近生命的本质，让人回归自然，体会生命的意义和看透生死的超脱。诗人的"只生愁"虽说有他自己的理解，但于生命和生死层面，我倒觉得还可以再超脱一些的。

"竹外桃花三两枝，春江水暖鸭先知"和"西塞山前白鹭飞，桃花流水鳜鱼肥"是苏轼《惠崇春江晚景》与张志和《渔歌子·西塞山前白鹭飞》里的句子。画面感很强，也是两位诗人热爱生活的体现，诗词背后其实更多的是诗人的洒脱和超脱。这句子适合题在书画上，挂在书房里面反复体会和赏读的。读着读着，直到读出眼泪和笑声来。

最后，我就以顾德辉的《蝶恋花·春江暖涨桃花水》来结尾吧——

陈浩然招游观音山，宴张氏楼。徐姬楚兰佐酒，以琵琶度曲。郑云台为之心醉。口占戏之。

春江暖涨桃花水。画舫珠帘，载酒东风里。四面青山青似洗，白云不断山中起。　　过眼韶华浑有几。玉手佳人，笑把琵琶理。枉杀云台标内史，断肠只合江州死。

今日谷雨

谷雨,读一下,是不是春天的气息就萦绕在身边。闭上眼睛感觉一下,就像挂在阳台的花棉布裙子随风起舞。忽然,就可以有触摸的感觉了。

春深村野艳阳天,谷雨来时花盛妍。谷雨来了,说明已经春深。那种成熟的妖娆和婀娜,就像春天的绿色,满眼都是,一不小心就撞个满怀。

花儿已经用最浓郁的热情开始和春天告别了,心急的樱桃已经奉献出自己的甜蜜。

谷雨是播种的时候。柳絮飘飞子规啼,耕田播种莫误期。田间地头,春忙的农人用身影诠释着人勤春早的古训。种瓜点豆,也证明着种瓜得瓜、种豆得豆的真理。

这一天,最好是来一点雨,不然对不起这个名字,也对不起农人的期盼。不是说贵雨从天降,如时润善田吗?最好是春睡中的淅淅沥沥,让人有一种"随风潜入夜,润物细无声"的惊喜在里面。是一种心意,也不可强求,一切都在意料之外又在意料之中的那种恰到好处。

前一天种下的玉米,正在有滋有味地品味着细蒙蒙的雨丝的滋润。好像刚刚睡醒的美人,想翻一个身或者打一个哈欠,吐气若兰就不是一个词语了。新鲜的泥土在均匀地呼吸着,好像在呵护着谁的梦。

地边的小草热闹地挤在一起,汩汩地迎接这从天而降的甘霖,精神得就像阅兵场走过的士兵,晶莹而健壮,让人忽然间充满了活力,禁不住想起王贞白"晓贮露华湿,宵倾月魄寒。家人淡妆罢,无语倚朱栏"的句子。只是有些冷,没有谷雨这一天的温度。

"古木阴中系短篷，杖藜扶我过桥东。沾衣欲湿杏花雨，吹面不寒杨柳风。"好像也是谷雨的景色，有些悠闲和诗意在里面。也许是有禅机在里面的，散淡得恰到好处，不是公门中的人能体会得到的。

"几枝新叶萧萧竹，数笔横皴淡淡山。正好清明连谷雨，一杯香茗坐其间。"板桥先生爱竹是出了名的，连喝茶也离不开竹子。都说明前茶是茶中精品，对于老茶客来说，谷雨茶才是他的最爱。经泡而价格实惠，比起花瓶来说，小家碧玉才是生活的日常。

连皇帝都有感叹："嫩荚新芽细拨挑，趁忙谷雨临明朝；雨前价贵雨后贱，民艰触目陈鸣镳。"不知道皇家的御茶是明前茶还是谷雨茶，也许他只是装装样子说一说罢了，虽说什么"金口玉言"，但是纵观历史，好多时候皇帝嘴里冒出的话是不作数的，更多的时候是个由头或者摆设。

早上起来，鸟儿在鸣叫着，新鲜的空气带着夜雨的味道，让人精神一振，忽然就觉得诗意扑面而来，啊……哈哈。

谷雨有诗意，其实诗意只是在人的心中……

如梦如幻，如露亦如电

塔云山最壮观的据说不是金顶，而是云海。

金顶不是壮观，而是险绝。一根竹笋一样的山峰，峰顶几平方米的地方凌空是一间房子，想一想都是让人心惊肉跳的感觉。至于说壮观，那就说不上了。

我于塔云山，去过很多次，多是奔云海而去，无可奈何而回。而于金顶，多次也就远远地看看，至于攀登上去，总有些腿软。好在远远地看看好像比攀登上去要更合适一些。一切都在似是而非之中，那种美也许更适合精神上的审美需求。

塔云山的名字，我疑心是踏云山的误传。虽说这里有"中国最危险"的房子，但它毕竟不是塔，叫"塔云山"有些名不符实了。而秋冬交接或者春夏之分之时，这里云雾升腾，苍松翠柏掩映，金顶在云海之上或者在虚无缥缈的云雾之中若隐若现，身临其境如踏云而观，或许更符合实际一些。

忘记交代了，塔云山是镇安的一个旅游景点，也是享誉鄂陕的道教圣地，地处镇安县城西边的柴坪土地岭，高速出口名为塔云山，下了高速走省道三十余公里即到。

我去塔云山最早是一九九几年，那时候塔云山还没有修建景区，进山后步行登山，大约要走两个小时的山路，才能到达金顶。原生态的风景让人一直记忆着。那是秋天，一位摄影爱好者想去拍红叶，就喊我一起去玩。这位摄影爱好者谈起自己的初恋与塔云山有关，一路上娓娓道来那些故事，温暖而温馨。那些纯洁的情感，仿佛带着温度还游离在塔云山的沟沟坎坎，等着它的主人来喊它回家。

  那时候，我也刚买了相机，跟着这位朋友学了不少摄影的入门知识，拍摄了几张塔云山的红叶，其中几幅刊发在《商洛日报》上面，也算是一种鼓励和意外的收获了。至于如何看塔云山的金顶，我已经忘记了。

  再后来，摄影协会的杨军去塔云山，邀请我一起去玩。那时候，我与杨军不像现在这么熟悉，但是他的热情和直爽给我留下了很深的印象。他第一次带我走了没人走或者说很少有人走的路找塔云山拍摄金顶的最佳机位。当然，现在这个地方已经修成了观景台，所有来这里的游客都可以站在这个观景台大饱眼福了。但是杨军带我去的时候，攀爬这里还是很危险的。他说第一个在这里拍塔云山的人是用绳子把自己从上面吊下去拍摄的。这我是相信的，因为我试图下去拍摄，试探了几次，感觉人实在是站不住而退缩了。

  再后来又陆陆续续去过几次，直到现在塔云山建成全国有名的景区。但是我一次也没有看见过塔云山的云海。和朋友谈起这个遗憾，朋友说，一切都是缘分。说明我和塔云山的云海缘分还没到，我一笑，想想也是，也就坦然了，缘分这个东西岂可强求？好在好多摄友拍摄了很多云海的照片，我也能感受到塔云山云海的壮观了。

  事因难能，方显可贵。塔云山的云海虽说时时都有，但也不是时刻都有。想要观看云海，机遇是不可或缺的。这不是去得多就能解决的问题。有人去一次就遇见了，而有人看准天气去，却还是败兴而归。

  这正如生活，努力是必须的，但是努力不是全部，所以说，很多事情，我们能做的就是尽力而为，至于结果，那好像是上天的事情。正如《金刚经》云："一切有为法，如梦幻泡影，如露亦如电，应作如是观。"

  其实，塔云山的云海一直在那里，而我却不知道在那里，我想……

立春的雨啊

腊月二十二,是立春呢。

"立春"是个有诗意的名字,听起来是个男性化的词语,但是总能感觉女性的温柔在这个节气里萌动,就像一个英姿飒爽的女孩子,纯洁而微笑着向我们走来。

这天落了几点雨,如果不用心感觉就感觉不出来的那种,打在脸上,凉凉的,像冬天孩子的小手。

我疑心我的感觉出了问题,抬头望望天空,灰蒙蒙的,不见一丝云。我又看了看身边汽车前挡风玻璃,我想确定,刚才打在我脸上的是不是雨滴。没有答案。

冬天快要过去了,春天还没有来。但是,风已经有了春天的意思。她是春天最早的信使。走过角角落落,角角落落就有了一丝萌动。走过河边的柳树,柳枝在风中的婀娜就有了生气和颜色。

毕竟,春天已经在结冰的河上融化的水滴边探头探脑了。风,一会儿吹过来,一会儿吹过去,和冰碴子玩起了游戏。她和冰嬉戏着,玩闹着,等冰疲倦了,她深情的一口吻下来,冰就融化在她的热情和深情之中。风看上去无影无踪,其实她藏起了她的"烈焰红唇",她对待冰,是有心计的,这像极了爱情,拉拉扯扯中,生活的味道尽在其中。

田边地头,农人的影子出现了。距离播种,似乎还有些早,但是,春天的脚步已经响起来了啊。他们在冷却了一个冬天的土地边徘徊,盘算着春天来了,这块地开春了该种些什么。

要播种的很多。玉米、洋芋，或者是辣子、茄子、黄瓜、豆角，孩子爱吃西红柿，是不是也要计划上？"瓜田李下"是不好的说法，但是它一样藏有秘密的，房前屋后的瓜还是不能少的。总之，种下去了，就有了希望。人不就是靠希望活着吗？土地也一样，种点什么就会出些什么，土地不会给你白白长出什么，当然也不会白白瞎了你的希望。一分耕耘，一分收获。这一点上，土地是诚实守信的。作为农人，和土地的互信不用旁人来指手画脚，他们是生死之交的朋友。

地边的野草一个冬天和风纠缠，已经枯死和干透了，一把火就能点燃它们的梦想。春天来了，它们知道自己该什么时候退出去，因为希望的绿色已经孕育在它们的根部了。

雨只落了几点，简直让人怀疑是不是真的来过。立春这天，这雨就显得有些顽皮和神秘。

腊月二十二已经来了，腊月二十四就不远了。虽说杀年猪的农人越来越少了，留守的老人和孩子还在盼望着亲人的归期，但年的气氛多少还是会浓烈一些吧。鲁迅说过："毕竟旧历的年底最像年底。"名人的话有时候是作不得数的，旧历的年底就是年底，怎么能说它不像年底，或者像年底呢？这话好比是说，自己长得不像自己，或者说自己长得像自己。不过，回头想一想，这话也是很有味道在里面，正如他的"院子里有两棵树，一棵是枣树，另一棵还是枣树"。这需要慢慢地读，走快了，就什么都没有，比如人生。

有时候，走那么快，如果停下来想一想，有什么意思呢？

就像立春这天的雨，到底是下了还是没下，谁又能知道呢。

立春的雨啊

吃，不仅仅是一个动词

种一块地，就会多一点念想，有时候就会无端地多了一些挂念。

昨晚一场雨，挂在架上的黄瓜是不是又长长了不少，有些性急的雨滴，会不会打落昨夜才开出的鹅黄的黄瓜花。

黄瓜秧子像刚出生的婴儿的手掌一样娇嫩的时候，就被细心地移栽到瓜架下面，每天看着它一寸一寸地长起来，叶子一天一个样子，爬上瓜架的枝枝蔓蔓，嫩嫩的，绿绿的，就像谁的手臂，让人忍不住生出触摸的想法，但又不忍心去打扰那种平静和美好。

等到鹅黄的花朵变成细小的黄瓜，便一天一个样子。昨晚看上去还顶花带刺，今天已经饱满而浑实，像婴儿的臂膀，直直地从瓜架垂吊下来，等着去采摘呢。

四季豆也鼓鼓地挂在架上，一咕噜一咕噜地翠绿着。

黄瓜的娇嫩在枝枝蔓蔓，而四季豆的娇嫩却在果实上。

将豆种丢在豆架旁边，看上去有些随心所欲，种的时候显得散漫了一些，不像移栽黄瓜一样小心和精细，想起来多少有些对不住这些豆种呢。但是豆种不在乎，点下去一两天，就会冒出嫩嫩的两片叶子，顶在嫩红的汁水饱满的茎秆之上，接着冒出嫩嫩的新枝，一圈一圈的，商量好了一样逆时针转着圈儿爬上豆架，结实得让人放心。不像黄瓜，就像爬到高处玩耍的孩子，时刻让人担心会跌落下来。

黄瓜的果实藏在肥大的叶子后面，就像顽皮的孩子在和人捉迷藏，而四季豆的果实就有些直接而热烈，一串一串从枝头直挂下来。

摘黄瓜有摘黄瓜的惊喜，摘四季豆又有摘四季豆的喜悦，那是两种不同的感觉，说不清道不明，最直接的是你去摘一次，就知道了。

种瓜点豆，当然也离不开种一些辣椒。

辣椒的种类有些多。菜辣椒、线辣椒、牛角辣椒、羊角辣椒、螺丝辣椒、小米椒、朝天椒，不一而足，根据自己的口味，随意种一些，都是合适的。

菜辣椒长得胖嘟嘟的，入口很脆，已经没有了辣椒的实质了，真正辣得够味的是螺丝辣椒、线辣椒和朝天椒，尤其朝天椒。这三个品种分别适合"不怕辣""辣不怕"和"怕不辣"的人。

说到这里，我就想起我重庆市的四舅和表哥表姐以及他们的孩子们，每次过去，都要招待我们吃一次火锅，那个辣啊，就像他们对我们的亲情一样热烈和浓烈。

辣椒种下去，就有些随意了。生长起来也不是很起眼，等到再次注意它们的时候，它们已经挂满了大大小小的果实了。

摘一些青辣子，细细地剁了，和大蒜放在一起，无论是炒了或者是生的，放入石质的辣子窝蹋得茸茸的，都是吃面的好佐料。

于陕南人或者直接说陕西人，一碗面，如果没有了油炒青辣子或者大蒜蹋辣子，那就没有了灵魂。

种一块地，才能吃出蔬菜的味道。

你去菜市场买来的菜，它是没有生命的。这比如在海边吃海鲜和你在内地吃海鲜，同样的东西，那能是一个味儿吗？

种一块地，吃的是一个过程，而不种地就直接是结果了。结果和过程哪个更重要呢？可以立马证明，人生的结果和过程，你觉得你要的是结果吗？

吃，不就是个过程嘛。

"李扶贫"和"懒驴张"

"李扶贫"其实不叫"李扶贫","李扶贫"也不是一个人的名字,由于驻村扶贫干部的身份,群众便喊她"李扶贫",喊来喊去,反倒没人喊她的真名字,好在她也不在乎。

猛然一听"李扶贫",你可能觉得是一个男子汉,而这个"李扶贫"却是个实实在在的美女。"李扶贫"大学毕业,分配到机关,刚好单位分派干部下乡包扶贫困户,搞精准扶贫工作,每人包扶几户贫困户,大家一看这姑娘刚好大学毕业,嘻嘻哈哈地说让她包扶"懒驴张"。她见大家这么热心,就说包扶谁都是一样的工作,就没有挑剔地答应下来。

"懒驴张"也是一个外号,听这名字就能知道为啥是贫困户。好吃懒做、好赌,父亲去世时留下的家底让他三天两后响就败光了,穷得"光腚打得光炕响",都四十好几了,连个老婆也没讨上。

"李扶贫"第一次下乡来到"懒驴张"家,一看"三个石头支个锅",四条腿的就是一张床,心里就有些发凉,对"懒驴张"说明政策和来意,"懒驴张"手一伸,说扶贫款拿来,搞得"李扶贫"不知道说什么好。"懒驴张"来劲了,说:"你这丫头片子,你要是能给哥扶贫来一个老婆,哥保证一年就脱贫。""李扶贫"接过话头说:"你说的是真的?""懒驴张"说:"拉钩都行。"

"李扶贫"说:"那好,我们说定了,我保证给你扶贫个老婆,但是你首先要按我说的做。""懒驴张"说:"那看你要我做啥?""李扶贫"说:"我在你家寄养一头猪崽子,你保证一年后给我养成大肥猪,一年后我按市场价把猪买回来，你能做到吗？""懒驴张"一听有钱赚，说："这个容易。"

第二次"李扶贫"下乡，就给"懒驴张"带来了一头猪崽子。"懒驴张"早盖好了猪圈，把猪崽放进去，"懒驴张"一下子精神了不少，用看媳妇的眼神把猪崽看了一遍又一遍。"李扶贫"走的时候说："老张，你可不要把我给的任务忘记了。""懒驴张"第一次听见有人喊他"老张"，神色庄重地点点头，接着说："那你也不要忘了我的老婆。"

自从"懒驴张"养了猪，那些赌友再喊他打牌赌博时，心里痒痒的，但是看看猪圈里的猪崽，想想"李扶贫"的话，便坚定地摇摇头，说："有猪崽拴住了，走不开。"赌友都说："猪崽又不是你老婆。""懒驴张"说："猪崽还就是我的老婆。"

不赌博的"懒驴张"一天没事干，就寻思着把"李扶贫"这头猪喂得肥肥的，要把猪喂肥，就得有粮食，"懒驴张"的几亩地也慢慢地"绿肥红瘦"起来。夜里寻思着，这头猪喂得再肥，也是人家"李扶贫"的，反正是一个人在家，一头牛、两头牛都是放，何不央求"李扶贫"给自己搞几头猪崽一起喂。

"李扶贫"再来村里，他就给"李扶贫"说了这个想法，"李扶贫"一个电话，几头猪崽马上送到"懒驴张"家里。"懒驴张"扭扭捏捏说钱的事，"李扶贫"说："怕啥，我不是还要给你替我养猪的钱吗，到时候咱们'秤钩搭子上下肉'，一起算。"其实"李扶贫"知道"懒驴张"掏不出钱。

"懒驴张"养猪了，人也精神多了，每天起早睡晚的。有时候，出门几天，猪崽没人照顾，"李扶贫"找到自己包扶的寡妇张婶隔三差五地替他照看。一来二去，张婶看着"懒驴张"确实是改邪归正，禁不住也高看他几眼，称呼上不知啥时候也从"懒驴张"改成了"老张"。有一次，"李扶贫"开玩笑说："张婶，你咋不喊'懒驴张'了？"张婶说："我这还不是跟你学的。"

年底，表彰脱贫攻坚积极分子，"李扶贫"由于成功让"懒驴张"脱贫而获奖。"懒驴张"和张婶知道了，说："'李扶贫'包扶贫困户可没少吃苦，这奖就该得。""李扶贫"说："老张，我还欠你一个媳妇呢！"旁边的张婶脸就红了起来……

"李扶贫"和张婶的那些事儿

张婶是"李扶贫"的包扶对象。

说起贫困户,可能都觉得农村贫困户主要还是好吃懒做造成的。但是张婶却是个精明强干的女人,无奈命运不好,早些年男人得下了瞎瞎毛病,瘫在床上一拖就是十几年,张婶东拉西借欠下一屁股债为男人看病,从来没有怨言,岁月和苦难硬是把如花似玉的张婶雕琢成一个女人中的"男人"。

说起张婶和她男人,那当时在村里可是人尽皆知。他们两个上高中的时候就是同学,上学、放学都能看见他们的身影,不知道啥时候张婶就喜欢上了这个男同学,一来二去高中就毕业了,都没有考上大学,只好出去打工。张婶娘家家境殷实,住在川道里面,这个男同学却家境困难,住在吃水都是问题的山上。张婶家里知道这件事,说啥都不同意这门婚事,无奈张婶死了心,非他不嫁,搞到最后,娘家人都不认她了,张婶拿了自己的换洗衣服就上了山。

起初,小两口恩恩爱爱、甜甜蜜蜜,小日子看着有了起色。等到两个儿女都到上学的年龄了,两口子合计着搬到川道去造屋,好照顾儿女上学,男人却查出了尘肺病,人一下子精神都垮了。

好在张婶里里外外一把手,马上决定把造屋的钱拿出来给男人看病,儿女上学的事情先缓一缓,让他们先寄住在亲戚家,每月出点生活费,好在"两免一补"的助学政策落实了,暂时娃的学费、生活费还能供得上。

尽管张婶尽力照顾这个风雨飘摇的家,但是她的男人还是狠心抛下他们孤儿寡母去了。张婶想想自己多年来的苦,一下子瘫坐在地上,从没流过的眼泪一下子如决堤的河水……

　　男人死了，日子还得过下去。给男人看病落下的窟窿还得一步一步地补上。张婶本身就是个倔强的女人，村主任上门做工作说要她搬迁到川道去，张婶看看家徒四壁，说："我还要在这里等我那死鬼男人。"搞得村干部头皮直发麻。

　　正好这个时候"李扶贫"包村扶贫，摊上张婶这包扶对象。到底是女人和女人，"李扶贫"第一次上门，就和张婶成了朋友。张婶说："扶贫不扶贫我不说，其实我家贫心不贫，'李扶贫'是拿咱当自己人。"张婶本来心气高，是时运不济日子烂包了，"李扶贫"了解张婶的情况，所以她给张婶带来的是尊重和生活的信心，张婶当然喜欢"李扶贫"了。

　　日子长了，"李扶贫"发现张婶其实和"懒驴张"可以有些关系的，就有事没事试探张婶的口气。张婶说只要"懒驴张"能改掉赌博和懒的习惯，哪有过不好的日子。"李扶贫"一看有门，就把自己包扶张婶和"懒驴张"两户的扶贫重点放在"懒驴张"身上，只要"懒驴张"脱贫了，不愁张婶不脱贫。

　　"懒驴张"在"李扶贫"的一步一步张罗下办起了养殖场，"懒驴张"一个人有时候忙不过来，"李扶贫"就经常有意无意地喊张婶来帮忙，一来二去，"懒驴张"的变化张婶看在眼里，喜在心里……

　　"懒驴张"的养猪场风生水起，张婶的脸上也桃红柳绿起来。"李扶贫"想起"懒驴张"要自己给他扶贫个老婆的话来，就对"懒驴张"说："老张，你这媳妇还要我张罗不？""懒驴张"红着脸说："咋不需要呀，要不是你张罗，我的日子能有今天吗？我要请你喝酒。"旁边的张婶脸也红红的，说："老张，你还没有媳妇就说请人家'李扶贫'喝酒，臊不臊呀。"

　　"懒驴张"看着自己膘肥肉满的猪崽，若有所思地说："谁说我没对象，我'懒驴张'心里有数，我心里有人啦。"张婶脸上一惊，就有些不高兴，说："你心里有哪个？""懒驴张"说："我心里有的这个人你知道，就看你答应不？"张婶一下子羞红了脸，说："老张你个挨刀的，没正经。"

　　"李扶贫"站在一边，偷偷地笑了……

静悄悄听万物的灵说话

《一个人的村庄》是刘亮程的散文集,这本来自生命体验的散文集没有华丽的语言,却处处让人着迷。正如作家自己说:"在二三十岁最寂寞的时光里,我糊里糊涂写出了一部好书。那时我能听懂风声,可以对花微笑。我信仰万物有灵。作家就是那种能跟石头说话的人。我让自己单独地处在一个村庄的地老天荒中,静悄悄听万物的灵说话。后来我说话时,感觉万物在听。"

对于如今的城市化进程中的少年儿童来说,远离农村、远离土地、远离那些牲口的叫声和鸟儿的歌唱,"乡村"越来越是一个藏在书里的名词,那么刘亮程的《一个人的村庄》无疑让我们重新认识越来越远的乡村以及那些庄稼和泥土。

"他们都回去了,我一个留在野地上看守麦垛。得有一个月时间他们才能忙完村里的活,腾出手回来打麦子。野地离村子有大半天的路,也就是说,一个人不能在一天内往返一次野地。这是大概两天的路程,你硬要一天走完,说不定你走到什么地方,天突然黑了,剩下的路可就不好走了。谁都不想走到最后,剩下一截子黑路。是不是?"

读了上面的文字,你觉得你是在读文章吗?我觉得是和一个一起散步的人絮絮叨叨地谈话,而且是直入内心的那种,它能把你带入一段回忆或者一次感动。

"刘亮程单纯而丰饶的生命体验来自村庄和田野,以中国农民在苍茫大地上的生死衰荣,庄严地揭示了民族生活中朴素的真理,在对日常岁月的诗意感悟中通向'人的本来'。他的语言素淡、明澈，充满欣悦感和表达事物的微妙肌理，展现了汉语所独具的纯真和瑰丽。"这是作家在本书获得"冯牧文学奖"的授奖词。

"我一回头，身后的草全开花了。一大片。好像谁说了一个笑话，把一滩草惹笑了。"你不喜欢农村吗？我们可以看看作家这些诗意的描写，如果没有对自然、对农村的热爱，是不会写出这样诗意的文字的。

60后代表作家、著名学者摩罗说："刘亮程也是一个善意到家的人，他对世界没有什么苛刻的要求，到处都充满了欢喜，他见什么都很欢喜，见什么都顺眼，哪怕是一只偷吃他麦穗的老鼠他也很顺眼；哪怕是一只吸了他血的蚊子，他也很顺眼；在他身上睡觉的虫子，他同样顺眼。这种顺眼正是源自他内心的善意。他以这种善意与世界相处。"其实正是这种朴素的善意造就了作家独特的视角和富有生命力的语言特色。

我随便节选两段文字吧，也算是为我的推荐、为你的进一步阅读做一个引子——

以后几天，我干着许多人干剩下的事情。一个人在空荡荡的麦地里转来转去。我想许多轰轰烈烈的大事之后，都会有一个收尾的人，他远远地跟在人们后头，干着他们自以为干完的事情。许多事情都一样，开始干的人很多，到了最后，便成了某一个人的。

一次我在街上看到从乡下运来的一卡车牛，它们并排横站在车厢里，像一群没买到坐票的乘客，东张西望，目光天真而好奇。我低着头，不敢看它们。我知道它们是被运来干啥的，在卡车缓缓开过的一瞬，我听到熟悉的一声牛哞，紧接着一车牛的眼睛齐刷刷盯住了我：它们认出我来了……

静悄悄听万物的灵说话

白公智，北阳山里写诗的人

樊明涛说，他要做北阳山的牛。白公智却说，他要做石井山的一株芍药花。

牛是朴实的动物，朴实无华却大气稳健，就像散文，樊明涛是写散文的好手。花儿却是浪漫的，让人惊艳的，就像诗歌的语言，而白公智正是写诗歌的高手。

樊明涛不可能去北阳山放牛的，他有他的老婆孩子热炕头，做北阳山的牛最多是他的理想，就像他的散文，你不去看它一直就在那里，你去看了，它也一直就在那里。北阳山的牛也一样，它们自由地吃草和休息，有自己的规律，有人没人它们都那样。很多时候，樊明涛都像北阳山的牛一样沉默着，有时候也像北阳山的石头。

白公智却在石井山种了上千亩的芍药花。这让我觉得诗人的气质有时候是说到做到的，不仅仅是一种浪漫的想法。正如他的诗歌《宿命》里说："我选择种树，还因为漫山遍野的花草树木/春来开花，秋季结果/抱守家园不离不弃。寒来暑往，心里密密麻麻地/写满生活的秘密，却从不到处诉说/阳光照在东面，或西面/草木也会用年轮，记录上苍的偏心。"他在石井山的麻凼里面种了上千亩的芍药花，就像他写的诗歌一样，芬芳着自己的生活，也滋养着北阳山这个叫石井的地方。

喀斯特地貌决定了北阳山极度缺乏水这种生命之源。缺乏什么你都能从地名上看出来人的渴望。比如这地方有个叫甘沟的，还有个叫水泉的，当然还有石井，都见证着祖祖辈辈对水的渴望。

贫瘠的土壤就像生长诗人的苦难，作为诗人的白公智最能体会底层生活的不易，比如他写的《我为二哥做一盘菜》："我怀疑从山西煤矿回来的二哥/是不是二哥。掉了几十斤肉的二哥/头发长成茅草的二哥，衣服上/扯满旗帜的二哥，远看/像一粒尘土，近看满是尘土/的二哥，被我紧紧拉住双手/说不出话来的，还是不是二哥//切好牛肉、鸡肉、腊肉，再做一盘/木耳拌洋葱。二哥说着煤矿的黑/我剪去了木耳的耳根子。二哥说着/煤矿里的矿难，我开始剥洋葱/一层层剥，一层层剥，一直剥到/问题的核心。然后，我们兄弟俩/谁也不说话，一把一把抹眼泪。"这位叫白公智的诗人决定写一篇大作品，在这个叫石井山的地方，大山是他大作的标点符号，麻凼是他大作的诗行，每一株在风中怒放的芍药就是他诗歌的文字，热烈而奔放，芬芳而馨香。

是白公智让石井山的苦焦日子有了诗意。正如我们敬重的章登畅先生说，白公智把日子过成了诗。其实看着成片的芍药和在芍药地里指点的白公智，那本身就是一首诗。在白公智身上，你分不清诗歌就是他，还是他就是诗歌。"半耕半读，无须为稻粱谋/春种夏长，秋收冬藏，十亩良田/足够养活一家老小/屋后房前，再散养一群土鸡，半湖鱼鸭/食有肉，穿有衣，行有扁舟//不愿出游。晨起，娘子已/温好热水，净面，更衣，沏一壶明前龙井/朝阳暖照，手捧一卷唐诗/于丝竹声中，摇头晃脑，一首一首诵读/只把今世千丝万缕的不快，都忘到九霄云外。"这是生活还是诗歌，谁又能分得清呢？好在大家都不是较真的人，就由着诗人白公智这么糊里糊涂地过着。因为有那些花儿在他的芍药谷里燃烧呢，他有的是激情和灵感。

有趣的人，一定是有故事的人。诗人白公智用写诗的浪漫种了一山的鲜花，在这漫山遍野的鲜花中，他就像个孩子一样纯洁着。我想："做一个有故事的孩子是多么的幸福，这幸福只有自己知道，凭谁打死都不说的那种。"

我忽然羡慕起樊明涛和白公智来。我也要做一头北阳山的牛，漫步在白公智的芍药谷。去品读樊明涛的沉默和白公智的浪漫与热情，我要放声为他们歌唱，虽然我发出的还是那一声"哞——"，谁又能说这不是生活的模样呢？

姚阳辉的机器人、稻草人和城市

诗人喝酒，喝酒的诗人并不贪杯，一般情况下，诗人看酒杯的眼神是专注的，而且专注得随和而散淡，这时候，酒可能就是"淡如水"的"君子之交"。诗人端起酒杯并不一惊一乍的，不像那些只说不喝的酒赖子。诗人平静地端起酒杯，水波不兴的、风清月白的、甚至旁若无人地放在嘴边，脖子一仰，酒就不见了，诗人的脸上更显得平静而祥和，好像有思想一样的东西一下子溢出来，诗人就是栗乡诗社的副社长姚阳辉。

我认识姚阳辉应该说很早，之所以说应该说很早，原因是我认识他算起来已经是很迟了。刚毕业的时候，有幸分配到镇安文人之乡西口，那时候就听说西口区有个《北阳山文学》杂志，几个文学爱好者创办的油印刊物，但是在镇安影响蛮大的。姚阳辉是刊物的发起人和骨干，诗写得特棒，可惜我无缘拜会，这一错就是16年了，也没想到16年后的栗乡诗社成立的那个下午，我才见到仰慕已久的姚阳辉。

高高大大的样子和我想象的诗人不一样，白净而文静更是和想象中的"大胡子、不修边幅"等"诗人"应该有的模样格格不入，而他就是货真价实的诗人，全国有影响的诗歌刊物上都有他的名字散发出来的油墨香味呢。

阳辉的诗以奇诡的想象力而震撼。我经常为这种匪夷所思的遣词造句而折服，你不知道阳辉躲藏在眼镜背后的纯净清澈的双目，是如何将我们看似平常的事物用文字化腐朽为神奇的。他发表的诗歌《机器人的爱情》《想家的稻草人》和《城市的胃口》，笔者认为在某种意义上说可以是一个主题的组诗。

赋予没有生命的机器人以人类的情感，以另一种方式宣泄人类对爱情的恐惧和对未来的不确定性的无力，从另一个侧面关注人、反思人，也许是这首《机器人的爱情》的意义所在吧。《机器人的爱情》："一只彩蝶翩翩而来，翩翩/打开持续加速的心跳/沸腾的血液/绯红了脸颊/翻遍灵魂的程序/孕育一场惊心动魄的爱恋//网罗一千条理由/储备一千句甜言蜜语/策划一千个浪漫的瞬间/捧着一千朵玫瑰/鼓足一千份勇气，守候在/梦想的路口。一道闪电划过/啪，激情燃烧的火花/丢失了所有的程序/呆呆地站着/像寒武纪的化石/蓄谋已久的爱情胎死腹中。"

每每重读阳辉《想家的稻草人》，我都会想起童年和那些不太遥远的记忆，总有一种想哭的感觉，往往忘记了稻草人，而觉得自己正是那位惧怕黑夜，想着也许明天就会回家的稻草人。"戴一顶草帽/一动不动地站在那里/两个多月/破旧的褂子落满尘土/滑稽的面孔/只能吓唬胆小的鸟儿/蝴蝶对我不理不睬/讨厌的蚂蚁无视我的愤怒/在我的全身搜来搜去//麦子们都回家了/小鸟不再和我玩捉迷藏/微风吹过，我独自/欣赏破布条无精打采的舞姿/孤独是无法驱散的阴霾/远处，时隐时现的狼嚎/让我惧怕迫近的黑夜/让我想起母亲/也许明天就要回家了。"稻草人的意象是丰富的，丰富到我每读一遍都会有不同的感受，我甚至不知道作者试图告诉我什么，但那些东西却又缥缈在不远处，仿佛触手可及又遥不可及。

阳辉的诗也不缺乏人文关怀和社会责任感，但他往往把这种沉重巧妙地隐藏起来，用"个人"感受来表述那种沉甸甸的社会隐患，我宁愿相信这是阳辉的想象，而不是事实。"冷幽默"过后的思考比幽默来得深刻，当然冷幽默也是幽默，于阳辉这样不苟言笑的诗人来说，这也许是最好的表达方式了。看看《城市的胃口》："城市的胃口越来越好/一口气吃下二环三环四环/一幢幢摩天大楼让天空矮了下来/接连的饱嗝，一缕缕浓烟/像一群小鼠从某个角落窜出/雾蒙蒙的天空偶尔露出点蓝/夏日的某场暴雨/让城市患上肾炎，大街上/轿车没有桨，输给一只小船/大步向前的推土机，轰隆隆/比某市的城管还烦/一再拆除记忆的篱笆/让几代人的童年在繁华的大街上/徘徊，迷失了回家的小路。"

异趣天成一璞玉

梁玉贵是我的学生，早些年我刚从师专毕业，分配到西口中学任教，有幸成为他的物理老师。上课之余，他爱好广泛，所谓琴棋书画无所不学，是个聪明而顽皮的家伙。毕业后他也上了师范院校，出来成了我的同行，任教于关坪中学、西口中学，两所学校都是他的母校，他的多才多艺带动了一大批学生学习的热情，成为深受学生喜爱的老师。后因为工作需要和自己的爱好，他调到县城工作，不再担任教师，我们就有了经常在一起的机会。

玉贵知道我爱喝酒，每到周末，必喊三五好友带上我。他劝酒能说会道，在县委工作的诗人王德强说，杨老师把玉贵教得能说会道的。我说，没教，玉贵是自学成才的！说玉贵自学成才还真的没错。

玉贵在师范上学才接触书画，师范院校没有这方面的正规培训，书画课也就是个点缀，因为玉贵这样的孩子最后走上教师岗位，是很多学校称为"万金油"的那种，缺啥科目老师他就带啥课的。及至后来，玉贵在书画上的成就，基本上是基于他的天性和爱好。工作之余，他有自己的画室，每每陶醉其间，就有灵动而深邃的画作展示给朋友，在镇安小城，大家都知道他是"镇安诗书画一绝"呢。

玉贵为廉政教育书画展所作的梅兰竹菊条屏，看上去写意自然流畅而又脱离前人窠臼、趣味天成、朴实无华。正如玉贵的为人，不显摆而悠然独处、行高洁而不离世俗、显得亲近而又卓尔不群。梅花枝干并不遒劲，但让人感觉一种生机和力量，点缀疏疏朗朗的几朵梅花，写意而又写实，两者处理得天衣无缝。兰花生于幽谷，默默吐着幽香而不事张扬，通过淡墨的背景处理，让人仿佛能嗅见那种淡淡的芳香，但又若有若无。常人画竹多重在叶上渲染，而玉贵重视竹枝，叶成了点缀，但却显得自然和谐，若画如其人的话，这正显示了玉贵为人虚心好学呢！玉贵的菊花虽然写意，但山里的人一看就知道是野菊花，淡淡的黄，肃肃的枝叶，在山间默默芬芳。这四条幅虽然主题不新鲜，但玉贵着墨不落俗套，也许正是因为玉贵的自学而少了学院派作画的束缚吧！

　　玉贵的画，人物多亲切平易，即使所画伟人也一如平凡人等，草木多具野趣，往往寥寥数笔，让人想起那些有趣的事情。

　　我喜欢玉贵的画，但我更喜欢玉贵的人！玉贵就如一块璞玉，时刻雕琢着自己，但又拒绝着雕琢。

谁能听见鸟儿的歌唱

"有时候我觉得自己像一只小小鸟,想要飞却怎么也飞不高",是一句很流行的歌词。那么,是不是所有的鸟儿都有一个高飞的梦想?这于一只鸟儿来说,也许答案和人类一样难于琢磨。但作为鸟儿,歌唱是它们的天性,不管有没有人愿意倾听这些或高亢嘹亮或低回婉转、或如泣如诉的歌声,它们总是在那里歌唱。而陈瀚乙无疑就是一位能听见鸟儿歌唱的人,这于诗人找到了灵感,于鸟儿来说也找到了知音。我不知道是该为这些找到知音的鸟儿欣慰,还是应该为找到创作灵感的诗人祝贺。于鸟儿来说,它的歌声遇见了诗人,于诗人来说,他的诗歌走进了鸟儿,都是值得品味的一件事情。

陈瀚乙是个警察,我是很少和警察打交道的,因为不管自己干没干坏事,但遇见警察总有一种压力,而且见着太多的板着面孔的警察,总让人望而生畏。但是陈瀚乙却是我愿意打交道的为数不多的一位警察。细想起来,也许我们文友在一起,能把他和警察联系起来的时候真是不多,有时候交道多了,大家说这家伙咋看都不像警察,至于警察的活路他干得咋样,这自有他们公安系统的考核办法,我们就不多说,但他的诗却在文友中有很重要的地位,为大家称道,这是不容置疑的。这不,他在博客和好几家报纸副刊刊发的"鸟"系列散文式的诗歌,就是一组耐读耐品的好文章。

第一次关注他的这类文章,记得是他发在《商洛日报》上的组诗《麻雀到派出所来干什么?》,独特的视觉和清新的语言,是一贯的陈式风格,让人眼前一亮,不得不为陈瀚乙细腻的心思、敏捷的思维折服。后来断断续续读到他的这一系列文章,我总有一个问题——"鸟儿为什么歌唱",一直萦绕在脑际，苦思而不得其解。读了陈瀚乙这组文章，我想这个问题的答案就是：因为有陈瀚乙这样的诗人，所以才有鸟儿的歌唱。

关注鸟儿，这于整天在乡下忙于公事的陈瀚乙，也许是工作路途中的一种消遣，或许是一种思考习惯，不像我这样的粗人，整天都能听见鸟儿的叫声，也写不出什么好文章，相反倒是嫌恶鸟叫声吵人而产生与鲁智深倒拔垂杨柳相同的动机，这于陈瀚乙看来多少是煞风景的事情了。因为陈瀚乙是个热爱生活的人，这在他的诗歌是很容易看出来的。

读陈瀚乙的这组文章，有很多值得品味的地方。有时候感觉他写的是鸟儿，其实是写人生的。他在《云雀：有点像麻雀》中写道："我为什么常常把云雀与麻雀相混淆呢？我感觉见到的麻雀多了，熟悉些。不过麻雀是叽叽喳喳的一群。如果分辨不清，听，以声赢人的是云雀。只是你明白时，它们已经飞走。我又为何把云雀与鹨混淆呢？从不跳跃的鹨，与当下的云雀或者麻雀之偶尔不跳跃，一时的一致与永远的一致决然不同，但是得有多少次的观瞻？一眼的判断，与思虑之后的判断为何有距离？

"我正犯疑时，忽听到一句话：如果一对父子，父亲为省长，儿子为县长，别人介绍儿子时会说'这是某省长的儿子'；但是，要是儿子是省长，父亲是县长，别人介绍父亲时，会说'这是省长的父亲'。想到这里，我在比较麻雀、云雀、鹨时，那点混淆是多么有意思。观鸟的妙处，妙在触类旁通。妙哉，能远离无聊的潜规则，而是走向自然的真实。

"我知道麻雀像云雀，也像鹨。但它们自己能让自己是自己，此一点，足够我再浪费时间细心观察……"

我不惜大段引用，是因为我反复地阅读这些文字，觉得陈瀚乙的文字需要引用的话，你就没办法取舍，取舍之后，这些本来跳跃性很大的文字以及让人猝不及防的设问都会影响读者的判断和思考。这就是陈瀚乙的特点。这些文字不用我们过多解读，也无法过多解读，相信读者读来都会会心一笑的。

品读陈瀚乙的《猪圈里的家麻雀》，能看出对于生活的态度决定着人的心情。我知道有人一边劳动一边唱歌，有人劳动的时候总是哭丧着脸。这些的区别和根源，我们都可以在陈瀚乙的诗歌中得到一点启示。"猪吃食的声音'嗵嗵嗵'的，有家麻雀的连续的叽叽喳喳声，再加上我的口哨声，是很好玩的事了。我小时候的一些时光，似乎一下子也跟上来了。不愿意喂猪的情绪，无意喂鸟的心绪在一起，我以后会愿意喂猪了，不用母亲唠叨的。"把喂猪写得这么富有诗意，这样的有诗意的活儿谁还不愿意干，但不是谁都能干得了的。不信你去试一试？

通读这些富含生活趣味的文章，陈瀚乙的意图其实也许根本不在鸟儿，我们能看出他多么希望唤起我们这些盲目自大的人类，以为自己主宰着一切，其实我们内心连几只鸟儿都包容不下。这才是值得我们反思的地方。

评论陈瀚乙的诗歌，于我来说还不够格，但作为一个读者，读完好的作品不说几句，便如鲠在喉，正如吃到好的饭菜，我也能赞美几句味道好极了吧。但读陈瀚乙这一系列文章，我却非常困难，困难在于陈瀚乙诗歌语言的跳跃性和思维的不可捉摸以及这个系列的庞杂而莫可名状。读起来自然沉重了一些，也缺乏以往的读陈瀚乙文章的快感，真诚希望他能写得轻松一些。

粗评如上，希望瀚乙见谅。有机会，我们不妨和瀚乙一起听听那些鸟儿的歌唱，它远比人类想象的和制造的音乐丰富，这是陈瀚乙这组文章告诉我的，我愿意与大家分享。

一组生命的赞歌

——评王德强先生的《西部行》组诗

有位朋友在喝酒的时候和王德强先生说,我们喝酒喝多了,吐出来的还是酒,你喝多了,能吐出诗歌来。这话我觉得很有道理,虽然王德强先生很少喝酒,也没见他喝醉过。

这不,王德强先生和他的朋友去了一趟祖国的西部,回来就有了一组诗歌,有了一组让人眼热的文字,既让人激情澎湃,又让人掩卷长思。

这是一组西部诗歌,也是西部生命的赞歌,充满了原生态的味道,让人仿佛看见、听见了风沙吹过的磨砺、朝圣者的脚步、骆驼的喘息以及高原上雄鹰飞翔的姿势。

王德强一改往日多愁的乡情、亲情的咀嚼,把视觉投射到更广阔的天地,这是我从这组诗歌中感受到的惊喜。从德强先生的创作方面来说,是不小的突破,这无疑是值得祝贺的一件事情,有机会很值得要求德强先生请我们这些文友喝酒庆祝的哦。

《在塔尔寺,我见到朝圣者》中:"壁画、堆绣、酥油茶,殿宇、白塔、佛雕……渐渐淡远而模糊,唯有朝圣者真切的身影,俯仰天地之间,化作精神图腾。"阅读这些内容,能感觉一种生命的执着,这是有温度和力度的文字,它牵着我们的目光,一步一步、一点一点地去感悟那种对生命的敬仰和虔诚,最后,我们自己就是一位朝圣者,走在自己朝圣的路上。这首诗歌和作者这组诗歌中的《夏河归来》可以算是姊妹篇了。朝圣者的虔诚与拉卜楞寺院里转经的女人就像两幅重叠的画面，在读者的脑海中交替出现。作为旁观者的作者，既没有一步一叩首的艰辛，也没有一遍又一遍围着佛殿转经的虔诚。但是，作者是这些活动的参与者，他用心在体会那些生命的一呼一吸。

《阅读若尔盖大草原》，作者阅读的不是草原本身，而是草原的生命，正如作者所写的"阅读到了，一种胸襟的宽广敞亮，一种人生的旷达超凡"。德强先生为官清正，为人谦和，所以他能体会到草原的宏阔的大气、纯净的大雅、安谧的大美，因为德强是用生命来写诗的，他对生命的感悟，必然是他自身生命的升华和追求。大气、大雅、大美也无疑是德强先生生命的礼赞。

"干旱不枯竭"和"想想自己，死后，将遭受尸骨腐烂之虞，还得侵占活人一席地盘，即便化骨为灰也留下灰匣，让后人小心放置、供奉，罪过啊，罪过"，出自这组诗歌的《月牙泉，秋水文章》和《郎木寺，赶赴一场天葬》。德强大病初愈，对于生死的感悟，自然会在他的诗歌中有所体现。

我们无法安排自己的身后之事，但这并不妨碍我们对死亡的意义的探究。有次和德强先生聊天，谈起人生的意义，我们感慨半天，最后说"也许，活着的最大意义就在于好好活着"。这话德强先生很赞同的。好好地活着，想想都是很奢侈却很美好的事情。

总之，德强先生的这组诗歌充满了对生命的思考，是一组生命的赞歌，我以为。